Ene

Sus Ey Nefsim!

Fatih Duman

Genel Yayın Yönetmeni
Fatih Duman

Yayın Koordinatörü
Yusuf Yıldız

Editör
Cihan Dinar

Tashih
Rahime Sönmez

Kapak Tasarımı
Gökhan Koç

İç Tasarım
Said Demirtaş

ISBN
978-605-162-260-6

Yayıncı Sertifika No
44717

Baskı Tarihi
Nisan 2026

Baskı ve Cilt
Gülmat Matbaacılık Yayıncılık San. ve Tic. Ltd. Şti.
Maltepe Mah. Fazılpaşa Cad. No:8/4
Topkapı-Zeytinburnu / İstanbul
Tel: (0212) 577 7977

Matbaa Sertifika No
49388

Her baskı 1000 (bin) adettir.

Orhan Gazi Mahallesi, 19. Yol Sk. No: 8, 34538 Esenyurt/İstanbul
Tel: (0212) 551 32 25
www.nesilyayinlari.com bilgi@nesilyayinlari.com

Ene

Sus Ey Nefsim!

Fatih Duman

Fatih DUMAN

1987 yılında Sivas'ın Şarkışla ilçesinde doğdu. 2010 yılında Dokuz Eylül Üniversitesi İlahiyat Fakültesi'nden mezun oldu. Bir dönem Ürdün Devlet Üniversitesi'nde de öğrencilik yapan Fatih Duman Dokuz Eylül Üniversitesinde Türk- İslam Edebiyatı alanında yüksek lisans yaptı.

Kitaplarından çoğu yabancı dillere tercüme edildi. Bu kitapların baskıları ile yurtdışında kitapları en çok okunan Türk yazarlar arasına girdi. Yurtdışında kitaplarına gösterilen ilgi ile birçok Orta Asya ülkesinin en çok okunan yazarı oldu. 2023 yılı roman dalında "Yılın Roman Yazarı" ödülünü alan Fatih Duman'ın kitaplarından bazıları tiyatro ve dizi-film olarak hazırlandı.

Yurt genelinde konferanslar ve söyleşilerle okurlarıyla buluşmaya devam etmekte, aynı zamanda ulusal radyo ve TV kanallarında kültür ve medeniyet merkezli programlar hazırlayıp sunmaktadır. Haftanın iki günü ulusal bir gazetede köşe yazarlığı yapan Fatih Duman, Nesil Yayın Grubu Genel Yayın Yönetmenliği görevini sürdürmektedir.

@FatihDuman_

@Fatih.duman.resmi

@1fatihduman

www.fatihduman.org

Yayımlanmış Eserleri

- Düş Yanığı & Buhur-ı Aşk (2009 Deneme)
- Ayn Şın Kaf; Doğuda Aşk Böyle Yazılır (2010 Roman)
- Ayn Şın Kaf; İlm-i Aşk (Bulanlar Arayanlardır) (2011 Roman)
- Âh; Âhım Günahımdır (2012 Deneme)
- Ayn Şın Kaf; Aşk İnanmakla Başlar (Aşk-Ateş-Rüya) (2012 Roman)
- Dem (2013 Roman)
- Pîr, Ahmed Yesevî Romanı (2013 Roman)
- Ene- Sus Ey Nefsim (2014 Roman)
- Sır- Âşıklar Ölmez (2015 Roman)
- Aşk Varsa Kusur Yoktur (2015 Deneme)
- Çanakkale'den Cennete (2017 Roman)
- İkra' (2017 Deneme)
- Kızılelma-Anadolu (2018 Roman)
- Kızılelma-Ayasofya (2018 Roman)
- Âmâ (2019 Roman)
- Dağıldık Allah'ım Sen Topla Bizi (2020 Deneme)
- O Balonda Babamın Nefesi Var (2021 Deneme)
- Cenazene Mahalle Bakkalı Gelir (2021 Deneme)
- Lâl (2021 Roman)
- Ahî (2022 Roman)
- Heybe (Deneme)
- Âsâ (2023 Roman)
- Meczup (2024 Öykü)
- 152 Gün (2024 Öykü)
- Hiç Kimse (2025 Öykü)
- Bîkes (2026 Öykü)

En büyük cihat nefs ile yapılan cihattır.

—HADİS-İ ŞERİF

Râh-ı Hak'da kolayına gittin
Âh nefsim seni nic'eyleyeyim
Onmadıklıkda gayrete yettin
Hây nefsim seni nic'eyleyeyim

Nice bir kibr ü ucb u hıkd u hased
Nice bir hubb-ı câh u hubb-ı zeheb
Sana uslanmak ola mı ki aceb
Âh nefsim seni nic'eyleyeyim

Kasd et ihlâsa vü riyâyı bırak
Kendi hazzın ko Hak rızasına bak
Yaradan usladır seni ancak
Hây nefsim seni nic'eyleyeyim

Bırakıp bu hevâ vü tezvîri
Kerem et ko bu su'-i tedbîri
Gözlemek yeğ değil mi takdîri
Âh nefsim seni nic'eyleyeyim

Hâb-ı gafletten aç gözünü uyan
Devlete erdi enbiyâya uyan
Olma hod-bîn gör Hüdâ'yı hemân
Hây nefsim seni nic'eyleyeyim

Doğru yola Hüdâ hidâyet ede
Vardır ümmîdimiz inâyet ede
Ehl-i İslam u ehl-i tâ'at ede
Âh nefsim seni nic'eyleyeyim

Mutma'inne olup rızaya eriş
Yürü marziyye ol safâya eriş
Terk edip fânîyi bekâya eriş
Hây nefsim seni nic'eyleyeyim

—Aziz Mahmud Hüdâyî

Önsöz yerine

YAZMAKTAN BAŞKA ÇARE yoktur bazen, yazmaktan başka deva yoktur dersin, susar ve yazarsın; ağlar gibi...

Bu kez gönlüm bir garip hayale düştü kâri. Zoru hayal ettim, zor olanı yazmaya niyet ettim. İçim yandı, dilim tutuldu, kelimelerim sustu. Zira içimde bir şey bana "yazma" diyordu. Ama denedim, canımı acıtarak, yaralarımı kanatarak ve anlamaya çalışarak denedim. Dilimde kelimeler, gönlümde suretler vardı sahi. Lakin ben sureti olmayanı ve anlatılmayanı yazmaya niyet ettim.

İçimde bir ses, doğduğum günden beri ve içimde bir ses hep kendi sesim zannettiğim... Hiç susmayan, susturulamayan bir ses... Kimileri "iç ses" diyor ona, kimileri "benlik" ama eskiler, hani efsane söyleyip de uykuya dalan eskiler "nefsin sesi" diyorlar ve "nefs" diyorlar ismine.

Bu kez kelimelerim nefsin sesini düşürdü harflere kâri. Bir büyük velinin hayatını okumak ve yaşatabilmek onu hayalinde, en büyük hayalim oldu hep ve ben Aziz Mahmud Hüdâyî'de nefsiyle cenk eden bir cengâver gördüm. Okudukça hayretim hayranlığa döndü. Diledim ki benim gördüğümü sen de göresin ve diledim ki hayalimi sen de hayal edesin.

Nefs acı, nefs tuhaf ve nefs düşman... Ama var, ama susmuyor, ama konuşuyor. Hep konuşuyor... Her vakit sesler gelmiyor mu senin içinden de? Sustuğun anlarda bile biri konuşmuyor mu seninle? Sana da bir şey fısıldamıyor mu bu garip ses? Misal ki en tenha anlarında bile hep konuşan biri yok mu senin de yanında? Hayır, aslında yanında değil, içinde.

Bil ki yazanın canı çok yanmıştır bunları yazarken. Bil ki kendi nefsine söylemedikleridir bunlar ve bil ki hâlen dahi bir ateş gibi sinesini dağlamaktadır yazamadıkları. Bir üstadın dediği gibi hayret makamında, şaşkınlık diyarında bir sual etmektedir bu satırları yazan; "Beni yakan kelimeler neden kâğıtları da yakamıyorlar?"

Şimdi nefsinle konuşacağın bir hikâye anlatacağım sana kâri. Nefsinin konuşacağı bir hikâye... Sen de ki hayal ben diyeyim ki muhal, imkânsız. Lakin şunu bil; ben inandım ki içimize bunları düşüren dahi nefsimizdir. Bizi durduran ve kandıran da nefsimizdir. Ve hatta şu anda içinde bir ses varsa ve "okuma bu kitabı" diyorsa sana inan ki o da nefsinin sesidir.

...

Anladım ki konuşmak gereksizdi yazmak varken. Ben de sustum, susmanın imkânsız olduğunu bilerek. Yazdım kâri. Yalnızca ve sadece yazdım. Senin için, sadece senin için...

Hem her kitap bir kişi için yazılır kâri. Belki de bu kitap yalnızca senin için yazılmıştır.

...

Senin için dualar ediyorum kâri. Senin için yine dualar ediyorum. Ağlayasın istiyorum, ağlayabilesin. Zira insan ağladığı zaman insan. Ve ağlarsan anlarsın biliyorum, anlarsan ağlarsın.

FATİH DUMAN

İstanbul

İstanbul'da herhangi bir yer/Bugün

Sen

Her güzel çile mi çektirirdi insana?

ALLAH'IM NE UZUN GELİYOR bana bu yol. Kaç saat oldu ki yollardayım bilemiyorum. Yol... Hiç bitmeyecek gibi ve sanki ayaklarım daha fazla gidemeyecek gibi.

İstanbul eskilerin hayal şehir dedikleri yer değil artık. Canımı yakıyor. Kaçmak ve kurtulmak istiyorum. Ama her kaçış bir kurtuluş demek değil onu da biliyorum.

İşte şimdi de aynı his var içimde. Saatler süren bir yolculuk, trafik, kalabalık, gürültü... Ama kaçamıyorum. Ayaklarıma ağrılar giriyor yürümekten. Bir otobüsten bir başkasına geçiyorum. Sonra adımlar ve adımlar. Bir türlü istediğin yere ulaştıramayan adımlar...

Yürüyorum ve yürüyorum. Sağıma soluma hiç bakmadan, hiçbir şey dinlemeden, duymadan...

***

Hayatım garip bir keşmekeş. Sevdiğim işi yapamadım, istediğim kitapları hiç okuyamadım, hayalini kurduklarıma ulaşamadım ve yalnızım, kimsem yok diyecek kadar yalnız. Ve ben yalnızlığımı seviyorum. Aslında hayatta en büyük saadet yalnız kalabilenlerin saadeti... Asıl yalnızlık yalnız kalamamaktır belki de. Ve ben yalnızlığıma şükrediyorum.

İstanbul'da bir yerlerde, nerede olduğumu düşünmeden sabahtan beri yürüyorum. Sadece yüzlerine bakıyorum insanların. Bakarken bile korkuyorum. İnsanlar hep acı veriyorlar biliyorum. Belki de o yüzden hep kaçacak yerler arıyorum. Şimdi de yaptığım o. Kendimle konuşacağım bir yerlere gidip bu gürültüden ve kalabalıktan bir an da olsa uzak kalabilmek. Kendimi bir tenhaya, sessizliğe atabilmek...

Bütün bunları düşünürken hem de hiç hesap etmeden yürüyorum. Birkaç ara sokak geçip de genişçe bir meydana varıyorum. Trafiğe kapalı sade insan yığınlarının olduğu, birbirini hiç tanımayan, tanımaya da çalışmayan bir sürü insanın koşturup durduğu bir cadde... Etraf olabildiğince mağaza ile dolu. İnsanlar girip çıkıyorlar, yürüyorlar, gülüyorlar ve ben sadece onlara bakıyorum. Hiç konuşmuyorum, yürüyorum sadece. Mağazaların camlarına bakıyorum. Bir sürü anlamsız suret gibi geliyorlar bana. Türlü türlü şeyler satan ve yan yana dizilmiş onca kapı. İnsanlar hangisine gireceğini şaşırıyor. Nedensiz bir para harcama hissi doğuyor içime. Zannediyorum ki öyle yaparsam rahatlayacağım. Öyle vehmediyorum. İçimden gelen bir ses öyle söylüyor. Ve ben içimden gelen seslere inanıyorum.

Birkaç adım sonra ne olduğuna bile bakmadan bir mağaza kapısından içeri giriyorum. İçerisi yine kalabalık ama sessiz bir kalabalıkla karşılaşıyorum. Sonra kulaklarıma hatiften bir ney sesi çalınıyor. Derinden ve rahatlatıcı... Neden sonra fark ediyorum mağaza diye girdiğim bu yerin bir kitapçı olduğunu. Kendime gülüyorum. Zira para harcamayı bile beceremiyorum. İnsan para harcamak için bir kitapçıya girer mi hiç?

Yine de hemen çıkmıyorum. Renk renk dizilmiş kitapları seyrediyorum. Ne olduklarına bile bakmıyorum. Sadece bakışlarımı değdiriyorum, okumuyorum bile kapaklarında ne yazdığını. Aslında belki de sadece kulaklarıma dolan ney sesini dinliyorum. Bu aleti kimin bulduğunu bilmiyorum ama her kim bulmuşsa içimden dualar ediyorum ona.

Birkaç kitap alıp elime onlarla ilgilenir gibi yapıyorum. Maksadım yanlışlıkla girdiğimi belli etmeden bakınıp geri çıkmak. Sonra zayıf ve oldukça genç bir kız yaklaşıyor yanıma. Üzerinde orada çalışıyor olduğunu belli eden bir giysi. "Yardımcı olayım?" diyor. "Yardımcı olamazsın" diyemiyorum ama hiç konuşmuyorum da. Yine de belki de utandığımdan elime aldığım kitaplardan birini uzatıyorum ona. Beraberce kasaya gidiyoruz. Parasını ödüyor ve alıyorum. Ve çıkıyorum kitapçıdan dışarı.

Elimde ne olduğunu bilmediğim bir kitapla yine karışıyorum kalabalığın arasına. Onları yara yara yolun sonuna kadar gidiyorum. Yol beni denize çıkaracak biliyorum. Ve denize bakmak ve dinlemek onu, beni rahatlatacak. İşte belki de bu yüzden ucu denize varan her yolu seviyorum.

* * *

Sahile varınca bir tenha yer arıyorum kendime. Kimseyle tek kelime olsun konuşmak zorunda kalmayacağım bir yer. Onun için belki de kapalı bir yere girmek istemiyorum. Neden sonra sahilin en uç kısmında eski bir arabanın içinde köfte ekmek, çay, su gibi ufak tefek şeyler satan birini görüyorum. Etrafındaki tahta iskemlelerden en kuytu yerde olanına oturuyorum. Kimsecikler olmasın istiyorum da masanın etrafında duran diğer hasır üç iskemleyi kaldırıp diğer masaların etrafına koyuyorum. Elimde tuttuğum kitabı masanın üzerine atar gibi bırakıyorum.

Az sonra ufacık bir çocuk geliyor yanıma. Küçük ama masum görünmüyor gözüme. Çocukların da masum olamayacak-

larını anlıyorum. Ve neden böyle hissettiğimi hiç bilmiyorum. Ne istediğimi soruyor. Ben konuşmak zorunda kalıyorum. Yarım saatte aralıkla bir bardak çay bırakmasını istiyorum masaya ve gönderiyorum onu.

Bir vakit dalgalarda gezindiriyorum gözlerimi. Hayal etmek istiyor ama edemiyorum. İki dirseğimi masanın üzerine koyup başımı ellerimin arasına alıyor ve gözlerimi kapatıyorum. Sadece düşünüyorum o an. Ne düşündüğümü bile bilmeden düşünüyorum. Derdim birkaç saat evvel yaşadıklarım değil. Hatta onlar umurumda bile değil. Ben belki de herkesin ara sıra hissettiği gibi buralardan kaçmak istiyorum. Uzaklaşmak ve yalnızlaşmak biraz... İnsanlardan uzaklaşıp da kendime yakınlaşmak... Neden, kimden, nereye ve nereden diye düşünmeden kaçmak. Vakti dert etmeden, hiç bakmadan saatlere, öylece ve öylesine...

Hiç açmıyorum gözlerimi. Öylece duruyorum. Neden sonra küçük çocuk masaya getirip de bardağı bırakınca, elimde olmadan açılıyor gözlerim. Başımı hiç kaldırmıyorum yine de. Ama büyüsü bozuluyor bir kere. Gözlerimi tekrar kapatamıyorum. Bakışım az evvel masanın üzerine koyduğum kitaba değiyor. Bir kez daha gülüyorum kendime ama yine de bakıyorum. Değişik bir ismi var kitabın. Ne demek olduğunu bilmediğim tek bir kelime. Neyi anlattığını da bilmiyorum. Hem neden aldığımı da... Sonra yazarın ismine bakıyorum. Hiç tanımıyorum. Duymadım bile daha evvel. Kim olduğunu bilmiyorum. Boşa harcadığımı düşünüyorum paramı. Rastgele ve belki de kimsenin almayacağı bir kitabı aldığım için utanıyorum sanki.

Elime alıp daha da iyi bakıyorum kitaba. Bir amacım yok. Sadece maksatsızca bakıyorum. Kitabın adı "Ene..." Ne demek diye bile düşünmüyorum. "Aziz Mahmud Hüdâyî" yazıyor altında ve muhtemel ki onu anlatıyor. Ve hiç de çekmiyor ilgimi. Birkaç sayfa açıyorum. Yazarın fotoğrafı çıkıyor. Fotoğrafın hemen altında yazarla ilgili birkaç cümle... Ne kadar da gençmiş!

Büyük cesaret! "Ne yazacak ki bu yaşta biri?" diyorum kendi kendime. Ama yine de benim yapamadığımı yaptığına ve hayal edebiliyor olduğuna da gıpta ediyorum. Zira hayal edenlerin daha özgür olduğunu düşünürüm hep.

Hem benimle aynı zamana sahipken yani bir gün aynı saatken, aynı akarken zaman bu tanımadığım yazarın bunları yazmak için vakit bulabilmiş olduğuna hayret ediyorum. Bana yetmeyen zaman ona nasıl yetiyor? Bilmiyorum...

Sonra arkasını çeviriyorum kitabın. Arka kapağında yazanlara bakıyorum. Açıkçası biraz da olsa etkileniyorum.

> ***"Şimdi nefsinle konuşacağın bir hikâye anlatacağım sana kâri. Nefsinin konuşacağı bir hikâye... Sen de ki 'hayal' ben diyeyim ki 'muhal, imkânsız.' Lakin şunu bil; ben inandım ki içimize bunları düşüren dahi nefsimizdir. Bizi durduran ve kandıran da nefsimizdir. Ve hatta şu anda içinde bir ses varsa ve 'Okuma bu kitabı, bırak' diyorsa sana inan ki o da nefsinin sesidir.***
>
> **...**
>
> ***Hem her kitap bir kişi için yazılır kâri. Belki de bu kitap yalnızca senin için yazılmıştır."***

Sanki bana anlatıyor ve benimle konuşuyor ama ben kimseyle konuşmak istemiyorum. Şaşıyorum biraz. Tebessüm ediyorum. Samimi geliyor cümleler bana, gerçekten de yazar yazmayı konuşmaya tercih ediyormuş gibi, öyle zannediyorum. "Belki ben gibiler için de konuşmak gereksizdir okumak varken" diye geçiriyorum içimden. Sonra kurduğum cümlenin güzel olduğunu fark ediyor, seviniyor ve hayret ediyorum.

Tekrar ön tarafını çeviriyorum kitabın, bu kez daha dikkatli bakıyorum. Kitabın ismi, yazarın ismi... Bilmiyorum... "Hiç tanımadığım birinin bana anlatacağı ne olabilir ki?" diye düşünüyorum. Ama samimiyeti çekiyor beni. "Ya gerçekten bu kitap sadece benim içinse?" diye geçiriyorum zihnimden. "Oku" diyor içimden bir ses. Başka hiçbir ses yokken fazla direnemiyor ve ben o sesi dinliyorum. Aynen şöyle yazıyor kitabın kapağında;

Ene

Sus Ey Nefsim!

Fatih Duman

Ve açıyorum kitabın kapağını. Hiçbir şey beklemeden belki de sadece vakit geçsin diye okumaya başlıyorum...

Her zaman

Nefs

Ben senim, nefsinim...

EY İNSAN!

Tanıyorsun beni ve hatta her vakit beraberiz lakin şimdi bilmiyorsun kim olduğumu. Seninle nefes alabildiğin her an konuşuyorum. Ve sen dahi benimle konuşuyorsun ama benim kim olduğumu bilmiyorsun ki! Ama yine de ben sana evvela kendimden değil senden bahsedeyim.

Hâline bir bak Allah aşkına! Neden bunca gülüyorsun? Neden her ayıbını yüzündeki tebessümle örtüyorsun? Tebessüm boyası silecek mi sanıyorsun onları? Ayıbı örtecek bir renk, bir boya, bir örtü yok oysa, bilmiyor musun da öyle vehmediyorsun? Elbet bir gün o boya da akacak ve gün gibi çıkacak tam orta yere ettiklerin ve sen geç kalmış, hatta geç kalmaya bile geç kalmış olacaksın.

Hayaline geliyor mu çok eski vakitler? Çok evvelden gördüklerin, işittiklerin, bildiklerin, söylediklerin, yapıp ettiklerin ve sonra gizlediklerin... Gizli kaldığını zannettiklerin... Hatırına geliyor mu? Kimseye söyleyemediklerini mesela, kimse bilmesin istediklerini, günah diye bilip de yine de ettiklerini hiç düşünüyor musun? Şahidi yok zannettiğin suçların hiç düşüveriyor mu zihnine ve sen belki bir gecenin karanlığında ya da bir insan yalnızlığında, yine kimse yok sandığında kendine kendini itiraf edebiliyor musun? Ağlıyor musun yaptıklarına? Günahlarına ağlıyor musun?

Ağlıyorsun ey insan! Ağlıyorsun ki insansın ve insansın ki ağlıyorsun. Lakin sen ağlayınca geçer sanıyorsun, gâfil! Oysa ağlayınca geçmez de anlayınca geçer. Anlamıyorsun.

Günahlarının ağırlığını çekiyor musun omuzlarında? Lakin yine o ağırlıkla da olsa aynı günahı işliyor musun? "Dur" diyebiliyor musun kendine? Diyemiyorsun. Her hatana pişman olup ve tövbe edip bir yeni günaha hazırlıyorsun kendini. Yeni bir günah için eskisine tövbe ediyorsun. Tövbelerin de sahte senin, pişmanlığın da yalan. Lakin şaşıyorum ben sana; hâlen dahi nasıl gülüyorsun? Ve sen bütün bunların bir şahidi yok sanıyorsun. Ne gaflet! Zira var olduğunu bilmiyorsun.

Ben biliyorum ey insan! Biliyorum ki yapıyorsun hepsini. Evvela hatalar ediyorsun, suç işliyorsun ve günahlara giriyorsun lakin sonra belki bir anlık pişmanlıkla tövbeler ediyorsun. Hatta kimseye söyleyemiyorsun bunları, kimsecikler bilmesinler istiyorsun. Lakin ben biliyorum ey insan. Ben biliyorum, zira her vakit seni izliyorum. Seninle nefes alıp seninle veriyorum. Konuşuyorum seninle. Hiç kimsenin olamadığı kadar yakın oluyorum sana. Kimse yok zannedip de yaptığın her şeyi ben görüyorum. Her hata ettiğinde, her günah işlediğinde, her suça düştüğünde ben yanı başında oluyorum. Beni biliyorsun lakin benden bilmiyorsun suçlarını. Ben seni biliyorum ama sen beni bilmiyorsun. Ne gaflet!

Ben mi? Kim miyim ben?

Hani bir gece vakti daha henüz doğmadan güneş ve sen tam ayılmadan uykundan işittiğin o ezan sesiyle irkilince bedenin, hani gönlün kalkmak için direnince sana "Dur", "Biraz daha" diyen "Sonra" diyen... Ve mesela yolda gördüğün bir garibe cebinde her ne varsa vermek isterken vicdanın; "Olmaz! Ya verirsen sen ne edeceksin" diye durduran ellerini ve edeple yürürken sen ve gözünü bile değdirmezken bir yaban surete başını eğildiği o yerden kaldırmanı söyleyen... Sonra bir anlık mağlup ettiğinde beni, bedenini kıbleye çevirdiğinde ve ellerini bağladığında önünde aklına dünyada her ne varsa alıp da getiren... Sonra senden biraz olsa da noksan olana baktığında aklına kibri düşüren, tevazuu ellerinde yitiren, nefreti verip de şefkatini götüren... Sonra bu dünyada olma maksadını unutturan sana, ölümü unutturan, kulluğu unutturan, hakkı, hakikati, adaleti unutturan. Bir günaha meylettiren seni ve sonra tam vazgeçecekken sen "Bu kadarcıktan ne olur ki?" diye tutturan. Her günah işlediğinde ötelerden seyreden seni... Eline Kitab'ı aldığında gözlerine uykuyu getiren, geceleri yatağa yattığında vicdanının sesini dindiren, gözlerine yaşlar yerine tebessümü indiren, hayrı işlemek varken şerri sana sevdiren, ben...

Sen yokken de vardım ben ve sen yokken de olacağım. Ta ilk insan dünyaya düştüğünde de onunlaydım. Son insan dünyadan göçtüğünde de onunla olacağım.

Ve benimle mücadele eden ne çok insan oldu. Çoğuna ben galip geldim lakin bana galip gelenler de oldu. Kimi günlerce eziyet etti bana ki susayım, kimi "Ey nefsim, ben sana tabi değilim" diye bana meydan okudu. Kimi "Ey nefsim! Seni sen yapan benim, beni de ben yapan sensin. Ya yola gel beraber gidelim ya da yoldan çekil ben Hakka gideyim..." diye haykırdı bana. Lakin ben hiçbirinin peşini bırakmadım. Hep onlarlaydım. Ve şimdi seninleyim. Seni senden iyi tanırım, senden iyi bilirim seni. Ve sen benim her sözümü dinlersin. Bazı vakitler yenersin beni lakin yine de sükût ettiremezsin sesimi.

Sen vicdanından gelen her sesi işittiğinde karşısında bir ses daha işiteceksin ey insan; benim sesim. Bensiz olamazsın ve olamayacaksın da. Hani geceleri yattığına yatağında ya da tek ü tenha kaldığında konuştuğunda kendinle; işte o içinden gelen ses hep benim sesim. Sen giderken durduran ben, söylerken susturan ben...

Öyle ki bana bunları söyleten kâtibin dahi maksadını gizliyorum şimdi. Öyle istiyorum. Anlatmasın, yazmasın, söylemesin diye aklına neler getiriyorum. Misal ki "Ey insan" diye değil de "Kâri" diye hitap etmemi istiyor sana. Daha samimi, daha içten, daha candan... Lakin yapmıyorum, yaptırmıyorum. Kaldırmak için onu oturduğu yerden kulağına ne cümleler fısıldıyorum! "Onca insan rahat rahat otururken bir sen misin ki oturmuş da yazıyorsun bunları? Gecenin bu kör vaktinde rahat yatağında uyumak varken bu yaptığın hiç akıl kârı mıdır?" diyorum ona. Beni dinlesin diye ne bahaneler uyduruyor ne kötüleri gözüne güzel gösteriyorum. Meğerki vazgeçmesin ve yapmasın istediğimi; o vakit yakınında olanların aklına girip de yaptırıyorum istediğimi. Bir fısıltıyı en yakınındakilere salıyorum da kaldırıyorum onu oturduğu yerden.

Ben safi dünya kokuyorum. Bedensizim, cismin yok lakin sadece onu, dünyayı istiyorum. Ve bu kâtibin bile harfleri manaya düşürmesini istemiyorum. Parmaklarının orta yerden çatlamasına dahi razı oluyorum da vazgeçsin istiyorum. Yazmasın ve yazdırılmasın.

Tanımadın beni değil mi ey insan? Tanıyamadın değil mi? Sadece ismimi biliyorsun benim. Sadece duyuyorsun. Lakin ne benden haberin var ne de beni hissediyorsun. Sadece bildiğini sanıyorsun ve bunu dahi ben öyle istedim diye yapıyorsun.

Hâlen dahi bilmiyorsun beni? "Kim ki bu konuşan?" diyorsun şimdi... Hem bu seninle ilk konuşmam değil benim. Seninle neler konuştum, ne sırlarında sana ortaklık ettim ben.

Kimseye söyleyemediklerini, herkesten gizlediklerini bana söyledin oysa. Her gün ve her gece ve her dakika ve her an seninleydim ve seninleyim. Bu seninle ilk kez konuşmamız değil ey insan. İnan ki son da olmayacak.

Ben kim miyim? Bilmiyorsun hâlâ. Hâlen dimağına örttüğüm gaflet örtüsünü yırtamıyorsun. Sen bilemiyorsun madem o vakit ben söyleyeyim:

"Ben hep seninleyim, seninim, senim, nefsinim ben."

***

Mademki artık biliyorsun beni. Dedim ya "Senim ben, nefsinim ben." İsmimi biliyorsun ve biliyorsun seninle konuşanın kim olduğunu. O vakit bil ki maksadım kendimi anlatmak değil sana. Seni anlatmak hiç değil. Sana benden bahis açmayacağım. Anlatacaklarım bambaşka.

Hani çoğu vakit mağlup ettim ya seni ben, hani hep ne fısıldadıysam kulaklarına itirazsız yaptın ya. Boşuna "Gerçekten öyle mi?" diye geçirme içinden. Zira gerçekten öyle, biliyorsun. Çoğu vakit galip geldim, biliyorsun ama yine de bil ki beni mağlup edenler de var. Kıstıranlar bir köşeye. Beni sindirenler, susturanlar ve hatta öldürenler de var. Sırf beni yenmek için bir lokma ile günlerini geçirenler, insanlardan uzak bir köşeye çekilenler, belki aylarca tek kelam olsa etmeyenler var. Lakin şunu da bil ki zordur benimle cenk etmek, benimle savaşmak müşkül iştir. Hele ki beni yenmek için evvela beni değil de kendini yenmen, benden değil de kendinden vazgeçmen gerekir. İşte o sebeple kendini inziva örtüsüyle örtüp ve kaçıp insanlardan az yiyip, az uyuyup ve az konuşup kendine 'çile' çektirir gibi görünüp de o çile kuyusuna beni gömenler de var. Ve ben onları bir yara izi gibi taşır da dururum. Ne yok sayarım onları ne de istesem de unuturum. Lakin sen de onları bilir, görür, okur ama ibret almazsın. Zira onu da sana yine ben unuttururum.

İşte o yara izlerinden birini anlatacağım sana. Beni nasıl kıvrandırdığını söyleyeceğim. Ve belki de kendi kendimi ele vereceğim. Lakin yine de onlar gibi olmak istediğinde seni yine ben vazgeçireceğim.

Ve ben sana bundan çok zaman evvel beni mağlup eden birini anlatacağım. Ellerinde kıvrandığım oncasından yalnızca bir tanesinin hikâyesini fısıldayacağım bu kez sana.

Sen belki de şimdi bu kitabı ellerinden bırakacak ve vazgeçeceksin okumaktan. En azından öyle geçireceksin içinden, öyle cümleler geçireceksin. Bil ki seni bundan vazgeçiren de içine bu vesveseleri düşüren de yine ben olacağım.

Zira dedim ya "Ben senim, nefsinim."

Şimdi dinle beni. Her vakit dinlediğin gibi şimdi de dinle. Dinle ki sana nefsiyle yani benimle mücadeleye tutuşan bir âdemoğlunu; Aziz Mahmud Hüdâyî'yi anlatacağım...

İstanbul'da herhangi bir yer/Bugün

Sen

Belki de bu kitap yalnızca benim için yazılmıştır?

NE DİYOR BU YAZAR ALLAH AŞKINA? Nasıl yapıyor böyle? Aslında tuhaf! Kendiyle konuşuyor gibi. Kendini kendine anlatıyor gibi. Kendiyle çatışıyor ve içinde olan düşmandan kendini dinliyor gibi. Çok değişik bir yerden anlatıyor. Kimseyi konuşturmuyor. Yani aslında görünmeyen, cismi bulunmayan, konuşan ama insan olmayan birini; nefsi konuşturuyor.

Nefs yani benlik. Yani insanın içindeki ben... Açıkçası tuhaf geliyor bu yazarın söyledikleri. Bu anlattıkları çarpıcı geliyor bana. Bilmiyorum daha evvel böyle bir şey yapıp da nefsi konuşturan var mı ama ben ilk kez görüyorum böyle bir şeyi. Bir kez daha hayret ediyorum genç yaşta bir yazarın böyle bir hayal kurduğuna. Hayalini hayal ediyorum ve hayret ediyorum hayaline. Tekrar geri dönüp en başta yazar hakkında birkaç cümle olan sayfaya bakıyorum.

Başımı kitaptan kaldırıyorum. Esasında öyle bir kez oturup da saatlerce kitap okuyanlardan değilim ben. Ya sıkılırım ya da uykum gelir. Ama bu uykuyu da ben getiririm dedirtiyor yazar nefse. O zaman nefsime direnmem gerekir diye düşünüyorum. Bilmiyorum...

Hem nefs böyle konuşur mu insanla gerçekten? Yani içimden gelen o sesler aslında nefsin sesleri mi? Benden yapmamı istediklerini sanki ben kendime söylüyormuşum gibi hissettirerek mi söylüyor? Değişik geliyor, nefsin insanı anlattığı bir kitap... Gerçekten değişik.

İşlediğim günahları düşündürüyor bana okuduğum bu birkaç sayfa. Gizlediğim, kimsenin bilmesini istemediğim, tövbe ettiğim, söylemediğim... Hepsi tek tek geliyor aklıma. Acaba onları benden başka bilen de mi var? Utanıyorum birden. Bu düşündüklerime hayret ediyorum. İçimden gelen sesler var ve benden hep iyi şeyler istemiyor. Yazar ***"Bu nefsin sesidir"*** *diyor ve bunu nefse söyletiyor. İçimden gelen sesi dinlemeye çalışıyorum. Gerçekten şu anda ne istediğimi düşünüyorum. "Bırak şu kitabı" diyor. "Bak kaç saattir burada oturuyorsun. Evine git artık. Dinlen. Hem kim olduğunu bilmediğin ve belki de çok da kimsenin bilmediği bir yazar. Hem sen bu kitabı öylesine almadın mı? Bu kadar vakti onun için harcamaya değer mi hiç? Hele de vakit dediğin şey o kadar değerliyken..." aynen bunları söylüyor şu an içimden gelen ses. Şaşırıyorum. Ve işin tuhafı onu dinlemek istiyorum. İçimden gelen sesin söylediğini yapmak istiyorum.*

Kafamı karıştırdı bu kitap. Kabul etmeliyim çarpıcı bir giriş, enteresan bir konu. Ama ben kendimi dinleyeceğim. İçimdeki sesi.

Oturduğum iskemleden kalkıyorum. Az evvel çay getirip de masama bırakan küçük çocuk geliyor yine yanıma. Üç bardak çay içmişim. Hayret ediyorum. Oysa hiç hatırlamıyorum. Küçük çocuğa çay parasını verip ayrılıyorum sahilden. Ama sanki bu kez masum görünüyor çocuk gözüme. Nedendir anlayamıyorum.

Hava kararmaya başlamışken ben yollara düşüyorum yine. Uzun bir yolum var. İnsan bu denli çok gidince bütün yollar gitmek içindir sanıyor. Onun için belki de bütün yollar gözümde büyüyor. Gitmek ölüm geliyor, ölüm zaten gitmek... Onun için belki de ben ikisinden de korkuyorum biraz.

En yakın duraktan bir otobüse biniyorum. En arka taraftaki koltuklardan biri hayret ki boş! Oraya sanki siner gibi oturuyorum. Aslında başımı arkama yaslayıp da biraz olsun uyumak var aklımda. Ama zihnimde neden bilmem kitaptaki cümleler gezinip duruyor. Sanırım kendime yakın hissediyorum yazarı. İçten, içinden yazıyor gibi. Ya da bana öyle geliyor. Bir cümle mesela ***"Bu kitap belki de yalnız senin için yazılmıştır"*** *diyor. "Ya o kişi bensem?" diye geçiriyorum içimden. Demek ki bir derdi var ve bir kişi dahi olsa okusa yetecek bu yazara. Öyle zannediyorum. O kişinin ben olma ihtimali cazip geliyor. Hem bir de nefsi konuşturup da "Sen iyi bir şey yapmak istediğin vakit sana dur diyen benim" dedirtiyor. Bunu düşünüyorum. Neden sonra koltuğumun altında tuttuğum kitabı ellerime alıyorum. Okuyup okumamak ellerimde... Tereddüt ediyorum. İçimden gelen sesi dinlemeye çalışıyorum ve evet duyuyorum. Muhtemelen bu kitap etkiledi beni. Duymadığım sesleri duyduğumu zannediyorum. Duyduğumu zannettiğim ses "Dur" diyor bana. Aynen kitapta nefsin söylediği gibi... Bunu bir oyun farz ediyorum ve yazarın kurallarına göre oynuyorum. İçimden gelen o sesi dinlemeyip de kaldığım yerden okumaya devam ediyorum.*

~

Evvel vakitler

Kadı Mahmud Efendi

BEN ÜZMEM İNSANLARI. İnsanlar hüzünlensin istemem. Zira hüzünlenen insan Allah'ı hatırlar. Belki de o sebeple hep dünyalık şeyleri, insana hoş gelenleri yapsın istedim. Makam, mevki, mal-mülk, para, şehvet... Şayet bunları aklına sokarsam insan dahasını ister ve Allah'ı unuturdu. İşte o sebeple en ziyade halkı yönetenlere musallat olurdum. Olurdum ki onlara yaptırırsam istediğimi ve onların teslimiyetini bozarsam halka da sirayet ederdim. Ve hep dinlerdi beni insanlar. Hem değil mi ki başı eğri olanın sonu doğru olmazdı. İşte o sebeple belki de mesuliyeti fazla olanın imtihanı da zorlu olurdu. Ve ben yapardım bunu, onlara musallat olur, her vakit bir köşeden dilediğimi fısıldardım kulaklarına. Fazlullah oğlu Mahmud'a yani ki Kadı Mahmud Efendi'ye, senin bildiğin ve sonradan söylenen ismiyle Aziz Mahmud Hüdâyî'ye de o sebeple musallattım ben.

Lakin işte her ne olduysa o vakit oldu. Öyle güzeldi ki her şey. Öyle çok şey konuşurduk, dilediklerimiz öyle olurdu ki Kadı Mahmud Efendi ile. Çoğu vakit yine bana karşı çıkardı lakin ben öyle girerdim ki kanına ve hangi yaşta, hangi mevkide ve nerede olursa olsun bana hoş gelen şeyler insanoğluna da hoş gelirdi. Lakin işte her ne olduysa hocası Nâzırzâde Ramazan Efendi vefat ettikten sonra oldu.

Fazlullah oğlu Mahmud anasının memleketi Koçhisar'da doğmuş sonra tahsil için Sivrihisar'da bulunmuştu. Yirmili yaşlarındaydı ki ilmin beşiği İstanbul'a düşürüverdi gözlerini. Devir, büyük sultan Kanuni Sultan Süleyman'ın devriydi. Ve devlet ne denli güçlüyse sanat ve ilim ve hayat o denli güzel olurdu ve güzeldi. İstanbul'un her köşesi bir ilim ocağı, bir âlimin kucağıydı. Fazlullah oğlu Mahmud da İstanbul'a geldiği vakit Küçük Ayasofya Camii'nin medresesinde ikamet ediyor ve ilmini orada zenginleştiriyordu. İşte oradaki hocalarından biriydi Nâzırzâde Ramazan Efendi. Genç yaşta vatanını, bucağını, hanesini ocağını bırakıp da ilim için ta payitahta gelen bu genç onun dikkatini celbetmişti. Bir ünsiyet doğdu aralarında, bir muhabbet ki hoca-talebeden ziyade; baba-evlat gibi. Nâzırzâde Ramazan Efendi söyledi Mahmud dinledi. Mahmud dinledi ve o söyledi. O vakitlerde de çok girdim aklına. Bırakıp bu ilim denen dipsiz kuyuyu vatanına dönsün, diye gecelerce konuştum onunla. Lakin yetmedi. Olmadı, vazgeçiremedim.

Sonraki vakitler bir de dergâha düştü yolu. Zihnini eğitiyordu lakin gönlünü de eğitmek diledi. Bu dileğinin aklına düştüğü ilk anda vazgeçirdim onu. "İlim lazımdır sana. Dergâha gidip de ne edeceksin?" diye cümleler düşürdüm sinesine. Dergâha gitmesindi de yine medresede ilim öğrensindi. Zira dergâh denilen yerde gönlün ilmi okutulur, medresede aklın ilmi. Gönlün ilmini öğrenirse ölürdüm ben. Gitmesin diye, dergâha düşmesin diye yolu bunu her düşündüğünde başka işler getirdim zihnine. En fazla birkaç hafta oyalayabildim. Zira ben gayret ederken vicdan da gayret ediyordu ve nasıl yapıyordu bilmem çoğu vakit beni yeniyordu. İşte bu defa da mağlup etmişti beni vicdan ve Mahmud, Halveti dergâhında Muslihuddin Efendi'nin vaazlarına devam etmişti. Hem Küçük Ayasofya Medresesi'nde Nâzırzâde Ramazan Efendi'den ders talim ediyor hem de dergâhta Muslihuddin Efendi'den dinlediğiyle gönlünü âlim ediyordu. Lakin bir yol bulmalıydım ki gönlüne dünyalık bir sevgi düşsün...

Aradığımı bulmam için çok beklemem gerekmedi. Zira Nâzırzâde Ramazan Efendi birkaç sene sonra ilmini ve ahlâkını ve azmini beğendiği bu genç talebesini kendine muîd* yani yardımcı olarak vazifelendirdi. O ki artık bir vazifesi vardı ve akçe alacaktı. Bu benim için bulunmayacak bir fırsattı. "Aldığın akçe azdır" diye düşürdüm gönlüne sonra "Bu mevki senin ilmine noksandır" vesvesesini saldım sinesine. Bir vakit bunlarla kıvrandırdım onu. Ama o yine de kıvrandığı vakitlerde dergâha gidiyor ve işittiği cümleler benim yaktığım ateşi söndürüyor ve beni her defasında başa döndürüyordu. Lakin bilmiyordu ki ben vazgeçici değildim.

Bir gün medresede dersini talim ederken bir haber geldi medreseye; hocası Nâzırzâde Ramazan Efendi'yi Edirne Selimi Medresesi'nde müderris olarak vazifelendirmişlerdi. Mahmud işittiği vakit bu haberi bir korkudur düştü gönlüne, sinesi kaygı ile dalgalandı. İşte bu dahi benim için bulunmayacak bir fırsattı. İnsan korktuğu, kaygılandığı ve şüpheye düştüğü vakit birini arar lakin bana sarılırdı. Hocası yeni vazifesi için Edirne'ye gittiği zaman buraları terk etsin, memleketine gitsin diye harfsiz kelimeler döktüm zihnine. Lakin ne bilirdim hocasının yanında onu da götürmek isteyeceğini?

Gitti... Hocası Nâzırzâde Ramazan Efendi ile beraber Edir-

* Müderrislerin derslerini tekrarlayıp onlara yardımcı olan kişi.

ne'ye... Hem de mülazamet vazifesini de almış yani ki terfi etmiş olarak gitti. Ama bu terfi benim onun gönlüne girebilmem için bir kozdu ellerime tutuşturulan. Anlamıştım ki onun gönlüne girmek kolay olmayacaktı ve değildi de. Vazgeçmiyor, sabrediyor, azmediyordu. Ben yine bulmuştum bir yolunu onu makam ile mevki ile zora düşürecektim. Zira her geçen gün itibarı ve mevkii artıyor, gittikçe dahasını kazanıyordu.

Sonra hocasıyla Şam'a ve Mısır'a gitti. Nâzırzâde Ramazan Efendi sanki onu benimle yalnız bırakmak istemiyor gibi her nereye gitse yanında onu da götürüyor ve sanki bilir gibi ben neleri fısıldasam ona tam zıddını söylüyordu. İstemiyordum onunla olmasını, hocasının yanında durmasını istemiyordum. Lakin öyle oluyordu ki gücüm yetmiyordu buna. "Benim bu dediklerimi, nasihatlerimi her an aklında tut ve düşün" diyordu Nâzırzâde Ramazan Efendi ona. Ve Mahmud dahi—ki artık ona "Mahmud Efendi" diyorlardı—tenha kaldığı anlarda bile hocasının sözlerini düşünüyor ve benim konuşmama fırsat vermiyordu.

Sonra Bursa'ya geldiler hocasıyla. Nâzırzâde Ramazan Efendi Bursa mevleviyeti* yani ki Bursa'nın en mühim ve itibarlı kadısı ve âlimi olarak Mahmud Efendi ise Ferhadiye Medresesi müderrisi ve Cami-i Atik naibi** yani ki şer'î kadısı olarak vazifelendiriliyordu. Lakin yine bırakmıyordu onu hocası, yine gönlüne şifa oluyor, derdine deva oluyordu. Ah bir olmayaydı o, ah bir bırakaydı yakasını ben makam mansıp sevdasını düşürmez miydim gönlüne Mahmud Efendi'nin? Düşürürdüm ve düşürmeye de gayretim vardı. Lakin olmayaydı Nâzırzâde Ramazan Efendi.

Ve bir gün dilediğim oldu. Nâzırzâde Ramazan Efendi bu dünyadan öte dünyaya irtihal etti. Bundan sonra meydan be-

* Büyük müderrislerden kadı olarak tayin edilenlere verilen unvan.

** Şer'î mahkemelerdeki kadılara verilen unvan. Kadı anlamında da kullanılmıştır.

nimdi. Ve Kadı Mahmud Efendi ne dilesem ve ne söylesem onu ederdi. Öyle diyor, öyle zannediyordum.

Yanılmışım!

***

İşte bizim Kadı Mahmud Efendi ile mücadelemizin başladığı yerdir burası. Bu andan önce aramız her insanla olduğu gibiydi. Bazen dediklerimi eder yoluma gider bazen de reddederdi. Bir ben ona saldırmışımdır, bir o bana. Ama bu andan sonraki olan her ne varsa aramızdaki harbin nişanıdır. Ve ben yani nefs, insan bana karşı koydukça daha çok musallat olurum onun başına. Beni durdurmaya çalıştıkça hilelerim daha sinsi ve daha bilinmez olur. Bu andan sonra başlar benim anlatacaklarım, asıl imtihan şimdi başlar...

İstanbul'da herhangi bir yer/Bugün

Sen

Konuşan da benim dinleyen de ben...

OMZUMA DOKUNAN EL kendime getiriyor beni. Ne olduğunu anlamıyorum ilkin, sonra fark ediyorum ki uyuya kalmışım. Oysa ben uyuduğumu bile bilmiyorum. Kitabı okurken içim geçmiş demek ki. Etrafıma bakınıyorum, otobüsün nereye geldiğini anlamaya çalışıyorum.

Son durağa kadar gelmişim. Şaşırıyorum bu kadar uyuyabildiğime. Birden "Acaba?" diyorum kendi kendime "Acaba nefsim mi beni uyutan? Okumamı istemedi de uyumamı mı istedi?" diyorum ama bilemiyorum. Toparlanmaya çalışıyorum. Gözlerimi tekrar tekrar kapatıp açıyorum. Parmaklarımla ovuşturuyorum gözlerimi. Sonra hızlıca kalkıyorum oturduğum koltuktan. Otobüste kimsecikler kalmamış. Uyuyabildiğime hayret ediyorum. Rüyalar gördüm biliyorum ama hatırlayamıyorum.

İniyorum otobüsten aşağı. Aklım karmakarışık... Okudukla-

rım yüzünden mi yoksa uyuyakalmış olduğumdan mı bilmiyorum ama başımda tarifi mümkün olmayan bir ağrı... Sonra bir açlık hissi midemi kıvrandıran ve aklımda kitaptan kalan cümleler... Yürüyorum yine...

Her adımımı attığımda daha da yaklaşıyor gibi değil de, daha da uzaklaşıyor gibi hissediyorum kendimi. Çok yoruldum biliyorum. Yorgunluğumu düşünmemek için aklıma başka şeyler getirmeye çalışıyorum. Ne düşünsem de cümleler geliyor aklıma. Şu hiç tanımadığım yazarın cümleleri sanki zihnime yapışıyor.

***"Hüzünlenen insan Allah'ı hatırlar"** diyor mesela nefsin dilinden. O vakit hüzün benim sandığım kadar kötü değildir diye düşünüyorum. Kendimi hayal ediyorum. En çok sıkıntılı olduğum anlarda dua ettiğim, Allah'ı o vakitlerde hatırladığım geliyor aklıma. Yazara hak veriyorum. Zira düşünüyorum ki ve belki de biliyorum ki insan en çok üzüldüğü zaman ellerini duaya açar. İstediği olmadığında yalvarır en çok Allah'a, başına bir kötü iş geldiğinde sessizce kıpırdanmaya başlar dudakları. O zaman gerçekten de hüzün, sıkıntı, keder o kadar da kötü değildir demek ki. Bilmiyorum...*

Ben aslında bu kitabı Aziz Mahmud Hüdâyî'nin hayatını anlatan öylesine bir kitap zannetmiştim. Ama farklı geliyor bana. Bu yazar bana beni anlatıyor sanki. Kendine kendini anlatıyor ya da kendiyle konuşuyor o. Ben ise sanki kendi sesimi duyuyorum nefs dile geldiğinde. Konuşan da benim dinleyen de ben sanki.

*Hâlâ yürüyorum. Ama bir şeyi fark ediyorum. Bu tesadüfen aldığım kitap, beni benimle konuşturuyor. Otobüsten indiğimden beri kendi kendime cümleler kuruyorum. Kendimle konuşuyorum. Ama hangisi nefsin sesi? **"Sen iyi bir şeyi yapmak istediğin vakit seni ben vazgeçiririm"** diyor nefs kitapta. Gerçek mi bu? Gerçekten de böyle mi olur? İçimden geçen bu sesler... Kafam karışıyor ve bulanıyor aklım. "Bu kim olduğu belli olmayan yazar bir şeyler uydurmuş ve ben bu kadar kafa yoruyorum* *bunlara. Saçmalıyorum!" diyorum kendi kendime. Sonra şaşıyorum birden. Acaba bu ses nefsimin sesi mi? Okumamı istemiyor mu? Beni vazgeçirmeye mi çalışıyor acaba? Aklım bulanıyor, zihnim dağılıyor. Anlayamıyorum ama bu yazar her ne için yazmışsa bunu işe yarıyor ve beni düşündürmeye başlıyor.*

Yeniden bir başka otobüse binecek hâlim yok. Hem yorgunum hem zihnim darmadağın ve çok acıktım. Yolun kenarında bekleyen taksilerden birine biniyorum. Loş, mavi bir ışık yanıyor taksinin içinde. Taksiciye gideceğim yeri söylüyorum ve yol alıyoruz ağır ağır. Radyodan sesler geliyor kulaklarıma, gözlerime uyku iniyor sanki. Cızırtılı sesler bir yerden sonra manalı bir hâl alıyor ve hoşuma gidiyor işittiklerim. Neden sonra fark ediyorum bu duyduğumun yine bir ney sesi olduğunu. Tebessüm ediyorum. Zira tesadüfleri sevmem ben, sürprizlerden nefret ederim. Planlamadığım hiçbir şeyi yaşamak istemem. Ama işte bugün bütün olanlar aksi gibi rastgele oldu hep. Planlayamadığım bir şekilde geç kaldım. Sonra hiç istemediğim, düşünmediğim bir kitap satın aldım. Belki de o sahil kenarındaki çaycının tahta masasında bırakıp çıkacakken, onu yine istemeden okumaya başladım. Ve şimdi aklımda oradan kalan cümleler ve yine bu ney sesi...

Nefs denen şeyi düşünüyorum. Bu anlatılanlar gibi midir acaba? Hiç bilmiyorum. Sadece aklıma tek şey geliyor; eve gidince bir bakmalıyım bu nefsin tam ne olduğuna. Eğer bu yazarın anlattıkları yalan ve sadece hayalse bir kenara bırakmalıyım bu kitabı. İşte o zaman gerek kalmaz bu kitaba.

Böyle karar veriyorum...

* * *

Hava kararalı belki bir saat, belki biraz daha fazla olmuş. Ben evden çıktığımda da karanlıktı gökyüzü. Kaç saattir yürüdüğüme ve dışarıda olduğuma hayret ediyorum. Ama nihayet dönebildim evime.

Merdivenlerden sürünür gibi çıkıyorum. İkinci kata gelince kapımın önünde duruyorum. Ceplerime atıyorum ellerimi. Anahtarımı cebime koydum sanıyorum. Ama yok. Sonra bir diğer cebime ve sonra bir diğerine... Mont, pantolon hepsinin ceplerine tekrar tekrar bakıyorum. Hayır yok. Belki de çantama koymuşumdur diye karıştırıyorum çantayı. En ufak gözlerine kadar bakıyorum. Bulamıyorum ve bulamadıkça sinirleniyorum. Boşaltıyorum çantamda olanları. Hepsini yere diziyorum. Ama yok işte. Bilmiyorum nerede bıraktığımı. Bulamıyorum ve bütün gün boyunca yaşadığım plansız ve istemeden olan olaylara birini daha eklemiş oluyorum.

Yedek bir anahtarımı kimseye vermediğime pişman oluyorum. Verebileceğim kimsemin olmadığı gelince hatırıma hüzünleniyorum ama yapacak bir şey yok. Elimden bir şey gelmiyor. Çaresiz çilingiri arıyorum. "Bir saat sonra" diyor "Bir saat sonra ancak gelirim." Çaresizim ve bekliyorum.

Çantamdan boşalttıklarımı tekrar topluyorum. Hepsini yerleştiriyorum birer birer... Sonra merdivene diz kırıp oturuyorum. Duvar kenarına doğru siniyorum. Hayret ediyorum kendime ve unutkanlığıma sitem ediyorum. Neden sonra kitap geliyor aklıma. Okumak istemiyorum ama yapacak başka bir şey de bulamıyorum.

Mecburen alıyorum kitabı elime ve mecburen okuyorum. Merak etmiyor muyum? Elbette ediyorum ne anlatılacağını ama mecbur olduğumu bilmek kızdırıyor beni. Yine de okuyorum...

Birinci Mertebe

Nefs-i Emmâre

-Kötülüğü Emreden-

"Muhakkak ki nefs, daima kötülüğü emredicidir."*

Kötülüğü emreden, kötü olanı yapmayı isteyen nefis demektir. Nefsin en aşağıda olan mertebesidir. Esasında kâfirlerin, müşriklerin, münafıkların ve fâsıkların nefisleridir. Lakin nefs-i emmâre herkeste az ya da çok mutlaka bulunur. İnsanı en güçsüz olduğu, savunmazsız bulunduğu anlarda yakalar. Kibir, nefret, cimrilik, öfke, şehvet, yalan gibi hisler işte onun açık tehditleridir.

* Bkz: Yusuf sûresi, 12:53.

Bursa/1576

Kadı Mahmud Efendi

Ey nefsim! Kimsin sen-

HOCASI NÂZIRZÂDE RAMAZAN EFENDİ henüz vefat etmişti. Kadı Mahmud Efendi bir hüzün deryasına kapılmış ve o deryanın içinde ne denli ıstırap çekiyorsa o denli beni sorgulamaya başlamıştı.

Hüzün insanı Allah'a yaklaştırırdı biliyordum. Bu sebeple ne vakit insanın gönlüne hüzün düşse ben onun aklına türlü türlü şeyler getirir ve unuttur累urdum onu hüzünlendirecek her ne varsa. Bu kez de öyle yapıyordum. Hüznünü unutturmak için Kadı Mahmud Efendi'ye dünyalık gaileler seriyordum önüne. Hatta daha hocasının cenazesinde yapmıştım ilk hilemi. Mağlup olmayacağını bilsem de denemiş ve şöyle bir vesvese salmıştım gönlüne; "Neden bu denli üzülüyorsun? Tamam, hocan göçtü bu âlemden. Allah merhametiyle muamele etsin. Lakin sen yaşıyorsun ve bu dünyadasın. Hem bak artık Bursa'da itibarı ve mevkii en yüksek olan sensin. Ölenle ölünmez ki! Sen anca dua edersin ona. Lakin her ölüm felaket değil. Bak bu ölüm senin önünde ne makamların kapısını açıyor?" Hem iyi gibi görünen şeyler söylüyordum ona hem de bana hoş gelenleri fısıldıyordum. İlkin biraz hoşuna gitti sanki söylediklerim. Lakin sonra utandı, sıkıldı. Aklından geçen düşüncelere pişman oldu da tövbeye sarıldı. Bu sadece bir denemeydi. Bundan sonra yakasını hiç bırakmayacaktım. Zira dediğim gibi Bursa'nın en bilinen, en itibar gören kişisi oydu artık. Ve kazaskerliğine birkaç adımı kalmıştı. Ben işte onun gönlünü buradan vuracaktım.

Yaptım da. Ve hatta bazıları işe de yaradı. Artık aylık aldığı akçe artmış, hayatı daha da müreffeh bir hâl almıştı. Halkın gözünde itibarı yükselmiş, onu yolda belde gören önünde selam bekler olmuştu. İnsanoğlu belki her şeye "Hayır" diyebilirdi lakin para, şehvet ve şöhrete "Hayır" demek ona çok zor gelirdi. Herkes "Hayır" diyemezdi bunlara. Ve şöhreti iyiden iyiye artmıştı Kadı Mahmud Efendi'nin. Daha çok gençti ve yaşı genç olanlar beni daha çok dinlerdi. Makamı yükseldikçe kazancı da çoğalmıştı. Yani ki zahirde bir derdi kalmamıştı. İşte insanın derdi olmadığı anda ve unuttuğu anda bütün dertleri benim için ona ulaşmak çok daha kolaydı.

İlkin makamına göre davranması gerektiğini, onun bu beldenin en itibarlısı olduğunu fısıldadım kulaklarına. Ona göre davranmasını, öyle giyinmesini, öyle gezinmesini salık verdim. O dahi uydu benim dediklerime. Atlas bir kaftan geçirdi üstüne. Başına koca bir kavuk taktı. Kıratlarla gezindi çarşıda. Yanında üç-beş zabit olmadan çıkmadı halkın arasına. İnsanlar etrafında ellerini bağlayıp durdukça hoşuna gitti. Adaletten bir nebze olsun kaymıyordu, sapmıyor ve adaletsizlik etmiyordu, sahi. Lakin bu itibar da hoşuna gitmiyor değildi. Bursa'nın en ihtişamlı hanesinde yaşıyor. Hem medresede müderrislik hem de mahkemede kadılık ediyordu. Mahkemeye kim gelse onun karşısında diz kırıyor, ondan adalet bekliyor, medet umuyordu. Daha ne lazım gelirdi ona! Halkın gözünde imrenilecek bir yeri vardı ve o dahi bununla gurur duyardı. Elbette ben isterdim bunu. Elbette ona bu gururu ben telkin ederdim.

Dünyanın meşgaleleri ile çevirmiştim etrafını. Bir gezindi mi halkın arasında bütün ihtişamıyla ben çok sevinirdim. Medresede dersini anlattığında hayran hayran onu seyredince talebeleri ben bayram ederdim.

Ahiret denen şeyi getirmedim hiç aklına. Zira o akla geldiği anda ben onu terk ederdim. Ben yalnızca bu dünyada vardım, ahiret benim için yokluk demekti. Dünya bendim ve ben dünya idim. Dünyalık dertler salıyordum onun başına, gözüne perde oluyordum, sözüne gölge oluyordum, yoluna engel oluyordum, gönlüne düşman oluyordum.

Ah o birkaç zamanı ne güzel geçirdik. Ne hoş yâren olduk onunla. Gençti, şöhreti vardı, malı mülkü, makamı, itibarı vardı. İşte ben en ziyade bu yaşta bunlara sahip olanların ensesinde olurdum ve yakasını bir an olsun bırakmıyordum onun da.

Geceleri gözlerinin önüne derdi tasayı hiç getirmedim. Hiç hüzünlendirmedim beni unutmasın diye. Hüznü varsa unuturdum, derdi varsa nisyan ejderhasına yutturdum. O kendi kendine konuştuğunu zannettiği anlarda bile onunla ben konuştum. Lakin ah o gece o rüyayı görmeyeydi. Görmeyeydi de tereddüt etmeyeydi bu olanlardan.

Hocası Nâzırzâde Ramazan Efendi öleli birkaç ay olmuştu ki bir gece vakti bir rüya düştü gözbebeklerine Kadı Mahmud Efendi'nin...

O gece çok yorgun hâlde geldi hanesine. Ben zannettim ki yatağına gidecek, istirahat edecek, uykunun derinlerine inecekti. Lakin o öyle yapmadı. Evvelce hemen gitti bir abdest aldı. Sonra geldi de oturdu sedire. Hemen yanında duran rahleyi önüne çekti. Ve üzerinde duran Kur'ân-ı Kerim'i açıverdi. Ve ben hemen sesler saldım zihnine. "Bu geç vakitte neden okuyacaksın? Sabah erkenden kalkar, açar okursun. Hem bak ne kadar yorgunsun. Şimdi uyumalısın" dediysem de dinletemedim. Durduramadım onu. Kur'ân-ı Kerim'den bir sayfayı açtı. Aklında olan bir yer değildi. Rastgele açılan bir sayfaydı bu. Ve başladı okumaya. O okudukça ben gözlerine uyku perdesini indirmeye gayret ettim. Direndi, direndi. Belki bir çeyrek saat belki de yarım... O okudukça oklar saplanıyordu benim sineme. O okudukça ben küçülüyor, zayıflıyor, yoruluyordum ama yine de saldırıyordum. Zira okuduğu âyetler ahiretten bahsediyordu. Ve o ahireti düşündükçe beni unutuyordu ve işitmiyordu söylediklerimi.

Yine de galip geldim ona. Gözleri ağırlaştı. Kapanmaya başladı tek tek. Sonra gözlerini ovuşturdu ve kapandı gözleri. Ben derin bir nefes çekiyordum o ise en son okuduğu âyeti terennüm ediyordu tekrar tekrar:

"Muhakkak ki onlar; Allah'ın ahdini ve yeminlerini az bir değere (dünyalık uğruna) satarlar. İşte onlar için ahirette bir nasip yoktur. Ve Allah onlar ile konuşmayacak ve kıyamet günü onlara nazar etmeyecek (yüzlerine bakmayacak). Ve onları temize çıkarmayacaktır. Ve onlar için elim azap vardır."[*]

Ve sonra yanına düştü başı, daldı gitti. Bir rüya gördü. Öyle bir rüya ki sualler etmeye başlattı ona. Öyle bir rüya ki neden bu dünyada olduğunu ve neler ettiğini hesap ettirdi. Ve öyle bir rüya ki Kadı Mahmud Efendi'yi değiştirecek ve onu bir başkasına dönüştürecek ilk hareketi verdi.

Rüyasında sur üflenmiş, kıyamet olmuş da bitmiş, dünya gelmiş de geçmiş, her ne varsa canı olan canını vermiş ve tekrar almış canını. Sonra mizan kurulmuş, defter sunulmuş, noksansız herkese ettikleri sorulmuş, günahkârların kalpleri burulmuş, salihler Kevser yanında oturmuş, insan amelince cennet ya da cehenneme konulmuş...

* Âl-i İmrân sûresi, 3:77.

Bütün bu olanları öteden bir yerden seyreder hâlde gördü kendini Kadı Mahmud Efendi. İnsanların telaşını, acısını, sızısını, pişmanlığını, sevincini sonra, felahını, kurtuluşunu gördü. Sonra bir aralık gözüne hocası Nâzırzâde Ramazan Efendi ilişiverdi. Kendini rahatlamış hissetti Kadı Mahmud Efendi. Zira hocasını cennetliklerden biliyor, günaha hiç değmediğini, nefsine yani ki bana hiç yenilmediğini zannediyordu. "Muhakkak ki hocam dahi şu mesrur, mutlu insanlar arasındadır" diye geçiriyordu içinden.

Lakin sonra bir de baktı ki Nâzırzâde Ramazan Efendi ellerini göğsüne vura vura ağlıyor, sızlıyor ve hatta feryat ediyordu. Belli ki canı yanıyor, belli ki pişman oluyor ve belli ki mahcup ve mahzun olanların safında yer alıyordu. Şaştı kaldı Kadı Mahmud Efendi. Nasıl olurdu? Hocası cehennemlikler arasında mıydı yani? Öyle çok şaştı ki gözlerini hiç ayıramadı hocasından. Gönlüne ateşler düştü, ciğeri yandı, dili dolandı, nefesi daraldı. Sanki kendi cehennemlikler arasındaydı. Sanki kendine azap ediliyor sanki kendi cennetten sürgün ediliyordu.

Hiç ayırmadı gözünü hocasından. Bir an olsun gözünü kırpmadı. Dayanamıyor ama yine de bakıyordu ve gözlerinden hem rüyada hem de gerçekte yaşlar akıyordu.

İşte şimdi yere diz çökmüş de oturuyor, ellerini dizlerine vuruyor, gözlerini sanki kanla dolduruyordu Nâzırzâde Ramazan Efendi. Neden sonra başını kaldırdı da tam Kadı Mahmud Efendi'nin olduğu tarafa çevirdi. Ve bir anlık göz göze geldiler. Ve dudakları kıpırdadı hocasının. Tek hece, tek kelime dedi sanki. Sanki bir sırrı söyledi. Ne demişti anlayamadı Kadı Mahmud Efendi. Ne demişti? "Ses" mi? "Nefes" mi? Yoksa "Nefs" mi? Bilemedi. Titredi Kadı Mahmud Efendi, irkildi birden ve sıçrayarak terler içinde uykusundan uyandı.

Uyandığında hâlen titriyordu, terler boşanıyordu alnından, gözleri yaşlar içindeydi. Oturduğu sedirden kalktı ayağa. Odasının içinde bir o yana bir bu yana maksatsızca dolaştı durdu. Yürüdü, düşündü, düşündü ve yürüdü. Gözlerini neredeyse hiç kapatmıyor ve hatta kırpmıyordu bile. Zira gözlerini kapar kapamaz hocasının rüyada gördüğü hâli düşüyordu gözlerinin önüne. "Nasıl olur?" diyordu kendi kendine "Hocamın bir vakit olsun namazını geçirdiğini, bir an olsun ibadet ve taati terk ettiğini, kısacık bir lahza olsa şeytandan yana meylettiğini bilmiyordum ve görmemiştim. Lakin bu nasıl rüyaydı?" diyordu. Hemen susturmam gerekti vicdanının sorularını. Zira bu sualler benim için tehlikeliydi. Hemen dedim ki "Bir rüya işte. Sen rüyaya neden inanıyorsun? Hem rüyayla amel olmaz bilmiyor musun?" Lakin beni dinleyecek hâlde değildi. Hiç duymuyordu sanki beni.

Bir vakit daha öylece dolandı durdu. Sonra gitti bir abdest aldı. Ama hâlen titriyordu. Rengi safran sarıydı. Geldi ve tekrar oturdu sedire. Önündeki rahlede açık duran Kur'ân-ı Kerim'e baktı. Birkaç zaman kaldı öylece. Okumuyordu, bakıyordu. Sonra birkaç sayfa çevirdi. Birkaç sayfa daha sonra ve durdu. Bu kez okuyordu içinden. Okudu, okudu ve okudu. Sanki bir şeyler arıyordu.

Neden sonra bir yere geldiğinde aradığını bulur gibi oldu. Kaldırdı başını, kapadı gözlerini. Sadece dudakları kıpırdıyor ama hiç sesi çıkmıyordu. Biri olsa yanında duymazdı dediklerini lakin ben duyuyordum. Söylediklerini değil de söylemediklerini bile. Zira ben onunlaydım, nefesi gibiydim, nefsiydim onun ve ben bile bu âyeti duyunca titrediğimi hissettim. Zira artık beni tanımaya başlıyordu. Tanımadığın düşmandı en tehlikeli olanı. O beni şimdiye değin bilmiyordu. Ama bu âyet ona benden bahsediyordu. Hâlâ kıpırdıyordu dudakları ve şöyle söylüyordu:

*"'Kitabını oku! Bugün sana hesap sorucu olarak nefsin yeter' denilecektir."**

* İsrâ sûresi, 17:14.

Bir zaman o hâlde durdu. Neden sonra yaşlar döküldü gözünden. Sonra dudağından üç kelime;

"Nefsim" dedi "Kimsin sen?"

***

Sonraki günler sualleri çoğaldı. Kendi kendine düşünmeye, bulmaya, bilmeye gayret etti. Lakin ona yol gösterecek, yolunda kılavuzluk edecek kimsesi yoktu ve olmaması benim işime yarıyordu. Hem demiyor muydu insanlar "Şeyhi olmayanın şeyhi şeytandır" diye. İşte bendim o. Ben idim şeyhi olmayanın şeyhi. Ama bu denli sual etmesi beni rahatsız ediyordu.

Artık yalnız başına kaldığında beni düşünüyor; yaptıklarını, ettiklerini, benim yolumda gittiklerini hayal ediyordu. Sonra pişman oluyor ve tövbe diyordu. Ama yine de kandırabiliyordum onu. Sadece ismimi duymuştu ve sadece biliyordu. Ve bilmek hiçbir şeye yetmiyordu.

Birkaç vakit sonra bu rüyayı da unutturdum ona. Dünyanın dertlerini yığdım başına. Aklına getirmesin diye o rüyayı. Düşünmesin diye...

Aramızda öyle çok çetin geçecek bir mücadele yoktu daha. Ben ona kötü olan, dünyalık olan ne varsa onu emrediyordum. "Nefs-i emmâre" diyordu insanlar benim bu hâlime. Kötülüğü emreden nefs... Kötü olanı hoş gösteren, onu yapman için arzu, heves, gurur, kibir, nefret her ne varsa telkin eden. O hâldeydim ve öyle ediyordum. Ve onları yapmasını istiyordum Kadı Mahmud Efendi'nin. Gerçi yapmıyordu çoğunu, ona açıktan yaklaşamıyordum da iyiymiş gibi gösterip, iyilik entarisi giydirip öyle anlatıyordum.

Misal ki o, halkın arasında gezerken gururlandırıyordum onu ve "Bu senin hakkın. Senelerdir ilim tahsil ettin. Onlarsa sıradan halk. Elbette sana saygı gösterecekler" diyordum. Sonra kibri fısıldıyor "İlmin izzeti vardır" diye söylüyordum. Sonra ara ara "Mevkiinin yükselmesi icap ettiğini" söylüyordum. "Kazasker olmalısın" diyordum. O dahi öyle istiyordu. Zira ben ona hoş gösteriyordum bunu.

O rüya aramıza bir ufak mesafe koysa da, bir adım olsa uzaklaştırsa da bizi, ben yine de ona yaklaşmayı iyi biliyor, zaaflarını tanıyor, noksanlığını seziyor ve oradan giriyordum kanına. Lakin olacak oluyordu, durduramıyordum.

Beni bir anlık mağlup ettiğinde yine o soru düşüyordu gönlüne;

"Ey nefsim! Kimsin sen?" diyordu ama bilmiyordu bazı vakitler en uzakta sandığın ve uzaklarda aradığın en yakınında oluyordu. Ben de öyleydim. Ama hep soruyordu;

"Ey nefsim! Kimsin sen?"

Bursa/1576

Bekir Efendi

"Olmaz" deme! Olmaz da olur!

"AH ÖMRÜM NE BOŞ geçtin sen! Ne beyhude cevelan ettin bu dünya aleminde. Bak ki kaç seneyi tamam ettin bu sürgün diyarında. Yaşın kaça geldi, kaç yaz, kaç bahar gördü gözlerin! Lakin sen hâlen dahi bir maksada eremedin. Bir kez dahi olsa gidip de Ravza'ya yüz süremedin.

Ah ömrüm! Bir kez olsun hacca gitmek nasip olmadı sana. Ne olurdu gideydim. Ne olurdu ben de o kara libaslı güzelin önünde diz kırıp Allah'a münacat edeydim!"

Ben; Bekir Efendi. Bursa'nın gariplerinden bir garip. Ne çok malım var ne de çok mülküm. Esasında bir günü tok geçirmiş olmaklığıma şükrederim. Zira ne elde var ne avuçta. Kimim yok, kimsem yok bir garip hatunumdan gayrı. Param yok pulum yok bir lokma ekmeğimden gayrı. Hoş, artık onlarla bir işim de yok. Ömür yolunun yarısını geçeli çok oldu.

Gayrı bu dünyadan bir muradım kalmadı. Dünyalık bir arzum yok artık. Lakin tek dileğim bu son vaktimde, ahir ömrümde bir tek kere bile olsa gidip de Mekke toprağına alnımı değdirmek ve Kâbe'nin duvarına yüz sürmek, Peygamber Efendimiz aleyhissalâtu vesselamın eşiğinde ölmektir.

Üç senedir ki bu murat ile her hac mevsiminde gözü yaşlı beklerim. Derdime bir de hasret derdini eklerim. Elimde avucumda ne varsa versem dahi o mübarek ellere gitmek için kâfi değil. Bulsam buluştursam da gitsem burada hatunum ne edecek? Ben olmadan boğazından geçecek lokmayı kim getirecek? Ama ben yine de Allah'a dua ederim ve yalnızca ondan bir yardım beklerim.

İşte bu senede geldi hacca gitme mevsimi. Hacca gitmek isteyenler bir bir hazırlıklarını yapıyor. Onlar anlattıkça benim ciğerlerim yanıyor. "Senin köyünü göremeyecek, senin yurduna eremeyecek bir ben miyim ya Rasûlallah?" diye diye inliyorum onlar anlattıkça.

Ah ben ne edeyim! Ne diyeyim, kime gideyim, kimden isteyeyim! Gücüm yok, ömrüm tükeniyor. Lakin ben bu sene öyle ya da böyle edecek ama hacca gideceğim.

***

"Hüznüm arşa değiyor hatun. Bak hacca gidecekler helallik istiyor. Bilirsin ki senelerdir ben dahi gitmek için o mübarek beldelere gecemi gündüz bilirim de dua ile ağlarım. Lakin ne edeyim ki gücüm yetmiyor."

"Hüzünlenme efendi! Bak senin niyetin hâlis. Gitmek istiyorsun ama gücün yetmiyor buna. İmkânın el vermiyor. O vakit neden bu denli hüzünleniyorsun? Hem gidemesen ne olacak, Allah gönlünü biliyor senin."

"Öyle deme sakın hatun. Öyle deyip de kırma şevkimi. Gerekirse o yolda ölmek dilerim ben. Niyet başka amel başka..."

"Aman efendi gitmesen ne olacak ki! Hem senin durumun

belli... Belki de hacca gitmek farz bile değildir sana..."

"Sus Hatun! İçimdeki yangını bilmezsin de konuşursun. Ben gideceğim. Hem farz değildir de ne demek! Hiddetlendirme beni, öfkelendirme. Aşkımın ateşine su serpme..."

"Doğru değil mi ya efendi? Dört-beş gün var surre alayının yola çıkmasına. Hem malı mülkü olana farz değil mi ya hac? İşte ortada bizim hâlimiz. Bir gün tok karınla yatsak diğer gün aç mı kalacağız diye düşünüyoruz. Sana düşmez hac vazifesi."

"Sen ne dersin hatun, ne söylersin sen? Ben gideceğim hacca. Allah'a yemin ederim ki gidemezsem boşadım seni. Allah'a yemin ederim ki gidemezsem boşadım seni. Allah'a yemin ederim ki gidemezsem boşadım seni."

* * *

Ah ben ne ettim! Nasıl söyledim bunu? Nasıl böyle yemin ettim? Bir anlık hiddetle çıktı sözler ağzımdan. Bir anlık öfkeme mağlup oldum. Ya gidemezsem ne edeceğim? Haneme geri nasıl döneceğim?

Hüznüme bir hüzün daha eklenmişti. Bu kez elim kolum dahi bağlanmış, ciğerlerim dağlanmıştı sanki. Sabah erken vakitte çıktım haneden. Ezan sesleri henüz yankılanıyordu. Neredeyse ağlayacaktım. Zira kendi elimle kendimi zincirlemiştim. Koşar adım mescide gittim. Bütün derdimi, efkarımı bütün alemlerin ve bütün gönüllerin ve benim sahibim olana anlatmak için.

Namazdan sonra haneme geri dönmek gelmedi içimden. İçerim yanıyordu ve gözlerim ağlıyordu. Hacca gidememenin hüznüne şimdi bir de kendi kendime ettiğim bir azabın acısı eklenmişti. Ne edeceğimi bilmez hâlde bir sokağa girdim. Kimsecikler yoktu. Bir pınarın yanı başında duran taşın üzerine oturdum. Ve gözümden yaşlar sel oldu da boşandı. Ağlamıyordum da kan döküyordum sanki. Hacca gitmeliydim, öyle çok istiyordum. Ömrümün tek muradı buydu lakin yetmiyordu gücüm ve bir de ettiğim yemin vardı. Benim kadar derdi olan elbette ki ağlardı.

Ben de oturduğum yerde inleye inleye ağlıyordum. Neden sonra bir el değdi omzuma. Evvelce korktum ve hatta utandım ağladığımdan. Hemen gözlerimi sildim kalkacak oldum yerimden. Ama gücüm yetmedi. Çevirdim başımı ve sadece yüzüne baktım omzumda duran elin sahibinin. Beyazdan beyaz sakallı bir garip âdem. Tanıyor ve biliyordum onu. Daha evvelden de görmüştüm. Çarşıda tüccarlık eder eskiler alır, tamir eder ve satardı. Evet, evet, eskici Mehmed dede idi bu. Peki ya ne ediyordu burada?

Öylece bakakaldım yüzüne. Bir şey diyecek oldum söyletmedi. Susturdu.

"Hüzünlenme" dedi, "Allah isterse her şey olur."

Anlayamamıştım ne demek istediğini. Tam cevap verecek oldum ki susturdu yine beni.

"Tut ellerimden" dedi, "Ve kapat gözlerini. Ben aç diyene kadar da sakın açma!"

Neydi bu? Ne oluyordu? Bilmiyordum ama itiraz da edemiyordum. Ne dediyse, ne istediyse yaptım. Sağ elimi sağ eline kavuşturdum ve tuttum sıkıca. Sonra yumdum gözlerimi. Başım dönmeye, vücudum titremeye başladı. Ama açmadım gözlerimi. Sadece sıkı sıkıya ellerine yapıştım.

Sonra bir ses işittim. Sanki çok uzak ve derinden.

"Şimdi" dedi, "Şimdi gözlerini aç!"

"Aman ya Rabbi! Aman ya Rabbi!" dedim ve kapandım yere. Olamazdı ama oluyordu. Gözlerime bu kez sevinçten yaşlar doluyordu. Ağlıyor ve ağlıyordum. Kulağıma sesler geliyordu. Olmayacak oluyordu. Zira tam karşımda Kâbe duruyordu.

Bursa/1576

Kadı Mahmud Efendi

Allah'a karşı gelen şeytanın her şeyi yapabileceğine inanıyorsun da bir Allah dostunun yapabileceğine neden inanmıyorsun?

ARTIK BENİ SORGULAMAKTAN biraz da olsa vazgeçmişti Kadı Mahmud Efendi. Zira nefsi, yani beni sorguya çekmek öyle kolay iş değildi. Hem etrafında beni unutturacak çok şey vardı. Devlet işleri, medrese işleri... Hem bunlar oldukça benim ona yaklaşmam daha kolaydı. Zaten benim saldıracağım şeylerin çoğuna sahipti o. Malı mülkü vardı, şöhreti makamı vardı. Benim tek yapmam gereken ona bunları sevdirmek ve hoş göstermekti gözüne.

Medresede talebelere ilim öğretiyor, onlara bildiklerini anlatıyordu. Anlatsındı. Bana zararı yoktu. Hem herkesin başındaydım ben. Talebelerin de içinde ben vardım. O ilmi istersem onlara da kötü yerde kullandırırdım. Sonra adaletle hükmediyordu mahkemede. Adalet dağıtıyordu. Dağıtsındı.

Bu da rahatsız etmiyordu ki beni. Zira suç işleyenlerin de, günaha girenlerin de kanına ben giriyordum. Yine yaptırırdım.

Her gün onlarcası gelip de adalet diliyordu Kadı Mahmud Efendi'den. Onların sıkıntısından kendi sıkıntısına düşmüyordu fikri. Gönlü onları dinlerken kendini işitmiyordu. Beni duyuyordu. Ben duyuruyordum sesimi ona.

Bir gün bir hatun geldi mahkemeye. Utana sıkıla girdi Kadı Mahmud Efendi'nin odasına. O girdiğinde sediri üzerinde atlastan kaftanının içinde ihtişamla oturuyordu Kadı Mahmud Efendi. Ne çok hoşuma gidiyordu bu hâli. Nasıl da kibre meyyal duruyordu.

Hatun geldi de tam karşısında durdu Kadı Mahmud Efendi'nin... Başını yerden hiç kaldırmadı. Bir vakit sessizce bekledi. Demek ki adabı erkanı biliyordu. Evvela kadı konuşsun diye bekliyordu.

"Söyle hatun" dedi Kadı Mahmud Efendi "Nedir şikayetin?"

Hatun yine kaldırmadı başını yerden. Yaşmağı dahi titremiyordu konuşurken.

"Kadı Efendi" dedi "Beyimden şikayetçiyim ben."

"Anlat" dedi Kadı Mahmud Efendi "Kimdir beyin? Nedir şikayetin?"

"Kadı Efendi" dedi hatun "Beyimin ismi Bekir'dir. Bekir Efendi derler. Kimimiz kimsemiz yoktur. Bir hatun bir er. Öyle paramız pulumuz da yoktur pek. Boğazımızdan geçen lokmayı sayarak yeriz. Lakin birkaç senedir ki beyim Bekir Efendi'nin gönlüne bir arzu düştü. Hacca gitmek isterdi. Her sene hac mevsiminde surre alayı hazırlanırken o da gitmek için kendini hazırlar, dualar ederdi. Lakin elde yok, avuçta yok; nasıl edecek de gidecek? Üç senedir hacıların yola çıktığı her vakit bu hâlde bekledi ve hiçbir vakit gidemedi. Bu sene de aynı şekilde niyetlendi. Amma dedim ya bizim hâlimiz bellidir, çorba niyetine su içeriz. Neyse yine bir akşam 'Giderim,' 'Gidemezsin' derken bir yemin etti."

"Neymiş o yemin?" dedi Kadı Mahmud Efendi.

"Şöyle ki 'Allah'a yemin ederim ki hacca gidemezsem boşadım seni' deyiverdi bana."

"Sonra ne oldu?"

"Sonra hac kervanının yola çıkmasından birkaç zaman sonraydı akşam gelmedi haneye. Ertesi gün de yoktu ve ertesi gün de... Sanki terk etmişti buraları, çekip gitmişti. Evvelce öyle vehmettim. Lakin sonra daha kötüleri düştü gönlüme. Yoksa dedim bir yerlerde ruhunu teslim etti de gören bilen mi olmadı dedim."

"Ne olmuş peki?" dedi Kadı Mahmud Efendi.

"Birkaç gün sonra akşamüzeri çıktı geldi eve. Ben tam 'Nerelerdesin?' diye hesap soracakken 'Sus hanım' dedi, 'Hacca gittim' deyiverdi. Efendim bu mümkün değildir. Buradan ta Mekke'ye gitmek aylarca sürecek yoldur. Ben de dedim ki kendi kendime 'Herhalde yemin ettiği için yalan söylüyor.' Yoksa mümkün değildir söyledikleri."

Elini uzun kara sakallarına attı Kadı Mahmud Efendi. Düşünüyor ve anlamaya çalışıyordu bütün bu olanları. Biraz karışıktı zira mesele.

"Hımm, peki ya sonra ne oldu?"

"Ne olacak Kadı Efendi. Almadım haneye. Kovdum. Zira boşanmış sayılırız biz. Söylediği besbelli ki yalandır. Yemini vardır. Boşanmış oluruz biz."

"Doğru dersin hatun" dedi Kadı Mahmud Efendi. Lakin zihni bulanmış, aklı karışmıştı. "Doğru dersin de yine de senin şu beyini de bir dinlemek icap eder" diye ekledi ve orada bekleyen zabitlerden birine Bekir Efendi'yi alıp gelmesi için işaret etti.

Bir vakit sonra zabit yanında Bekir Efendi olduğu hâlde içeri girdi. Bekir Efendi biraz şaşkıncaydı. Şaşırmış görünüyordu. Kır düşmüş sakalları, gözlerinin etrafındaki halkalar titriyordu sanki. Belli ki korkmuştu. Şaşkınlığını biraz olsa da atınca hatununu gördü. İlkin anlayamasa da ne olduğunu sonradan anlar gibi oldu. Durdu, durdu... Sonra başını eğdi selam verdi Kadı Mahmud Efendi'ye.

"Gel bakalım Bekir Efendi" dedi Kadı Mahmud Efendi.

Bir iki adım daha yaklaştı Bekir Efendi.

"Hakkında şikâyet var. Hatunun senden şikâyetçidir. Der ki hacca gitmeye niyetlenmişsin de gidemezsem seni boşarım diye yemin etmişsin."

"Doğrudur Kadı Efendi. Bir hiddetle çıktı ağzımdan lakin doğrudur."

"Sonra da kaybolmuşsun ortalardan geri dönüp hacca gittim demişsin. Hem de birkaç gün içinde olmuş tüm bunlar. Hâlbuki Bursa'dan Mekke'ye gitmek en azından iki aylık yoldur."

"Hatunum doğru söylemiş Kadı Efendi. Öyle dedim. Ama doğrudur. Zira ben hacca gittim."

Birden hiddetle kalktı oturduğu yerden Kadı Mahmud Efendi. Hiddetlenmişti ve bu benim hoşuma gitmişti. Zira insan hiddetlendiği vakit korumasız kalır ve ben kolayca saldırırdım ona.

"Sus bre!" dedi. "Şu sakalından, yaşından başından utanmaz mısın da yalan söylersin? İki aylık yolu birkaç günde nasıl gidip geleceksin?"

Rengi atmıştı Bekir Efendi'nin ve gazel yaprağı gibi titriyordu. Neden sonra yutkundu:

"Efendim vallahi gittim hacca. Hem şahitlerim de vardır."

"Bre densiz adam! Bu dediklerin hiç akla hayale sığar mı da bir de şahidim vardır diyorsun? Kimmiş şahidin? Ne sebeple şahittir?"

"Efendim" dedi Bekir Efendi yine yutkunarak "Hadise tam şöyle oldu. Ben sinirlenip de yemin ettikten sonraki gün sabah erkenden camiye gittim. Namazı kılıp çıkınca bir kenarda oturdum da ettiğim hataya ve hacca gidemeyeceğime ağlarken bir adam geldi. Bana 'Üzülme' dedi 'Allah isterse olur her şey' dedi. Sonra 'Ellerimden tut. Gözlerini kapa. Ben aç diyene kadar da açma' diye ekledi. Ben de yaptım söylediklerini. Ellerini tuttum ve gözlerimi kapadım. Sonra 'Aç' deyince açıverdim. Bir de ne göreyim Kâbe-i Muazzama tam da karşımda duruyor."

Bu kez titreme sırası Kadı Mahmud Efendi'deydi. Gözleri açılmış, şaşırmış, öylece kalakalmıştı. Hemen bir vesvese saldım zihnine; "İnanma!" dedim "Yalan söylüyor!"

"Nasıl olur bu?" dedi Kadı Mahmud Efendi. "Bu dediğin hiç inanılacak şey midir? Hem kimdir o adam?"

"Efendim vallahi tam da böyle oldu. O adam ise şu Bursa çarşısında bir eskici var, Eskici Mehmed Dede derler. O zattır."

Bir kez daha zabitine eliyle işmar etti Kadı Mahmud Efendi. Bir vakit sonra zabit yanında bir pirifâni ile geldi içeri. Bu yaşlı adam Eskici Mehmed Dede idi. Ben tanıyordum elbette onu. Daha evvel ona nice musallat olmuştum da en sonunda beni bir daha gelmemek üzere kovmuştu. Aktan ak sakalları vardı ve dimdik duruyordu. Bütün heybetini hissettiriyordu insanlara.

Şöyle bir bakıp süzdü onu Kadı Mahmud Efendi. Heybetinden o dahi ürkmüştü lakin hemen bir şeyler fısıldadım kulağına. "Kadı huzurunda selam vermez bu adam, bu nasıl edeptir?" deyiverdim. O da benim dediklerimi tekrar etti.

"Bre kadı huzurunda selam vermek yok mudur?"

Tebessüm etti Eskici Mehmed Dede. Gözlerini mıh gibi Kadı Mahmud Efendi'ye dikti. Sanki ona değil de bana bakıyordu. Biliyordu sanki bunları onun içine benim saldığımı, ne yalan söyleyeyim bakışlarından ben dahi ürkmüştüm. Lakin yine de başını belli belirsiz önüne eğdi.

"Eskici Mehmed Dede sen misin?" dedi Kadı Mahmud Efendi.

"Belî" dedi "Benim."

"O vakit bu adamı da tanırsın" dedi Kadı Mahmud Efendi gözlerini Bekir Efendi'ye çevirip.

"Doğrudur" dedi Eskici Mehmed Dede, "Tanırım"

"Hacca gittim der bu adam. Hem de birkaç günde. Seni de şahit gösterir. Ya sen buna ne dersin?"

"Eyvallah" derim.

"Yani şahitlik edersin öyle mi?"

"Öyle. Şahitlik ederim."

"Edersin de nasıl mümkün olur bu? Sen bu dediğini nasıl yapabilirsin? Ne sihirdir bu? İnanılmayacak olana inanmamı mı istersiniz benden? Besbelli ki bu muhaldir. Nasıl olur bu? Nasıl oldu?"

"Benim bir gayretim yoktur. Ben yapmadım. Hepsi şeyhimin himmetiyledir."

"Kimdir senin şeyhin?"

"Üftâde Hazretleri'dir"

O böyle der demez bir ter sardı beni. Bu kez titreme sırası bende idi. Bir ateş ki her yanıma değdi sanki. Zira ben nefsi olarak ona azap edecekken o bana azap etmişti. İsmini işitmek dahi bana yetmişti. Hemen içine bir vesvese düşürdüm yine Kadı Mahmud Efendi'nin. "O miskin bir dervıştir. Bunu nasıl edecek? İnanma" dedim. O da öyle yaptı.

"O miskin dervişin buna ne gücü yetecek? Nasıl edecek de alıp bir diyardan öbür diyara hem de bir anda götürüverecek birini?"

Gözlerini bir kez daha bir ok gibi çaktı Kadı Mahmud Efendi'nin gözlerine Eskici Mehmed Efendi. Bu kez emindim bana bakıyordu. Benim olduğumu biliyordu.

"Kadı Efendi" dedi. Durdu bir an. Acır gibi baktı ona. Söylemek ile söylememek arası bir hâldeydi. Ama yine de söyledi. "Allah'a karşı gelen şeytanın her şeyi yapabileceğine inanıyorsun da bir Allah dostunun Allah'ın izniyle edebileceklerine neden inanmıyorsun?" dedi ve hiçbir şey demeden döndü ardına çıktı gitti.

Beyninden vurulmuşa dönmüştü Kadı Mahmud Efendi.

Son cümle onu sanki işkencelere sıkıştırmış, sanki yerden yere vurmuştu. Bu ne hâldi, nasıl olurdu? Kalktı oturduğu yerden. Ama hiç sesi çıkmıyordu. Besbelli ki titriyordu. Dudaklarında bir aralık kalmış, gözleri çukurunda büyüyor ve sanki her bir yandan üzerine bir ateş geliyordu. Ne kadar "İnanma, yalandır, aldanma" dediysem de işitmedi beni. O hâlde kaldı.

Neden sonra Bekir Efendi'ye döndü. Sanki başından savar gibi;

"Başka şahidin var mıdır?" dedi.

"Vardır" dedi Bekir Efendi. "Mekke'de Bursa'dan gelen hacıları gördüm. Sohbet ettim onlarla ve hatta bazı emanetler verdim gelince bana vermeleri için."

Hiç umurunda değildi sanki bu duydukları Kadı Mahmud Efendi'nin. Az evvel yediği okun acısıyla hâlen titriyordu.

"Tamam o vakit" dedi "Hacılar gelene kadar bekleyeceğiz. Davayı o vakit göreceğiz" dedi ve herkesi çıkardı odadan.

Kimse kalmayınca birden yığıldı olduğu yere. Gözleri döndü, nefesi kesildi. Bu kez titremiyordu da sallanıyordu sanki. Ve o son cümleyi tekrar edip duruyordu ve ben susturamıyordum onu;

"Allah'a karşı gelen şeytanın her şeyi yapabileceğine inanıyorsun da bir Allah dostunun Allah'ın izniyle edebileceklerine neden inanmıyorsun?"

* * *

O gece bir damla olsun uyku düşmedi gözlerine. Devamlı aynı soruları düşünüyordu. "Olabilir mi?" diyordu kendi kendine. Böyle bir şey olabilir miydi? Mümkün müydü bu? Şayet olduysa bile nasıl oluyordu, nasıl olabiliyordu?

Gece gündüz, her an ve her dakika zihninde bu suallerle geziyordu. Ne gülüyordu ne de eğleşiyordu bir başka şeyle. Ben zihnini neyle meşgul edersem edeyim sonu yine aynı soruya çıkıyordu; "Şayet olmuşsa bu nasıl olurdu? Ve ben nasıl inanmazdım Allah'a isyan etmiş şeytanın her şeyi yapabildiği hâlde bir Hak dostunun yapamayacağına? Peki, ya Hak dostu nasıl olunurdu? Bir miskin derviş değil miydi, yani bu Üftâde?"

Ama ben insanın çok sual edenini sevmezdim. Nefstim ben. Bana sual etmemeliydi insan. Hele ki hiç itiraz etmemeliydi. Hem zaten söylediklerim hoş gelirdi insana, demese de benim yap dediklerimi yapmayı severdi. O vakit itirazsız bana itaat etmesi gerekti. Lakin yapamıyordum bunu. Öyle anlar geliyordu ki gücüm yetmiyordu Kadı Mahmud Efendi'nin suallerini susturmaya. O vakit ben de bir başka çare buldum. Zihnine şüphe denilen okumu sapladım. Zira dava henüz bitmemişti. Bir hilebaz, yalancı olabilirdi bu Eskici Mehmed Dede. Dava hacıların geleceği vakte tehir edilmemiş miydi? O vakit hacılar geldiğinde ya onlarda olmasaydı Bekir Efendi'nin emanetleri?

Hepsini bir bir söyledim Kadı Mahmud Efendi'ye. Şüphe her vakit işe yarardı, yine yaradı. Suallerinin ateşi üzerine bir su oldu da damladı. "Evet" dedi kendi kendine "Evet, daha hacılar gelmedi ki? Ya geldiklerinde yanlarında yoksa o emanetler? Ya her şey bir yalan ve aldatmacaysa?" dedi ve biraz da olsa susturdu suallerini ve rahatlattı beni. Zira bu sualler kalbinin sualleriydi ve kalp; konuşmaya, sual etmeye, tefekkür etmeye başladığı anda akıl ona tabi olurdu ve sesim çıkamazdı benim.

Kalp akla tabi olursa o vakit ben hükümran olurdum insana, yalnızca beni dinler, benim emirlerime itaat ederdi. İlla ki aklı tabi olursa kalbine o vakit ben varsam da yok gibiydim. Söylesem de işitmezdi. Zincire vurulmuş bir hükümdar, kendi sarayında esir bir padişah olurdum. Dilsiz bir amir, kör bir kılavuz ne işe yarardı ki?

Oysa ben insanın gözünü kör ederdim de bakar ama görmezdi. Kulağını sağır ederdim de işitir ama dinlemezdi ve lal ederdim dilini de bilir lakin söylemezdi. Ama kalp galip geldiği vakit akla ben bunların hiçbirine güç yetiremezdim.

Şimdi de yaptığım oydu. Hissini değil de aklını öne çıkarıyordum. Aklın kabul etmediğinin var olamayacağını anlatıyordum ona.

Birkaç gün az da olsa unuttu bunları. Hacıların geleceği güne kadar bekledi. Hem öyle inandırmıştım ki neredeyse gelecek hacılarda o emanetlerin olmadığına emindi. Hoş ben dahi öyle zannediyordum.

Birkaç gün sonra hacılardan haber geldi. Birkaç saatlik mesafedeydiler. Kadı Mahmud Efendi odasında oturuyordu bu haberi bir zabitin getirdiğinde. Bir an durdu düşündü. Neden sonra tam zabit çıkacakken odadan;

"Tez git" dedi zabite "Tez gidip de hacıların yollarında bekle. Bu Bekir Efendi'nin emanet verdiğim dediği hacılar kimseyle görüşüp konuşmadan hemen al da gel buraya. Aman ha dikkatli ol. Senden evvel kimse ile görüşmesinler."

Hemen çıktı odadan zabit. Kadı Mahmud Efendi heyecanlanmıştı. Zira kaç gündür ve kaç zamandır aklında bir gedik açan suallerine cevap bulacaktı. Duramıyordu yerinde ve oturamıyordu. Ve geçmiyordu sanki zaman. Vakit kalın bir sicimle bağlanmıştı sanki de hareket etmiyordu. Öyle hissediyordu Kadı Mahmud Efendi.

Birkaç zaman sonra zabit yanında bembeyeaz entarilerle bürünmüş, sırtlarında birkaç bohça olan üç adamla beraber girdiler içeri. Hacılar hiçbir şey anlamamışlardı. Hasret ve sürur ile memleketlerine döner dönmez kendilerini Kadı Efendi'nin karşısında bulmuş olmak hem korkutmuştu onları hem de tedirgin etmişti. Şaşkın bir hâlde manasızca birbirlerinin yüzüne bakıyorlardı.

"Gelin bakalım" dedi Kadı Mahmud Efendi.

Aynı şaşkın hâl ve ne yapacaklarını bilmez bir eda ile birkaç adım ilerlediler.

Derin bir nefes aldı ve verdi Kadı Mahmud Efendi. Sonra oturduğu yerde bir elini dizine bir elini de sedire koydu ve devam etti konuşmaya;

"Allah kabul etsin haccınızı."

"Amin" diyerek cevapladı hepsi bir ağızdan lakin hâlen dahi şaşkındılar.

"Şaşmayın" dedi "Kötü bir hâl yok. Size bir sualim var onun için çağırttım yanıma."

"Hayrolsun" dediler yine hep bir ağızdan.

"Deyin bakalım hele; bir Bekir Efendi varmış. Çarşıda ufak tefek işler yapıp geçinen. Siz tanır mısınız onu."

"Tanırız" dediler yine hep bir ağızdan.

"Heh! Siz bu Bekir Efendi'yi en son ne vakit gördünüz?"

"Hacda gördük" dedi hepsi.

Oturduğu yerde düzeldi birden Kadı Mahmud Efendi. Sonra derin bir nefes aldı. Ve oflar gibi verdi sonra.

"Emin misiniz?" dedi.

"Elbette" dediler "Konuştuk, oturduk. Hatta bize emanetler verdi Kadı Efendi. Vallahi ne verdiyse hepsini tamam getirdik. Tek bir parçasına dokunmadık. Bunun için buradaysak eğer işte buradadır hepsi" dediler ve bohçalarından birkaç parça çıkarıverdiler hemen.

Bu son sözleri işitir işitmez bakışları daldı Kadı Mahmud Efendi'nin. Elini önünde duran rahleye ahenkli bir şekilde vuruyor ve gözlerini hiç kırpmadan düşünüyordu.

"Tamam" dedi "Çıkabilirsiniz."

Hacılar yine aynı şaşkın hâlde birbirlerine bakarak çıktılar odadan. Ne olduğunu, neden olduğunu bilmeden çıktılar.

Onlar çıkınca da hâli değişmedi Kadı Mahmud Efendi'nin. Bakışı sabitlenmiş hâlde öyle duruyordu. Sonra başından kavuğunu çıkardı. Ellerinin arasına aldı başını. Nefesi hızlandı.

"Nasıl?" diyordu kendi kendine "Bu nasıl olur?"

Henüz bilmiyordu. Lakin ben biliyordum. Zira Kadı Mahmud Efendi'nin kalbi aklına galip geliyordu. İmkansız olsa da işittikleri, aklı değilse de kalbi inanıyordu buna. Ve benim için en tehlikeli olan inanmış bir kalpti.

İlk sillesini böyle vuruyordu bana. İlk yarayı böyle açıyordu. Farkında değildi ve bilmiyordu. Ama ben yine susmuyor, vazgeçmiyordum ve vazgeçmeyecektim de...

~

İstanbul'da herhangi bir yer/Bugün

Sen

Yoksa nefsim benimle mi konuşuyor?

NASIL YÂ HÛ! İnsan nasıl böyle bir yerden bir yere gider? Gidilmez ki! Mümkün değil ki! Olamaz yani. Tamam anlatılanlar insana hoş geliyor da yazar hayal etme işini abartmış gerçekten. İnsan gözünü kapayıp açacak kadar kısa bir vakitte yapamaz ki bunları.

*Ya olabilirse? **"Allah'a karşı gelen şeytanın her şeyi yapabileceğine inanıyorsun da bir Allah dostunun Allah'ın izniyle edebileceklerine neden inanmıyorsun?"** diyor yazar. İnanmalı mıyım yoksa? Neler saçmalıyorum ben Allah aşkına! Bir kitap işte... Sadece bir kitap... Kafamı bu kadar karıştırması saçmalık! Hem her kitapta yazana inanılmaz ki! Acaba gerçekten de Aziz Mahmud Hüdâyî'nin hayatında bu olay olmuş mu? Yoksa yazar hayal mi ediyor bunları? Önce bunu bilmeyim. Ama kabul etmeliyim ki yazar abartmış.*

Bunları düşünüyorum evet. Ama üşümeye başladım ve bu çilingir hâlâ gelmedi. Tekrar aramak için telefonumu elime alıyorum ki ayak sesleri geliyor apartmanın merdivenlerinden. Oturduğum yerden kalkıyorum. Şükür ki gelen çilingir ve farkında geç kalmış olduğunun. Gerçi ben kitabı okurken o kadar da rahatsız olmadım beklediğim için ama beklettiği için o rahatsız olmuş gibi.

Gençten bir adam bu gelen... Benim böyle merdivende beklediğimi görünce biraz daha mahcup oluyor sanki. Ama yine de ona mecbur olduğumu bilir bir edayla hiç "Özür" kelimesini söylemeden özür dilemeye çalışıyor.

"İstanbul trafiği işte... Hiç belli olmuyor. Keşke mümkün olsa da gözümüzü kapayıp açana kadar istediğimiz yere gidebilsek. Ama mümkün değil işte" diyor tebessüm ederek.

"Ne dediniz siz?" diyorum.

"İnsan diyorum öyle göz açıp kapasa da hemen gitse istediği yere ne iyi olurdu."

Cevap veremiyorum adama. Bir şey söyleyemiyorum. Manasızca tebessüm ediyorum sadece. Şaşkın ve şaşırmış hâlde öylece bakıyorum. Neden böyle söylemişti bu adam. Bilmiyorum ama irkiliyorum.

Elindeki takım çantasını yere koyuyor adam. Kapıyla ilgilenmeye başlıyor ama ben ilgilenemiyorum. Sadece hayret ederek bakıyorum ardından ona. Neden böyle söylediğini bilmiyorum ve tesadüf de diyemiyorum. Zira inanmıyorum tesadüflere.

Tutunacak bir yer arar gibi ellerimi ceplerime sokuyorum. Düşünüyorum sadece. Göz açıp kapayacak kadar kısa bir anda bir yerlere gitmek... Mümkün değil elbet ama ya mümkünse? Kafam karmakarışık. Neden sonra cebimde olan sağ elime değen bir şey hissediyorum. Anlayamıyorum önce. Sonra elime değen şeyi çıkarıyorum cebimden; anahtar, kapının anahtarı. Nasıl olur bu? Aradım, biliyorum ama yoktu. Oysa şimdi elimde duruyor anahtar. Bu kadarına dayanıyorum. Sersemliğime hayret ediyorum. Anahtar cebimde olduğu hâlde bir saate yakın vakittir burada bekliyorum. Öyle çok sinirleniyorum ki kendime. Hem de hayret ediyorum.

Çilingir daha kapıya dokunmadan durduruyorum onu.

"Gerek kalmadı" diyorum. "Anahtarı buldum. Meğer cebimdeymiş."

Gülüyor adam ve haklı. Sersemliğime gülüyor muhtemelen.

"Bazen" diyor "İnsan aradığı için bulamaz. Aradığı en yakınında olsa da göremez onu. Çok oluyor böyle, biz çok görüyoruz."

Söylediği cümleyi bilerek mi söylüyor bilmiyorum. Ama ne güzel söylüyor adam. Gerçekten de insan bazen aradığı için bulamıyor ve yakınında olanı göremiyor bazen uzaklara baktığı için.

Teşekkür edip de gönderiyorum adamı ve biraz bahşiş veriyorum ama almıyor.

O gidince kendi hâlime gülüyorum. Şaşkınım, biliyorum. Anahtarımı kilide sokup da açıyorum kapıyı. Sonra içimden bir ses; "Tesadüf değilse ya bir kapıyı açman içinse bunlar?" diyor bana. Kitapta sual edenlerden bahsediyor ve ben suallere gömülüyorum. Ya bu sualler bir anahtar gibi ise. Bilmiyorum... İçimdeki ses tekrar konuşuyor; "Saçmalık bunlar" diyor "İnanma." Bilemiyorum...

Yoksa nefsim... Yok, hayır, çok etkilendim. Ama ya belki... Saçmalıyorum gerçekten.

Ya öyleyse? Neden olmasın ki?

Yoksa nefsim benimle mi konuşuyor?

* * *

Eve girer girmez soğuk bir su alıyorum dolaptan. Aklım karmakarışık. Kitabı düşünmüyorum aslında artık. Düşündüğüm nefs. Bu söylenenlerin olabilme ihtimali zihnimi altüst ediyor. İçimden hâlâ sesler geliyor. Misal ki kitabın devamında ne olacağını merak ediyorum. Eskici Mehmed denen bu adam kim, bu yaptıkları nasıl oluyor? İnsan bir yerden bir yere nasıl edip de böyle gidiyor? Sonra nefs, nefs gerçekten böyle konuşuyor mu insanla? Bunları bilmiyorum ve esasında merak da ediyorum. Ama işte o içimden gelen ses gidip yatmamı, dinlenmemi, uyumamı söylüyor bana. Ne yalan söyleyeyim bu içimden gelen sesin söyledikleri bana daha tatlı geliyor.

Odama geçiyorum. Çantamı ve kitabı yatağımın hemen yanı başında duran sehpanın üzerine bırakıyorum. İstemek ve yapmak bambaşka şeyler o an anlıyorum bunu. Zira okumak istiyorum kitabı, merak ediyorum ama yapamıyorum. Sanki bir şey beni engelliyor, hissediyorum. Acaba bu mu nefs, beni engelleyen o mu? Bilemiyorum...

Kendimi sanki atar gibi bırakıyorum yatağın üzerine. Normalde bu kadar kolay uykum gelmez, geceleri geç vakitlere kadar televizyon seyredebilirim mesela ya da gezinebilir, sohbet edebilirim, bilgisayar başında anlamsız ve amaçsızca oturabilirim. Ama şimdi, neden şimdi uykum geliyor bu kadar çok? Ve neden kapanıyor gözlerim böyle?

İyice bir uzanıyorum yatağa, uyuyacağım, karar veriyorum. Lakin bu kez uyku girmiyor gözüme, sanki az evvelki hâlim uçup gidiyor. Bir çeyrek saatten fazla öylece bakıyorum tavana. Kapanmıyor gözlerim, uykum var sanıyordum ama yapamıyorum. Neden sonra kitabı alıyorum elime. Mademki uyuyamıyorum okuyabilirim diye vehmediyorum. Elime alıp açıyorum kitabı. Ama işte yine oluyor! Esnemeye başlıyorum, gözlerim kapanıyor. Sanki biri kitabı okumamı istemiyor. Sanki dalga geçiyor benimle.

Allah'ım bu ne biçim hâl! Kitabı elime alınca uykum geliyor ve bırakınca uyuyamıyorum. İnat ediyorum. Okuyacağım ve en azından deniyorum. Eğer ki nefsim ise bunu bana yaptıran—kitabın dediği gibi—bakalım o mu güçlü yoksa ben mi?

Kaldığım yeri açıyorum ve okumaya devam ediyorum, gözlerim kapanacak gibi oluyor ama inat ediyorum, okuyorum.

Bursa/1576

Eskici Mehmed Dede

"HAY DELİ GÖNÜL NE VARDI sırrı fâş etmeyeydin böyle. Ne vardı o genç kadı çağırdığında gitmeyeydin, demeyeydin, söylemeydin. Ne vardı! Oysa sen dahi biliyordun bu davetin sebebini. Ne güzel harabeye medfun bir hazineydin, ne güzel kimse seni bilmezken sen evvela nefsini, sonra seni sonra O'nu biliyordun. Oysa şimdi sırrın açığa çıktı. Lakin bunda da vardır bir hikmet, bunda da bir efsun vardır ama sen bilmiyorsun."

Ben Eskici Mehmed Dede. Bir hercai idim evvel vakitte. Bilmez, bilinmezdim; görmez ve görünmezdim. Harabelerde bir harabat ehliydim. Nefsinin pençesine düşmüş bir mücrim, kendine zulmeden bir mazlum idim. Ama ne vakit ki gördüm onu, o vakit harabeler gülistan oldu; ne vakit gördüm, dinledim onu, o vakit cehennem cennete evrildi ve o eski Mehmed'in nefsinin putları bir bir devrildi. Gördüğüm Üftâde Hazretleri idi.

Ben Eskici Mehmed Dede. Kimim kimsem yok benim. Bursa'nın şu eski çarşısında viraneden bozma bir barakada insanların eskilerini alır, onarır, yapar, satarım. Ölmemek içindir bu yaptığım. Fazlasını hiçbir an olsun dilemem. Altmış yaşında yürümeyi öğrenmiş âdem gibiyim. Hem şimdime seviniyorum hem hüzünleniyorum mazime. Nefsimin eliyle ettiklerime tövbe etmekten nefes almaya dahi fırsatım kalmıyor ki.

Lakin işte geçenlerde olanlar gönlümde bir ummanı coşa getirdi. Bir garip âdem Peygamber Efendimiz aleyhissalâtu vesselamın diyarına varamadı diye hüznünden ne edeceğini bilmezken, ben nasıl görmezden gelirdim? Gelemedim. Sonrası... Allah'ın izniyle oldu ne olduysa. Lakin ben sırrımı bir kez açık etmiştim ama bunun dahi bir manası vardı ve bu dahi boşa değildi. Tesadüf değildi hiçbiri.

İşte şimdi o virane barakamda öylece bekliyorum. Hem derdime hüzünleniyor hem de Kadı Efendi'yi bekliyorum. Zira gelecek, biliyorum. Ama o henüz bilmiyor buraya geleceğini. Bilmiyor bir yeni yola gireceğini.

* * *

Ben, Eskici Mehmed Dede. Eskimiş bir gönlü alıp tazeleyemem lakin o gönlü tazeleyecek ustasına göndermek için bekliyorum.

Bursa/1576

Kadı Mahmud Efendi

Senin nasibin bizden değil Üftâde Hazretlerindendir.

BİR ŞEYLER DEĞİŞİYORDU Kadı Mahmud Efendi'de. Artık beni işitmediği, dinlemediği vakitler çoğalıyordu. Bunu en iyi ben biliyordum. Zira nefsin insanı tanıması, bilmesi kolaydı. Ama ne kadar zordu insanın nefsini bilmesi. O da henüz beni bilmiyordu ama değişiyordu; zira soruyordu, sual ediyordu ve eskisi gibi beni dinlemiyordu.

Bu olaydan sonra bir hâller oldu ona. Artık eski ihtişamından uzaklarda cevelan ediyordu. Halkın arasında gezerken, insanlarla hasbihâl ederken, gelirken, giderken, dinlerken ve söylerken hep aklında bu olanlar vardı. Bir an olsun çıkarmıyordu aklından. Ben boş durmuyordum elbet. "İnanma" demenin bir faydası yoktu. Zira inanmıştı. Ama ben daha başka şeyler dedim ona. "Bir eskici kimdir ki sen gibi makamı olan, âlim olan birinin aklını karıştırıyor. Hem senin işin değildir bunlar. Sen kendi vazifenle eğleş. Bak görünüyor kazaskerliğin yolu. Birkaç adımın kaldı. Bırak bunları da ona gayret et" dedim, lakin dinletemedim.

İnsanların içine daha az çıkar oldu. Daha az konuşur oldu. Hep aklında aynı sualler; "Bir insan bunu nasıl yapar? Allah bir kulunu nasıl sever ki bunları ettirir? Hem sonra benim itibarım, gücüm, ilmim, şöhretim buna yeter mi? Yetmez! O vakit bunu yapabilen yani ki Allah'ın sevdiği olabilen kişi benden çok daha güçlü değil midir?" diyordu kendi kendine.

Atına binip dağ başlarına gidiyor, yalnız başına konuşuyor, düşünüyor, dinliyor ve hatta ağlıyordu. İnsan yalnızlığa meylettiği vakit yahut insanlardan uzak olmak istediği vakit Allah'a yaklaşıyordu ve ben istemezdim asla bunu. O ki insan Allah'a yaklaştıkça benden uzaklaşırdı.

O yalnız olduğunu sanıyor ama ben onu bir an olsun yalnız bırakmıyordum. Seziyordum ki bir lahzacık gönlüyle, vicdanıyla kalsa beni ezip geçecek. Geçmesin, gitmesin beni yenmesin, terk etmesin diye hep konuşuyordum onunla. Sualleri zihnini deliyordu sanki aklını eziyordu, beni eziyordu. Dayanamıyor, kıvranıyordu. "Kıvranacak, düşünecek ne var?" diyordum ona. "Bak ki malın mülkün var, git hanende rahatça eğleş, çık halkın içinde şöhretinle hâlleş." Dinlemiyordu, dinletemiyordum. O kıvrandıkça ben küçülüyordum ve o uzaklaştıkça insanlardan ve sualler ettikçe ben yoruluyor, güçsüz düşüyordum.

İşte öyle güçsüz düştüğüm bir anda vicdanı galip geldi bana. Atına atladığı gibi çarşının yollarına düştü. Sesleniyordum ama çıkmıyordu sesim. Konuşuyordum ama duyulmuyordu. Ah o vicdan bir an olsun susmuyordu. Susmuyordu ki yolundan döndüreyim onu. Dursun, gitmesin, sürmesin atını... Gerekse atı tökezlesin, düşsün, gidemesin istiyordum. Zira biliyordum o miskin eskiciye, Eskici Mehmed Dede'ye gidiyordu.

Bir an olsun tereddüt etmeden sürdü atını. Bir kez olsun

ardına bakmadı. Bir ses olsun işitmedi benden. Zira vicdanı hiç susmadı.

Çarşının içinde bir vakit atını sürdükten sonra durdu ve indi atından. Birkaç on adım sonra bir eski barakanın önünde durdu. Bir cismim olsa, bedenim olsa ayaklarına kapanacak ve hatta sarılacak adım attırmayacaktım ona. Lakin yapamıyordum. Bir kez kanına girmişti vicdanı. Aklına musallat olup da durdurmayı denedim. Olmadı. Zira kalbi hükmediyordu aklına.

Şimdi işte tam o barakanın kapısının önündeydi. Elini uzattı kapıyı açmak için. Son bir gayretle "Dur!" dedim. İşitmişti bu kez beni. Zira elini geri indirmişti. "Sen ki koskoca bir kadısın ne işin var buralarda? Bu harabede yaşayan bir miskinden ne medet umacaksın? Hiç olacak iş midir bu?" dedim. İşitiyordu işte. Birkaç adım geri attı. Oluyordu. Gitmiyordu. Dönecek miydi geri? Gidecek miydi? Gitsindi. Gitmeliydi. Geri dönmeliydi. Neden sonra geri geri giden ayakları durdu birden. Başı önüne düştü. Sonra birden daha hızlı adımlar attı ileri doğru. Ve süratle açtı kapıyı. Durduramadım. Ah vicdan! Ah vicdan! Susmuyordu.

İçeri girdiğinde hemen karşısında yere serdiği bir hasırın üzerine oturmuş, elinde bir eski pabuca urganı geçirip tamir eder hâlde buldu eskiciyi. Sanki onu bekliyordu. Sanki geleceğini biliyordu. Hiç şaşırmadı, doğrulmadı, bakmadı bile. Yalnızca ve başını kaldırmadan;

"Gel Kadı Efendi, gel!" dedi.

Bir çocuk gibi yaptı söyleneni koskoca kadı. Birkaç adım attı. Sonra tam eskicinin yanında diz çöküp oturacaktı ki yine işitti sesimi. "Sen koskoca Bursa Kadısı! Şu ettiğine bak! Bir çocuk gibi dizinin dibine çökeceksin bir eskicinin" dedim. Hemen durdu. Oturacakken bekledi ayakta. Kaşları çatıldı. Kibri tüm bedenine sıçradı. Ne güzeldi. Tam istediğim gibi.

"Ey eskici" dedi "Günlerdir aklımı esir ettin. Nedir bu hâl?

Bu söylediğin nasıl olur? Nasıl bir sihirdir bu izah et bana. Bak sırf bunu öğrenmek için koskoca kadı senin ayaklarına geldi."

Birden başını kaldırdı eskici. Gözlerinde ateş vardı.

"Ey Mahmud!" dedi "Ey Kadı Mahmud! Evvela sustur şu nefsini. Yoksa bir adım yolun yoktur senin."

Olduğu yerde çakılı kaldı Kadı Mahmud Efendi. Ve ben de şaşkınlıktan ne diyeceğimi bilemedim. Benim söylediklerimi işitiyordu sanki bu eskici. Bunları benim söylettiğimi biliyordu.

Sustu Kadı Mahmud Efendi. Sustu ve oturdu eskicinin yanına.

"Şimdi de ne diyeceksen" dedi Eskici Mehmed Dede.

"Nasıl?" dedi "Bütün bunlar nasıl olur?"

"Dedim sana daha evvel; Allah dilerse her şey olur."

"O vakit bana da öğret. Bileyim, göreyim, söyleyeyim."

Tebessüm etti Eskici Mehmed Dede. Hâlen dahi başını önünde duran pabuca mıhlamıştı.

"Ben kimim ki öğreteyim? Ne bilirim ki söyleyeyim?"

"Öğret" dedi Kadı Mahmud Efendi ve ellerini sıkı sıkıya tuttu Eskici Mehmed Dede'nin.

"Efendi" dedi Eskici Mehmed Dede "Boşa nefes tüketme. Senin nasibin bizden değil o miskin derviş dediğin Üftâde Hazretleri'ndendir. Var ona git" dedi ve parmağıyla kapıyı işaret etti.

Çok hiddetliydim. Çok pişmandım durduramadığıma onu. Gidecekti biliyordum. Ama benim hilelerim kuvvetliydi. Ne yapıp edip durdurmalıydım onu.

Oturduğu yerden kalktı ve çıktı o barakadan Kadı Mahmud Efendi. Bilmedi ve göremedi. Ama Eskici Mehmed Dede'nin elinde tuttuğu zahirde bir pabuç idiyse de attığı her ilmeği benim boynuma atıyor ve vurduğu her iğneyi benim sineme vuruyordu. Zaten o çıkar çıkmaz tuttu ateşe attı elindeki pabucu. Sanki beni yakmak istiyordu.

İstanbul'da herhangi bir yer/Bugün

Sen

Ya bu yaşadığını sandığın hayat bir rüya ise?

DEMEK Kİ GÜÇSÜZ OLAN BENMİŞİM. Demek ki yenemezmişim bu nefsi. Uyuyakalmışım işte. Elimdeki kitap düşmüş göğsümün üstüne de ben öylece kalakalmışım. Oysa inat etmiştim, okuyacaktım. Ama yapamamışım. O beni yenmiş.

Ama bir rüya gördüm gece. Nasıl oldu, neden oldu bilmiyorum, anlam da veremiyorum zaten. Ama muhtemel ki çok etkilendim ben bu kitaptan da onun için böyle bir rüya düştü uykuma. Hem belki de eğer bu konuşan ve beni durduran nefsim ise demek ki rüyalarda insana musallat olamıyor. Öyle zannediyorum.

Eskici Mehmed Dede'yi gördüm düşümde. Tam kitapta olduğu gibi Kadı Mahmud Efendi gelip onunla konuştuktan sonra çıkınca o barakadan ben girdim içeri. Biliyordum nerede, hangi zamanda ve kiminle olduğumu. Karşımda duranın o

Eskici Mehmed Dede olduğunu çok iyi biliyordum.

Diz çöküp oturmuş ve hâlâ elinde tuttuğu bir şeylere düğüm atıyordu. Ama bir pabuç değildi ellerinde duran. Bir başkaca şeydi ama göremiyordum. Biraz karanlıktı ve tam seçemiyordum içerisini. Sadece az ötede bir ocak yanıyor ve onun ateşi aydınlatıyordu barakayı. Bir-iki adım yaklaştım ona. Korkmuyordum ama bilmiyordum da. İnsan bilmediğinden korkardı ben bilmiyorum ama korku da yoktu içimde. İyice yaklaştım yanına;

"Sen" dedim "O kitapta yazan Eskici Mehmed Dede misin?"

Soruma soruyla cevap verdi:

"Sen de" dedi "O kitabı okuyan gâfil âdem misin?"

"Nasıl yani" dedim "Sen beni biliyor musun? Ben o kitabı okurken siz de beni görüyor ya da hissediyor musunuz?"

"Belki evet, belki de hayır" dedi.

Şaşkındım. Bana bunları söylerken hiç kaldırmadı başını yerden. Elinde bir şeyler vardı, göremiyordum. Düğüm mü atıyor, elinde mi tutuyor, başka bir şey mi yapıyor anlayamıyordum.

"Ben" dedim ve devam edecektim ki kesti sözümü.

"Ben, deme" dedi.

Sustum. Cevap veremedim.

"Nefsi merak ediyorsun, nefsinden sual ediyorsun. Lakin neden bana soruyorsun? O her daim seninle kendine sor ki kimdir o!" dedi ve kalktı oturduğu yerden. Elinde tuttuğu şeyi götürdü de ateşe atıverdi. Görememiştim ne olduğunu, anlayamamıştım.

"Nedir o ateşe attığın?" dedim.

"'Ben'im" dedi "'Ben'i ateşe atarım"

Hiçbir şey anlamadım. Anlamak istiyordum. Ama soramıyordum da.

"Bu bir rüya mı?" dedim.

"Ya bu gördüklerin hakikat de yaşadığını sandığın hayat rüya ise?" dedi ve bir hıçkırıkla uyandım uykumdan.

Şimdi öylece uzanmış duruyorum yatağımda. Gözlerim hayret içinde tavana bakıyor. Allah'ım nasıl etkilendim ben bu kitaptan da rüyalarıma giriyor? Bir rüya bu kadar tuhaf olur mu?

Anlayamıyorum. Göğsümde duran kitabı elime alıp bir daha bakıyorum. Korkuyorum sanki. Ya bu gördüklerim bir rüya ise, tedirgin oluyorum. Ama okuyorum, korkuyorum, rüyama hayret ediyorum.

Bu rüyadan sonra ne olursa olsun bu kitabı okuyacağım onu da biliyorum.

***

Kitap bir rüya ile başlamıştı. Hüdâyî gördüğü rüya ile sualler eder olmuştu. Ondan mı etkilendim acaba? Ya da bu da benim için başlangıç mı? Bilmiyorum... Bilmiyorum da ben hiç bu kadar etkilendiğim bir rüya görmemiştim. Rüyamın içinde rüya gördüğümü bilerek ve rüyamda gördüğüm kişiyle konuşarak... Ne tuhaf! Hem nasıl bir şey bu? Gerçekten de kitap okurken kitabın içindeki insanlar okuyanı hissederler mi? Saçmalıyorum, neler söylüyorum böyle?

Bu nefs denen nedir gerçekten? Şimdiye kadar hep söyleyip de geçtiğim bir kelime idi oysa. Cidden bu kitabın bana anlattığı gibi insanın içinden devamlı konuşan o mudur? İyi bir iş etmeye niyetlendiğim vakit beni durduran o mudur? Susturan o mudur vicdanımın sesini? Allah aşkına nedir gerçekten bu nefs? Benim içimde bir başka ben mi? Şeytandan yana tarafım mı? Anlayamıyorum. Aslında şaşırıyorum da bir kitap yüzünden bu kadar çok fazla düşündüğüme. Ama bu rüya içimi titretti benim. Çok gerçekti ve çok gerçekçiydi. Hem ne demişti rüyamın içinde bana Eskici Mehmed Dede;

"Nefsi merak ediyorsun, nefsinden sual ediyorsun. Lakin neden bana soruyorsun? O her daim seninle, kendine sor ki kimdir o!"

Kendime soruyorum işte. Ama bilmiyorum ki! Kafam çok

karışık... Ve korktum sanki gördüğüm bu rüyadan.

Elimde tuttuğum kitabı tekrar koyuyorum masanın üzerine... Sonra yatağımdan kalkıp pencereye doğru yürüyorum. Perdeleri açmak istiyorum, içim daralıyor sanki. Gözlerimi kırptığım anlarda bile o rüyamdaki adamın yüzünü görüyorum, Eskici Mehmed Dede'nin yüzünü. Beyaz sakalları boynuna kadar inmiş, başında tuhaf bir sarık, elleri bilmem ki tespih çekmekten mi bunca işten uğraşmaktan nasırlı. Ve gözleri; kapkara...

Aralıyorum perdeyi, odama güneş doluyor sanki. Aydınlık güzel şey ama beni boğuyor. Ben daha çok karanlıklarda yaşıyorum, geceleri ve kışı seviyorum.

Aralık perdeden dışarı bakıyorum biraz. Sokakta garip bir tenhalık var. Kimsecikler yok, sesler azalmış. Neden bilmiyorum. Birden tedirgin oluyorum. "Yine mi rüya görüyorum acaba" diye düşünüyorum. Etrafıma bakınıyorum birden. Hayır, gerçek. Öyle olmalı yani. Sonra saatime bakıyorum, yediyi gösteriyor saatim. Bu kadar erken uyanmış olduğuma da hayret ediyorum. Neden sonra biri çarpıyor gözüme karşı binanın penceresinden bana bakan. Tebessüm ettiriyor beni. Bir küçücük çocuk... Pencerenin ardından ellerini cama dayamış da öylece bana bakıyor ve gülüyor, masum ve umarsız. Onun gibi olmak istiyorum, onun kadar masum olmak istiyorum. Cama dayadığı kollarıyla çırpınıyor sanki neden bana bakıyor ve neden gülüyor? Bilmiyorum... Sonra annesi geliyor çocuğun yani ben annesi diye düşünüyorum. Alıp da götürüyor onu ve ben yine yalnız kalıyorum.

Birden aklıma bir şeyler geliyor. Bu genç yazarın yazdıklarına bu kadar çok kaptırmak istemiyorum kendimi. Hem kim ki? Tanımıyorum bile. "Uydurmuştur bunları ve ben ne çok inandım böyle!" diyor içimden bir ses. Mutfağa gidiyorum. Bir çay koyuyorum önce. Sonra mutfaktaki tek kişilik masama oturup bilgisayarımı açıyorum. İlkin bu yazar kimmiş diye merak edi-

yorum ismini yazıyorum arama kısmına; Fatih Duman...

Duruyorum birden. Ben yazarı merak etmiyorum ki! Hatta umursamıyorum bile. Benim asıl merak ettiğim yazdıkları. Mesela bu Eskici Mehmed Dede yaşamış mı gerçekten? Rüyama giren adam bir hayal mi yoksa sadece? Hüdâyî kim? Nefs ne?

Az evvel yazdığımı siliyorum. Yerine Eskici Mehmed Dede yazıyorum arama kısmına. Karşıma çıkan ilk sayfayı açıyorum. Ve anlıyorum ki bunlar hayal değil ve bu rüyamda gördüğüm adam yaşamış. Tuhaf bir şey evet ama seviniyorum buna. Hem de çok seviniyorum.

Şöyle yazıyor açtığım sayfada;

"Anadolu velilerinden. On altıncı yüzyılın sonunda ve on yedinci yüzyılın başında yaşamıştır. Pamuklu bez ticaretiyle meşgul olduğu için Eskici Mehmed Dede diye meşhur oldu. Aslen Amasyalı olup, 1619 senesinde Bursa'da vefat etti. Kabri Abdülmümin Efendi Camii bahçesindedir."

Tuhaf bir tebessüm yerleşiyor yüzüme. Neden bilmiyorum ama mutlu ediyor bu okuduğum beni. Ama bir başka yanım da "Boş işlerle uğraşıyorsun" diyor bana. Eğer bu nefs denen her ne ise onun sesiyse dinlemek istemiyorum ama istemesem de duyuyorum bu sesleri...

Tamamını okuyorum ekranda yazanların. Tanıdığım biriyle ilgili bir şeyler okur gibi oluyorum. Rüyalar hep etkiler beni evet. Ama bu bir başka rüyaydı. Tuhaftı. Okudukça daha iyi anlıyorum. Ve daha çok merak ediyorum Hüdâyî'nin Eskici Mehmed Dede'nin yanından ayrılınca neler yaptığını.

Hemen odama gidip kitabı alıyorum ve tekrar geliyorum mutfağa. Çayı demliyorum. Oturuyorum sonra. Ve kaldığım yerden okumaya devam ediyorum ya da peşi sıra gidiyorum Hüdâyî her nereye gidiyorsa...

İkinci Mertebe

Nefs-i Levvâme

-Kendini Kınayan-

"(Pişmanlık duyup) daima kendini kınayan nefse de yemin ederim..."*

İnsanlar bazı vakitlerde vicdanlarının sesini dinleyerek, hissederek gafletten uyanırlar. Yaptıkları hataların ve günahların farkına varıp da tövbeye dururlar. İşledikleri günahları düşünürler de pişmanlık duyarlar ve sonra yaptıkları için kendini suçlu bulurlar.

Levvâme nefis sahipleri bilse de bilmeyenlerdir. Lakin fark edebilenlerdir. Yani nefsin onlara emrettikleri kötü işleri bilirler. Ama yine de her an nefsin hilelerine kanabilirler. İşte o vakit cennet nimetleri ya da cehennem korkusundan dolayı yani nefisleri için ibadet ederler.

* Kıyâme sûresi, 75:2.

Bursa/1576

Muhammed Muhyiddin Üftâde

BEN MUHAMMED MUHYİDDİN ÜFTÂDE. Ömrüm bir mücadele ile geçti. Herkesin imtihanı başkaydı gerçi lakin ben mücadelemi hep nefsimle ettim. Bildim ki nefs dedikleri en büyük düşmandır. Seninle ama sana düşman... Onu yenmek için bir ömür verdim. O ne denli inat ettiyse ben o kadar sebat ettim. Yine de terk etmedi beni, yine de bırakıp gitmedi. Ömrümün son vakitlerinde dahi onunla cenk hâlindeyim ben. Ve biliyorum ki ben ölmeden o ölmeyecek.

Ben, Manyaslı Mehmed Efendi'nin oğlu Muhammed Muhyiddin. Evvelden böyle idi ismim, sonradır ki Üftâde dedim kendime. Zira sesim güzel diye Ulu Camii'nde müezzinlik ettirirlerdi bana. Sonraları bir ücret verdiler bu vazifem için. O ücreti aldığım gece bir ses işittim düşümde "Makamından Üftâde oldun" dediler ve ben bir daha hiçbir ücret almadım. İsmimi de 'Üftâde' deyiverdim o günden sonra. Hem dahi talebelerime de bunu tavsiye ettim. Başka bir yerden bir ücret almasınlar diye her gün için dört akçe verdim onlara.

Hocam Hızır Dede'den sekiz sene ders talim ettim. Rüya tabir etmeyi ondan öğrendim. Sonraları bu yeşil Bursa'nın bir dağ yamacında gönlümü Allah'a havale ettim. O günden beridir ki halkı, dünyayı, makamı terk ettim.

* * *

Ben, Muhammed Muhyiddin Üftâde. İşte tam şimdi dergâhımın bostanında bir gönlü terbiye etmek için bekliyorum; Mahmud Efendi'nin gönlünü... Ona nefsin hilelerini anlatmak için... Gelecek, biliyorum. Lakin evvele "Git" diyeceğim ona. Kabul etmeyeceğim. Zira nefsinden vazgeçmek insana çok acı gelir. Şayet giderse acıyı ben çekeceğim lakin kalırsa onun acısına merhem süreceğim.

Ben, Muhammed Muhyiddin Üftâde. Gönlümü gönlüne vereceğim, evlat bileceğim, nefsimi ellerimle gömeceğim Mahmud Efendi'yi dergâhımın bostanında hasretle bekliyorum.

Bursa/1577

Kadı Mahmud Efendi

Burası yokluk kapısıdır. Sen varlıktan geliyorsun.

ARTIK OLAN OLMUŞTU. En başta engellemeliydim onu. En büyük silahımı kullanmalı şehveti salmalıydım başına belki de... Ya da ne bileyim daha çok şöhret, makam mevki hırsı vermeliydim gönlüne. Belki öyle durdururdum. Belki öyle engellerdim o eskicinin yanına gitmesini. Ama olan olmuştu bir kere ve aklına koymuştu Üftâde'ye gitmeyi. Ne yapıp etmeli onu bundan vazgeçirmeliydim. Yoksa çekip gidecekti benden ve bana işkenceler edecekti. Biliyordum... Zira Üftâde ismiyle maruf Muhammed Muhyiddin'i çok evvelden tanıyordum. Benimle, yani ki nefsiyle çok evvelden düşmandı o. Ve ondan neler çektiğimi bir ben biliyordum.

İnsan kendine 'Üftâde' ismini takar mı hiç? O dahi benden kurtulmak için verilmiş bir isimdi. Zira Üftâde 'zavallı' demekti. Bu sebeple engel olmalıydım Kadı Mahmud Efendi'nin bu gidişine. Onun Üftâde'yi görmesine, onu dinlemesine, onun yolunda yürümesine mâni olmalıydım.

Bir mevsim beklettim onu. Bir mevsim boyunca bütün sesleri susturdum. Öyle sandım. Ne çok dünyalık dert açtım başına, ne çok bela ile uğraştırdım. Geceleri uykularını kaçırdım, gündüzleri huzurundan çaldım. Her suali unutturduysam da bir suali unutturamadım; "Allah'a dost olmak nasıl olur?" diyordu kendi kendine. Bir tek bu suali unutturamadım. Oysa bir tek onu unutturmalıydım.

Bir bahar gecesiydi. Belli belirsiz bir rüya düştü gözlerine Kadı Mahmud Efendi'nin... Hani "Şunu gördü" diyecek bir şey dahi olmadı. Yalnızca bir ses yankılandı kulaklarında; "Hâlâ neyi bekliyorsun?" diyordu suretsiz bir ses ve benim bütün çabalarımı, gayretlerimi bir anda yok ediyordu.

Uyanır uyanmaz kendi kendine tekrarlardı aynı cümleyi; "Hâlâ neyi bekliyorsun?" deyip durdu. Belki anlamsız gibi gelecek bir cümleydi lakin Kadı Mahmud Efendi ne anlatılmak istendiğini biliyordu. Hatta çok iyi biliyordu.

O gün kimseyi kabul etmedi yanına. Hiçbir yere gitmedi, kimseyle tek kelime olsun kelam etmedi. Sadece durdu ve düşündü. "Neden bekliyorum?" diyordu kendi kendine ve "Gidersem ne olacak? Hem benim ne nasibim vardır Üftâde'den? Bana vereceği neyi vardır onun?" diye diye saatlerce düşündü.

Çok çabaladım engel olmaya. Lakin yine de bir karara vardırmıştı düşüncelerini; "Ben öleni değil ölümsüz olanı istiyorum, tükenip biteni değil tükenmeyeni diliyorum, Allah'a dost olmak istiyorum, O'nun dostu olmak istiyorum" dedi ve bir hışımla çıktı hanesinden dışarı. Atına atladığı gibi mahmuzladı onu. Bir ok gibi gidiyordu atı. Yolu şehrin dışında bir dağın yamacındaki Üftâde Dergâhı'na gidecekti biliyordum. "Etme, gitme" dediysem de dinletemedim. Sürdü... Ve sürdü...

Neden sonra aniden bir hâller oldu atına. Ayakları olduğu yere çakıldı. Nalları yere mıhlandı sanki. Kadı Mahmud Efendi atının sırtında mahmuzunu vuruyor lakin at bir adım olsun gidemiyordu. Ben etmiyordum bunu, gücüm yetmezdi buna. Ama biliyordum kimin ettiğini ve çok seviniyordum. Şeytandı bunu eden. Benim evvelden beri üstadım o idi. İşte şimdi yardımıma gelmişti ve saplamıştı atın ayaklarını toprağa. Ne kadar uğraştıysa bir adım olsun atamadı at. İlkin anlayamadı ne olduğunu Kadı Mahmud Efendi. Ama yine de hiç vazgeçecek gibi değildi. Artık koparmıştı ipleri ne olacaksa olacaktı ve sanki bendini aşmış bir su gibi engellenemiyordu.

Baktı ki gitmiyor atı, gidemiyor. Hiç beklemedi indi atından ve yürüye yürüye düştü yollara. İçinde öyle bir arzu vardı ki, o arzusunu bilmeye dayanamıyordum ben. Artık ne kadılık istiyordu, ne kazaskerlik, ne mal istiyordu ne mülk, ne şöhret ne devlet... Hiçbirini istemiyor yalnızca Allah'a dost olmak istiyordu ve O'nun için yürüyordu. Beni duymuyordu bile. Ne etsem de yürüyordu.

Bir vakit sonra uzaktan gördü Üftâde'nin Dergâhı'nı. Ayağı bir taşa takılsaydı, düşseydi ya da ne bileyim atına olduğu gibi çamura saplansaydı ayakları. Elimde olsaydı da önüne altınlar yığsaydım, onu geri döndürecek bir şeyler bulsaydım. Yapamadım, durduramadım.

Dergâhın tahta bostan kapısından girdi içeri. Büyükçe bir bostan, ötesinde de tek katlı dergâhın asıl binası duruyordu. Üzerinde hâlen dahi samur bir kürk başında kavuğu vardı Kadı Mahmud Efendi'nin...

Bostanın tahta kapısından girince elinde çapa, kazma, kürek olan ve çalışan, çabalayan insanlar gördü. Lakin aradığı onlar değildi. Başkaydı ve hatta bambaşkaydı. Hemen az ilerde yere çökmüş bir fidanın dibini çapalayan yaşlıca adama yaklaşıverdi. Ve seslendi adama;

"Üftâde" dedi "Şeyhin, Üftâde Hazretleri nerededir?"

Hiç cevap vermedi adam, dönüp ardına bakmadı, irkilmedi bile.

Bir daha sordu Kadı Mahmud Efendi. Ama yine yoktu bir cevap, hiçbir tepki yoktu.

"Hey baba!" dedi "Ben Bursa Kadısı Mahmud Efendi'yim. İşitmiyor musun? Sana söylüyorum; nerededir Üftâde Hazretleri?"

Sandım ki yine dönmeyecek, yine bakmayacak ardına. Lakin döndü. Diz çöktüğü yerden kalkmadan ve bedenini değil de yalnızca başını ardına çevirerek baktı. Ben tanıdım onu ve Kadı Mahmud Efendi de tanıdı. Ama benim tanışıklığım sinemdeki yaralardandı. Görür görmez bir ateş düştü başıma. Kekemeye düştü lisanım. Kaçacak yer bulsam kaçardım, durmazdım bir an. Ama yapamıyordum, onu görmek dahi bana çile çektiriyordu.

Döndü ardına. Ben onu terk edeli ondan kendimi kurtaralı epeyi olmuştu. Olmuştu da aklar sarmıştı yüzünü. Bembeyaz sakalı vardı. Üzerinde bir köylü libası, bir köylü gibi, herhangi biri gibi çapalıyor ve çabalıyordu. İşte bu tevazuydu beni ateşlerde eriten. Ne ettimse vazgeçirememiştim onu. İşte yine, işte aynı ve işte oydu; Üftâde idi o. Tam karşımda duruyordu.

"Buyur Kadı Efendi. Üftâde benim" dedi.

Birden utandı Kadı Mahmud Efendi. Kim olsa utanır, kim olsa öylece çakılır da kalırdı. Zira tevazu entarisi giymiş bir heybet vardı onda. Tevazu, kibri ezerdi hep... Heybeti beni bile korkutuyordu.

"Şey efendim... Kusuruma bakmayın, bilemedim" dedi Kadı Mahmud Efendi.

"Bilemezsin" dedi "Bilsen de bilemezsin."

Sustu Kadı Mahmud Efendi. Sükûtu mahcubiyettendi.

"Söyleyin Kadı Efendi. Nedir derdiniz? Bir hata mı ettik ki buraya kadar geldiniz?" dedi Üftâde. Ve ben titriyordum.

"Ben" dedi Kadı Mahmud Efendi. Sonra yutkundu, kekeler gibi konuştu; "Ben, Allah'a dost olmak isterim, öğrenmek, bilmek, kabul ederseniz talebeniz olmak dilerim."

"Olmaz Kadı Efendi" dedi Üftâde. Birden aklım başıma geldi. Kabul etmeyecek miydi? İstediğim buydu benim. Benim dilediğimi mi edecekti? Öyle demişti. "Kabul etmem" demişti. Ve devam etti; "Burası yokluk kapısıdır var ile gelinmez, burası hiçlik kapısıdır çok ile gelinmez, burası darlık kapısıdır bol ile gelinmez. Lakin siz varlıktan geliyorsunuz, bolluktan, çokluktan geliyorsunuz. Burası sizin eğleşeceğiniz yer değildir."

Oluyordu işte. Ben söylemiyordum ama Üftâde kendi reddediyordu. O, "Olmaz" dedikçe ben bayram ediyordum.

"Efendim, kabul edin beni. Beni bu kapıdan alın içeri" dedi Kadı Mahmud Efendi.

"Görmüyor musunuz üzerinizdeki samur kürkü, başınızda taşıdığınız makamı görmüyor musunuz? Hem atınız bile gelmemek için direnmedi mi? Ayakları saplanmadı mı çamura?"

Bir kez daha hayreti arşa dayandı Kadı Mahmud Efendi'nin... İçindeki talebe olmaz arzusu katlandı da arttı. Nasıl olurdu? Nasıl bilebilirdi atına olanları? Kimsecikler yoktu oysa. Issız, sessiz bir dağı başıydı atının saplanıp da kaldığı yer. Ama biliyordu ya da bildiriliyordu.

"Ben..." dedi devamını getiremedi. Zira susturdu onu Üftâde. Ve konuştu yine;

"Haydi, Kadı Efendi" dedi "Bakın sizin malınız, mülkünüz, itibarınız, şöhretiniz makamınız vardır. Bizimse yalnızca Allah'ımız vardır. Burası size gelmez. Size yetmez bu dergâh, bu baş bu takkeye sığmaz Kadı Efendi" dedi ve döndü ardına.

Öylece, bir put gibi olduğu yerde kalıverdi Kadı Mahmud Efendi. Vicdanı içinde hiç susmuyordu. "Git, ellerine yapış diyordu ona." O dahi meyyaldi. Yapışacaktı ellerine. Bir şeyler söylemem, bir şeyler etmem lazımdı. Hiç durmadım. Hemen fısıldadım kulaklarına; "Daha ne bekliyorsun! Seni kovmaktan beter etti görmüyor musun? Hem geldin işte lakin o sana git diyor. Sen yapman icap edeni yaptın işte. Koskoca kadıyı kovuyor baksana! Dön ve ardına bakmadan git" dedim ve bekledim. Ve öylece kalakaldı Kadı Mahmud Efendi. Biliyordum... Düşünüyordu... Aklı gel ile git arasında, kal ile dön arasında, sebat ile yeis arasında belki cennetle cehennem arasında. Öylece bekliyordu.

Bekledi... Ve bekledi... Neden sonra birden atıldı öne doğru. Üftâde'nin ellerine yapışıverdi. Ağlıyor muydu? İnliyor muydu yoksa? Yoksa Üftâde beni bir kez daha yeniyor muydu?

"Efendim" dedi Kadı Mahmud Efendi "Ne olur kabul edin beni. Ne dilerseniz yaparım, ne söylerseniz ederim, nereye git derseniz giderim. Lakin ne olur bırakın evvela geleyim."

"Kadı Efendi. Yokluktur burası böyle varlıkla gelinmez. Terk diyarıdır, kabulle girilmez" dedi Üftâde.

"Efendim her şeyimi terk ederim, her şeyden vazgeçerim. Ne olur kabul edin beni..."

Kaldırdı başını Üftâde. Gözlerinin içine baktı. Baktı ve kaldı. Sonra;

"Ya nefsin" dedi "Nefsini de terk eder misin?"

Ölüyordum sanki. Sanki öldürülüyordum. İpi baştan koparmak istiyordu, beni en başta kaldırmak, yok etmek istiyordu. Çırpınıyordum bu kez, bu kez feryat ede ede söylüyordum Kadı Mahmud Efendi'ye "Hayır" de diye. Ama o öyle demedi.

"Onu da" dedi "Onu da terk ederim" ve ben inliyordum.

"O vakit" dedi Üftâde "Terk edeceksin. Nefsine azap edeceksin. Üç isteğim vardır senden, bu kapıdan girmen için yapman gereken üç şey; ilkin malını ve mülkünü terk edeceksin. Zira mal ve mülk sana imtihandır, mal sevgisi ile Allah sevgisi aynı sinede yan yana duramaz. Sonra şöhretinden, makamından vazgeçeceksin, zira şöhret bir zehirli oktur. Şöhretin muhabbetini bir kez tadarsan, zannedersin küçük dağlar senindir. Ve nefsini ayaklarının altında alıp da ezeceksin. Zira seninle beraber, her daim seni duyan, sana söyleyen bir düşmandır o. Çok yakındır ama bildirmez kendini. Mademki bu kapıdan girmek dilersin o vakit ilk imtihanın şudur ki şimdi git üzerindeki şu kürkü bile çıkarmadan omzuna bir sırık al ve ciğer sat halkın içinde. Bundan sonra kadı değil, bir ciğer satıcısı olacaksın" dedi ve sustu.

Ve ben sanki can çekişiyordum. Zira beni tanıyordu Üftâde. Beni çok iyi biliyordu ve bana nasıl azap edeceğini, nasıl öldüreceğini tecrübe etmişti ve onu söylüyordu.

Hem Kadı Mahmud Efendi inanmıştı ona. İçinden gelen o ses, vicdanın sesi beni ayaklarının altında ezmeye kararlı idi. Biliyordum...

İstanbul'da herhangi bir yer/Bugün

Sen

Tayy-i mekân diyorlarmış adına...

TELEFONUMUN SESİYLE kendime geliyorum. Sanki kitaptan sıyrılıyorum. Bırakmak istemiyorum ama mecburen bırakıyorum elimden. Hayalden gerçeğe döner gibi... Sanki en heyecanlı yerinde bırakır gibi bir hikâyeyi. Bir filmi seyrederken elektriklerin kesilmesi gibi oluyor, istemiyorum ama sıyrılıyorum bir kere.

Israrla çalmaya devam eden telefonumu açıyorum. Arkadaşım arıyor. Telefonun diğer ucundaki sesi tedirgin, endişeli geliyor kulağıma. Bense kitabın etkisindeyim hâlen dahi.

"Nasılsın?" diye soruyor.

"İyiyim" diyorum "Sen nasılsın?"

Nasıl olduğunu bile söylemeden...

"İyi olduğuna eminsin değil mi?" diyor.

"İyiyim, hayırdır?"

"Rüyamda seni gördüm. Çok tuhaf bir rüyaydı. İyi bir şey değil gibiydi. Böyle çok yüksek bir yerden aşağıya düşüyordun. Ben tutmaya çalıştım seni ama yapamadım. Ölüyordun rüyamda. Çok korkunçtu."

"Hayrolsun inşaallah. İyiyim merak etme."

"Neyse ama kötü hissettim kendimi. Bugün görüşelim mi bir ara?" diye soruyor.

"Olur" diyorum. İki saat sonra buluşmak için sözleşiyoruz ve kapatıyorum telefonu.

Benim aklım kitapta kalıyor. Kitapta olanlar zihnimi kurcalıyor. "Bir insan sırf birine talebe olabilmek için her şeyini terk etmeyi göze alır mı?" diye düşünüyorum. Paradan puldan, makamdan mevkiden her şeyinden vazgeçer mi? Hem bu Üftâde de kim? Tanıdık gibi geliyor ismi ama duyduğumu bile hatırlamıyorum. ***"Bu kapı yokluk kapısıdır varlıkla girilmez"*** *diyor kitapta. Peki, ya o kapı nedir? Yokluk nedir, ya varlık? Anlayamıyorum. Bir insandan her şeyi terk etmesi istenir mi böyle? Hem istense de terk eder mi bunları? Neden böyle yalvarıyor koskoca kadı? Her şeyi terk etmeyi neden göze alıyor?* ***"Allah'a dost olmak"*** *diyor. Nasıl olunuyor? Olunursa ne oluyor?*

Kendimi koyuyorum birden Kadı Mahmud Efendi'nin yerine. Ben olsam gitmem bile o kapıya kadar diye düşünüyorum. Hem gitsem ve bir adam benden terk etmemi istese sahip olduğum her şeyi asla terk etmem. Kadı Mahmud Efendi hem zengin, hem de itibarlı; ben küçücük bir şeyden bile vazgeçemem ki? Peki, ya o ne yapacak? Vazgeçecek mi? Zannetmiyorum. Bir insan senelerce uğraşıp da kazandıklarından bir anda vazgeçemez. Vazgeçer mi yoksa?

Hem eğer kitapta yazılanlar az da olsa hakikatse insana malı mülkü, şöhreti ya da dünyayı sevdiren nefs midir gerçekten? İnsanın kulağına ya da zihnine her neyse böyle şeyler fısıldayabilir mi nefs denen şey?

Nefsi hiç böyle düşünmemiştim ben. Yani sanki canlı gibi,

sanki biri gibi; insan gibi konuşan, anlatan, söyleyen, durduran, engelleyen bir şey diye düşünmedim hiç. Belki de öyle değildir ama öyle anlatılması hoş ve düşündürücü.

*Varsayayım ki nefs denen şey bu kitapta anlatıldığı gibi olsun. Acaba benim nefsim şimdi ne hâlde ve ne söylüyor bana? Benden ne istiyor? Kitapta Üftâde'nin dediği gibi mi yani? "***Zira seninle beraber, her daim seni duyan, sana söyleyen bir düşmandır o. Çok yakındır ama bildirmez kendini"** *diyor o. Öyle olduğu için, kendini bildirmediği, sezdirmediği için mi bilemiyorum onu?*

Neler söylüyorum ben? Bu zamanın insanına göre değil bu anlatılanlar. Bunlar çok eskilerde kalmış. Şimdi olsa olur mu böyle bir şey? Yani bu koskoca şehirde itibarı olan, şöhreti olan bir yönetici çıkıp da pazarda tezgâh açar mı? Mümkün değil bunlar.

Duruyorum birden. "Bunları nefsim mi söylüyor acaba bana?" diye düşünmekten alamıyorum kendimi. Zira kitabın başında **"Sana kendimi de ben unuttururum"** *diyordu nefs. Sezdirmeden bana bunları mı fısıldıyor yoksa?*

Neler oluyor anlamıyorum ama içimden gelen sesleri daha başka düşünmeye başlıyorum. İyi bir şey mi oluyor yoksa evham yapıyor da kendimi fazla mı kaptırıyorum bilmiyorum.

En çok şunu merak ediyorum. Her şeyini terk edecek mi yani şimdi Kadı Mahmud Efendi? Kadılığından vazgeçip de bir ciğer satıcısı mı olacak? Kendiyle alay mı ettirecek? İnsan bunu yapamaz. Mümkün değil bu? Yoksa yapacak mı?

* * *

Bir bardak çay içiyor ve düşünüyorum biraz daha. Zihnim karışık gerçekten, belki de bu kitap beni bana anlattığı için bu kadar çekiyor kendine. Bilemiyorum... Ama bir şeylerle ilgileniyor olmak bana iyi hissettiriyor kendimi. Saklayacak değilim; çok günahım var, tövbelerimden bile emin olmadığım zamanlar çok. Gizlediklerimin haddi yok, sırlarımı ben bile unuttum. Peki, ama bunları bilen biri daha var mı ya da varsa nefsim mi o?

Bir vakit daha düşünüyorum bunları ve sonra arkadaşımla sözleştiğim yere gitmek için hazırlanıp çıkıyorum evden. Yanıma kitabı da alıyorum ama neden bilmiyorum. Merakımdan mı yoksa bırakmak istemediğimden mi?

Apartmanın dik merdivenlerinden aşağı iniyorum. Dış kapıdan çıkar çıkmaz yüzüme vuran güneş beni kendime getiriyor biraz. Sokakta tek tük insanlar, arabalar... Günlerden Pazar ve belki de o yüzden bu kadar tenha buluyorum sokakları. İstanbul'u hiç bu kadar yalnız görmediğimi düşünüyorum birden. İstanbul kalabalıkların güzelliğini örttüğü şehir... Onda yaşayanlar değil, onsuz yaşayanlar onun kıymetini biliyor. Uzaktan bakanlar güzelliğini görüyor onun. Ben gibi İstanbul'da yaşayanlar İstanbul'u yaşayamayanlar oysa. Ben de bu yalnız kalmış şehrin tadını çıkarmak istiyorum. Ne bir arabaya biniyorum ne de acele ediyorum. Taş döşeli yollarda ağır ağır yürüyorum.

Eski zamanları hayal etmeye çalışıyorum yürürken. Çok eski zamanları... İnsanlar neler yapıyorlarmış acaba? Nerelere gidiyor, nasıl vakit geçiriyor, eğlenmek için ne yapıyorlar, biz bu kadar hızlı yaşayıp da hiçbir şeye yetişemezken onlar nasıl yetişebiliyorlar? İstanbul hepsini biliyor bunların. Bu kadar çok yaşadığı için mutlu mudur acaba? Ya da bıkmış mıdır sevdiği herkesin öldüğünü görmekten? Anlayamıyorum...

Zihnimde hâlâ Kadı Mahmud Efendi var. Bugünün bir insanıyla kıyaslamaya çalışıyorum onu, yapamıyorum, olmuyor. Sonra şu bir anda Kâbe'ye gidişi Bekir Efendi'nin gerçekse eğer—ki gerçek olduğuna inanıyorum—bugünün teknolojisi bile yetmez bunu yapmaya. Peki, ama nasıl oluyor? İnsan dünyaya sahip olmaya çalıştığı günden beri belki de böyle şeyler hayal geliyor ona. Arada farkı anlıyor gibiyim. Sanki bizimle çok eski vakitlerde yaşayan insanların arasındaki farkı anlıyorum. Onlar dünyaya sahip olmak istemiyorlar belki de onun için bizden daha güzel yaşıyorlar ve onun için o vakitleri hayal etmek bile güzel geliyor bizim zamanımızda olanlara. Bilemiyorum...

Dar sokaklardan geçiyorum tüm bunları düşünürken. Beyazıt'tan Sirkeci'ye doğru iniyorum. Sağlı sollu dükkânlar, henüz yeni açılıyorlar. Turistler var sadece ve oteller ardına kadar açık kapıları. "Eskiden ölmeye geliyorlardı İstanbul'a şimdi görmeye geliyorlar diye geçiriyorum" içimden. Tam sokağın sağ tarafında duran masmavi bir otel dikkatimi çekiyor. Kapının önünde oturmuş gençten bir oğlan; elinde bir kitap tutmuş okuyor, neredeyse başka kimse yok. Hayret ediyorum. Sanki dünyadan çok uzaklarda gibi, başka bir âleme gitmiş gibi bakınıp duruyor kitabın sayfalarına. Dikkatimi çekiyor bu kadar kendinden geçmesine sebep olan kitap. Biraz yavaşlayıp ismini okumaya çalışıyorum. Arapça birkaç harf görüyorum sadece. Birleştirip de bir anlam veremiyorum ama "Ayn," "Şın" ve "Kaf..." Sonra otelin hemen yanına asılmış küçük tabelaya düşüyor bakışlarım; "Mavi İstanbul Oteli" yazıyor. "Güzel isim" diye geçiriyorum içimden. Ve yürüyorum...

O çocuğun okuduğu kitap kendi kitabımı getiriyor aklıma. Acaba ben de böyle bir başka âlemin kapısını açabilir miyim bir kitapla diye düşünüyorum ama sanmıyorum. Zira okumak zaman kaybetmek gibi geliyor bazen bana. Bir sürü işin arasında bir kitabı açıp okumak gerçekten zor geliyor. Ama şimdi vaktim var.

Sirkeci'ye inen yokuşun sonunda tramvay yolunu takip edip de yürümeye devam ediyorum. İnsanlar gittikçe artıyor ya da ben onların kalabalık oldukları yerlere yaklaşıyorum. Oysa hiç sevmiyorum ben kalabalıkları...

Birkaç on adım sonra sözleştiğimiz yere varıyorum. Otantik hava katılmış bir kafe... Daha yaklaşmadan arkadaşımı görüyorum. Dışarıda bir masaya oturmuş iştahla sigarasının dumanını çekiyor ciğerlerine. Beni görünce ayağa kalkıyor. Daha da hızlandırıp adımlarımı, yanına gidiyorum. Kimsecikler yok, yalnızca ikimiz oturuyoruz.

Selamlaşıyor, hâl-hatır soruyor, oradan buradan konuşuyoruz yarım saat kadar... Neden sonra belki de konuşacak bir şey bulamadığımdan;

"Bir kitap okuyorum" diyorum.

"Öyle mi? Kimin kitabı?" diye soruyor.

"Tanıdığım biri değil" diyorum. Ona söylemiyorum ama ismini de hatırlamıyorum yazarın zaten.

"Ne anlatıyor peki?" diyor.

"Aslında Aziz Mahmud Hüdâyî'yi anlatıyor. Hani şu Üsküdar'da türbesi olan... Ama bir insanı konuşturmuyor."

"Nasıl yani? Neyi konuşturuyor peki?"

"Hikâyeyi nefs anlatıyor. İnsanın nefsi yani... O konuşuyor."

"Tuhafmış" diyor gözlerini kısarak. Az sonra garson elinde tuttuğu tepsiyle Türk kahvelerimizi getiriyor ve bırakıyor masaya.

"Evet bence de tuhaf" diyorum "Ama anlamsız gelmiyor bana. Nefs denen şey tam olarak nedir bilmiyorum aslında ama kitapta nefsin insana söyledikleri imkânsız gelmiyor bana. Yani içimizde bir ses var ve iyi bir şey yapacağımızda o durduruyor bizi. Mesela şey diyor; namaz kıldığında aklına bir sürü şey getiren benim. Sonra bir kitabı okuyacağında gözlerine uykuyu indiren benim. Sana dünyalık olanları sevdiren benim diyor."

Ve kitabı çıkarıyorum çantamdan, masanın üzerine koyuyorum.

"Mesela" diyorum "Ben Aziz Mahmud Hüdâyî'nin ismini biliyordum sadece ama daha fazlasını anlatıyor kitap. He bir de bir anda bir yerlerden bir yerlere gittiğini söylüyor insanların. Allah'ın sevdiği kulların bunu yapabileceğini söylüyor" diyorum.

"Ben de duymuştum bunu. Tayy-i mekân diyorlar buna."

"Tayy-ı mekân mı? Ne demek ki o?"

"Yani eskiden Allah'ın sevdiği kullarının ya da işte evliyaların falan bir yerlerden bir yerlere gidebildiği söyleniyor. Ona da tayy-i mekân diyorlarmış."

"Hmm. Bilmiyordum. Neyse işte Aziz Mahmud Hüdâyî'ye o Allah'ın sevdiği kullarından olması için her şeyini, şöhretini, makamını, malını, parasını terk edip de pazarda ciğer satmasını teklif ediyorlar. Nefsi onu vazgeçirmeye çalışıyor. Hatta çıldırıyor o kabul edecek diye" diyorum.

"Peki, kabul ediyor mu?" diye soruyor.

"Bilmiyorum" diyorum "Daha okumadım o kısmını. Tam orada kaldım. Bilmiyorum yani."

Kitabı alıyor eline. Şöyle bir bakınıyor. Birkaç sayfasını açıp biraz okuyor. Sonra bana uzatıyor kitabı;

"İstersen oku ben de dinleyeyim. Merak ettim ne olacağını" diyor.

Şaşırıyorum biraz. Birine kitap okumak... Sanırım şimdiye kadar yapmadığım bir şey hem de İstanbul'un orta yerinde bir kafede...

"Emin misin?" diyorum şaşkınlığımı belli ederek.

"Evet" diyor "Ne var ki? Hem kimse de yok bizden başka."

"Peki öyleyse. Sen bilirsin" diyorum. Kaldığım yeri açıyorum ve okumaya başlıyorum seslice...

Bursa/1577

Kadı Mahmud Efendi

Kadı Efendi delirmiş!

BU NEYDİ BÖYLE? NELER OLUYORDU? İşin buraya kadar gelmesine nasıl etmiştim de izin vermiştim? Ben nefstim. Ne desem dinletirdim insana. Oysa şimdi bu olanlar... Çok evvelden durdurmalıydım onu. Daha o miskin eskicinin kapısına gitmeye karar verdiği vakit engel olmalıydım. Ama yapamamıştım işte. Bu yolun Üftâde'ye kadar varacağını akıl edememiştim. Yoksa hiç engel olmaz mıydım? Bütün silahlarımı kullanmaz mıydım? Ama olan olmuştu ve çok acı geliyordu bu olanlar bana. Zira Kadı Mahmud Efendi şimdi tam bir yol ayrımındaydı. Ya beni terk edecek vicdanının yoluna gidecekti ya da ben yine kandıracaktım onu da bana geri gelecekti. Ya kadılıktan vazgeçecek; şöhreti, makamı, parayı, pulu ayaklarının altında ezecek de Üftâde Dergâhı'nda bir derviş olacak ya da o yokluk kapısını kırıp da yine varlık içinde yaşamaya gelecekti. Bilmiyordum. Lakin gücüm yetmemişti, bilememiştim buraya kadar varacağını işlerin.

İşte şimdi koskoca Kadı Mahmud Efendi omzuna bir sırık koyuvermiş ve ucunda asılı dizi dizi ciğerler. Çarşıya birkaç adım kala bir kenarda öylece bekliyor. Düşünüp de duruyor. Zira benden vazgeçemiyor, şöhretini, mevkiini ayaklarının altına alamıyor. Öyle zor geliyor ki ona, gidemiyor. Terler boşanıyor alnından, yüzü bembeyaz, bütün bedeni titriyor.

"Sen deli misin?" diyorum ona. Zihnini avuçlarımda sıkıyorum. "Bu ne hâldir? Sen ne ediyorsun böyle? Bir kadısın sen şimdi sırtına sırığı asmışsın da çarşıda ciğer satacaksın öyle mi? Böyle bayağı bir iş yapacaksın? Akıl kârı mıdır bu? Bu akıllı işi midir? Kimseden utanmıyorsan kendinden utan! Muhakkak ki o Üftâde dahi mecnundur, delidir. Bir kadıdan bu istenir mi? Velev ki yaptın bunu. İnsanlar ne diyecekler sana, senin için neler düşünecekler? Olacak şey mi bu! At şu sırığı omzundan. Var git! Deli olma!" dedim. İyice kendinden geçti Kadı Mahmud Efendi. Titremesi sallantıya döndü. Olduğu yere çöktü de kaldı sanki. Yapmakla yapmamak arasında hâlen dahi tereddüt ediyordu. Bir kez daha haykırdım; "Sen kadısın kadı! İtibarın var. At şunu elinden. Aklın başında değil senin" dedim.

Bir ufak oğlan geçiyordu öteden. Seslendi çocuğa Kadı Mahmud Efendi.

"Evlat! Bak buraya" dedi.

Çocuk ilkin şaşırdı kadıyı o hâlde bir köşeye sinmiş, bembeyaz ve ter içinde, omzunda bir ciğer sırığıyla görünce.

"Buyur Kadı Efendi" dedi hem korkup hem de titreyerek.

"Al şunu çocuk" dedi Kadı Mahmud Efendi sırtındaki sırığı alıp ona uzatarak.

Çocuk şaşkındı, anlayamamıştı.

"Al dedim sana, alsana şunu" diye azarladı çocuğu. Ve o da aldı. Bir anlık su serpildi yangınıma. Vazgeçecekti. Ve geçmeliydi zaten. Zira bu yaptığı delilerin işiydi.

Çocuk sırığı alıp da birkaç adım atmıştı ki tekrar seslendi ona. Aklında Üftâde vardı. Sonra Allah'a dost olmak... "Ben Üftâde Hazretlerine söz verdim" dedi kendi kendine. "Nasıl olur da vazgeçerim?" diye geçirdi içinden.

"Çocuk, getir onu bana" dedi ve geri aldı çocuktan. Nasıl olurdu? Nasıl alırdı geri? Çaresizdi. Ne edeceğini bilmiyordu. Ama tekrar eline alınca onu ben yerin dibine girdim sanki. Gitmek için, elindeki ciğerleri satmak için, nefsini yani beni satmak için bir adım ileri atıyor ve vazgeçiriyordum onu. Sonra tekrar geri geliyordu. Her ne oluyorduysa tekrar çarşıya doğru gitmeye meylediyordu. Defalarca böyle oldu. O benimle savaşıyordu ve zorlanıyordu evet. Lakin ben de onunla savaşıyordum ve belki de ben ondan daha çok zorlanıyordum. Ne zordu bu! Eğer giderse beni terk etmiş olacaktı. Kocaman, derin bir yara açacaktı bende. Savaşı o kazanacaktı. Olmamalıydı bu. Gitmemeliydi... "Sana deli diyecekler" diye fısıldadım ona "Bunu yaparsan sana deli diyecekler. Aklını yitirmiş diyecekler. Gözlerinde hardal tanesi kadar olsa da kıymetin kalmayacak. Kimse seni kaale almayacak. Bunu mu istiyorsun? Bu mu olsun diyorsun? Gitme! kendine yazık etme. Bir delinin sözüne uyup da bütün dünyanı terk etme!"

Gözlerinden yaşlar geliyordu Kadı Mahmud Efendi'nin. Gidiyor ama gidemiyordu, dönüyor ama dönemiyordu. Ben güçlüydüm ama vicdan da mı böyle güçlüydü de vazgeçiriyordu onu benden? O vakit bütün gücümü kullanmalı durdurmalıydım. "Sen koskoca Bursa kadısı... "Bunları edeceksin" diye biri sana anlatsa deli dersin ona. Ama yapmaya çalışıyorsun, ona meylediyorsun. Hem o Üftâde senden malını mülkünü terk etmeni de istiyor. Hiç dost dosttan bunu ister mi? Apaçık ki düşmanın o senin. Dinleme onu. Koskoca kadı bir miskin dervişin lafıyla bunları eder mi? Neden ediyorsun?"

Birden irkildi. "Deli miyim ben?" dedi. "Neler ediyorum? O kadar vakit ilim meclislerinde dirsek çürüttüm de bir makama erdim. Oysa şimdi bir dervişin sözüyle her şeyden vazgeçiyorum. Gerçekten aklımı mı yitiriyorum ben? Olur mu böyle şey! Bu olacak şey mi? Kendine gel ey Mahmud! Aklını başına al!" dedi kendi kendine. Dinliyordu beni. Ben her şeyimle onu durdurmaya çalışıyordum. O da duruyordu sanki.

Birden başka şeyler söylemeye başladı. "Ya Allah'a dost olmak... Ben ne çok bağlanmışım bu dünyaya da vazgeçemiyorum! Ne çok makam sevdası düşmüş sineme de elimin tersiyle itemiyorum. Dünya sevgisi nedir ki Allah sevgisi yanında? İnsanların ne diyeceklerine ne çok takılıp kalmışım ben! Ne önemi var insanların ne dediklerinin, ne düşündüklerinin? Asıl sevgiyi suretlere değişmişim de suretleri zannetmişim ve vazgeçemiyorum onlardan. Allah'ım ne zor bu. Yapamıyorum. Senin sevgin yanında, dünya sevgisi bir hardal tanesi etmez biliyorum ama onlardan vazgeçip de gelemiyorum sana. Yardım et Allah'ım. Bana yardım et!" dedi ve yürüdü. Çarşıya doğru bir adım attı ve ben yine saldırdım. Durdurmak için yalvardım. Makamı, parayı, itibarı her şeyi hatırlattım. Ama yürüdü. O yürüdükçe kıvranıyordum ben, kıvranıyordum, kıvranıyordum... Durduramıyordum onu. Her attığı adım benim üzerime dağları yıkıyordu sanki. Dilinde "Allah" sözü ve attığı her adımda "Allah" diye diye yürüyordu. Nasıl ediyordu da bana direnebiliyordu? Paramparça oluyor, yıkılıyordum, küçülüyordum, ölüyordum.

O yürüyordu ve sanki ben ardında kalıyordum. Beni terk ediyordu sanki. Beni o köşe başında bırakıyordu. Uzaklaşıyordu sanki benden de ben onunla gidemiyordum. Sesimi de işitmiyordu sanki. Uzaktan işittiremiyordum sesimi ona. Yapamıyordum. Başıma taşlar atılıyor, boynuma yağlı urganlar geçiriliyor, eziliyor, can çekişiyordum sanki. Ama durduramıyordum.

Yürüdü, yürüdü ve çarşının tam orta yerine geliverdi. Omzunda bir sırık, ucunda ciğerler asılı. Üzerinde bir samur kürk, başında bir kadı kavuğu... Çarşıda bir sessizlik... Herkes susmuş, hayretten sükût ediyorlar. Bütün gözler Kadı Mahmud Efendi'nin üstünde. Hayretle birbirlerine bakıyorlar. Kimse ne olduğunu anlamıyor. Herkes şaşkın. Bu ne hâldir, bilemiyorlar. Bütün ahali sersemliyor gördüğü karşısında. Ve gözlerini bile kırpmadan Kadı Mahmud Efendi'ye bakıyorlar. Tek ses yok çarşıda.

Kadı Mahmud Efendi önüne eğdiği başını ağır ağır kaldırıyor. Gözleri kapalı lakin dudaklarında hâlâ aynı isim ve tekrar tekrar terennüm ediyor;

"Allah, Allah, Allah..."

Açıyor gözlerini ve kendine dikilmiş gözlere bakıyor. Bütün gözler üzerinde. Başını bir sağa bir sola çeviriyor da herkesi görüyor. Dün önünde el pençe divan duran insanları, tanıdıklarını, dostlarını, herkesi görüyor. Hâlâ ses çıkmıyor kimseden. Herkesin hayreti arşa dayanmış. Anlayamıyorlar.

Derin bir nefes alıyor Kadı Mahmud Efendi. Gözlerini kapatıyor ve göz kapakları gözlerine iner inmez yaşlar boşanıyor gözlerinden. Birkaç kez yutkunuyor ve bütün gözler hâlâ üzerinde. Bir kez daha "Allah" diyor kendi kendine. Sonra daha sıkı kavrıyor omzundaki sırığı, başını iyice kaldırıyor. Diliyle dudaklarını ıslatıyor. Bir anlık kapatıyor gözlerini. Bütün sesler susmuş sanki... Ve sanki bütün gözler yalnızca onu görüyor. Ve açıyor gözlerini Kadı Mahmud Efendi. Avazı çıktığınca, sanki can çekişir gibi bağırıyor:

"Ciğerciii..."

"Ciğerciii..."

Ve ben bir adım yaklaşamıyorum ona. Çırpınıyorum. İnliyorum. Kendimi parçalıyorum ama yaklaşamıyorum.

Bütün halk hayret içinde, gözler şaşkınlıkla bakıyor. Kimse hâlâ konuşmuyor. Yalnızca tek bir ses yankılanıyor Bursa çarşısının içinde. O da Kadı Mahmud'un sesi;

"Ciğerciii..." diye diye yürüyor ahalinin arasında.

Neden sonra insanlar kendine geliyor sanki bir uykudan uyanır gibi. Fısıltılarla konuşmaya başlıyorlar. Kadı Mahmud Efendi'yi işaret edip de bir şeyler söylüyorlar. Ve bir ses çıkıyor çarşıdaki birinin dudaklarından ve herkes tasdik eder gibi susuyor:

"Kadı Efendi delirmiş..."

Bursa/1577

Mahmud Efendi

Sus ey nefsim!

O GÜNDEN SONRA MAKAMI, mevkii, malı, mülkü neyi varsa terk etti Kadı Mahmud Efendi. Artık Kadı değildi. Hanesi, evi barkı, diyarı, yurdu nesi varsa Üftâde'nin dergâhı bildi. Kadılığı bırakmıştı. Her şeyi bırakmıştı. Bursa halkı dahi buna alışmıştı. Onu çarşıda ciğer satarken görenler şaşırmıyor ve hatta gelip ondan ciğer alıyorlardı. Acıyorlardı ona. Aklını yitirdiğini, delirdiğini düşünüyorlardı. Hakları da vardı. Sen ki koskoca bir Bursa'nın kadısı, her şeyi elinin tersiyle itip de şu çarşı da ciğer sat. Akıl ile yapılacak iş değildi. Ardında cengaverler gezerdi evvelden şimdi ise ciğer için bekleşen kediler dolaşıyor. Ve bir de çocuklar, deli diye taşlıyorlar onu. Küçücük çocuklar bile akıl ederken koskoca Kadı Efendi anlayamıyor bunu. Erkenden kalkıp çarşıda ciğer satıyor, akşamları gelip hocası Üftâde'nin sohbetlerini dinliyor, geceleri sabahlara kadar tövbe ediyor, diğer tüm insanların uyuduğu vakitleri ibadet ve dua ile geçiriyordu.

Üç ay boyunca omzunda bir sırıkla ciğer sattı. Bu hâli benim ellerimi kollarımı kırdı sanki. Ulaşamıyordum ona. Bir an olsun dilinden "Allah" kelamı düşmüyordu. Sayıklıyordu sanki. Geceleri bile dudakları kıpırdıyor ve durmadan tekrarlıyordu. Benimle savaşmak için yapıyordu bunu. Mücadelesi benimle idi. Zira o ilk kez çarşıda ciğer sattığı günden birkaç zaman sonra bir gece vakti neredeyse dergâhtan dışarı çıkarıyordum onu. Neredeyse kaçacak ve dönecekti geri. Eski günlerine, eski şöhretine, eskiye ve güzele dönecekti. Kandırıyordum, çok az kalmıştı. Kendisine verilen odanın kapısını açıp dışarı çıkmıştı ki karşısında bir dağ gibi duran Üftâde'yi gördü. Ondan evvel ben irkildim.

"Bir yere mi gidiyorsun evladım?" dedi Üftâde.

Benzi attı, dili tutuldu Mahmud Efendi'nin. Neden sonra;

"Çok zor" dedi "Çok zor. Her gün ve her dakika kendimle savaşıyor olmak çok zor."

"Sen kendinle değil nefsinle savaşıyorsun evladım" dedi Üftâde. "Bilirim zor, bilirim çok zor" diye ekledi.

Bilirdi elbet. Ben onunla ne çok savaşmıştım, o bilmeyecekti de kim bilecekti benimle cengin ne çok can yaktığını. Daha gencecikken sesi güzel diye Ulu Camii'de müezzin edivermişlerdi onu. Bir vakit sonra birkaç akçe verdiler müezzinlik ediyor diye, maaşa bağladılar. O parayı aldığı günün gecesi bir rüya düşmüştü uykusuna. Düşünde "Sen ki madem bizim verdiğimizden başka bir ücret aldın o vakit mertebenden üftâde oldun, düşürüldün" diye bir ses işitti. Uyanır uyanmaz ateşlerde yaktı akçelerini. Bir daha da asla bir ücret almadı. Ve ismine "Üftâde" dedi o günden sonra. Lakin ne kadar acı çektirdim ona bunun için. Ama yine de bir kez olsun benden yana bakmadı. Biliyordu ne çok acı çekildiğini. Mahmud'un çektiği acıları anlıyordu.

"Nasıl öldüreceğim onu?" dedi Mahmud Efendi "Onun

ateşini nasıl söndüreceğim?"

Bir yanda ben konuşuyordum bir yanda Üftâde. Bir ben söylüyordum Mahmud'a, bir o. Kimi dinleyecekti, kimin yoluna gidecekti? Evvelden olsa "Beni dinler, istediğimi eder" derdim. Lakin bu Üftâde, ah ki o beni çok iyi tanıyordu. Ve onun sesi benden çok daha yüksek çıkıyordu.

"Ölmez evladım" dedi. "Nefs dediğin ölmez. Sen onu masum sanırsın. İçinden gelen sesleri kendinin sanırsın. Lakin nefsin sesidir onlar. Ne edersen et ölmez o. Öldü dediğin anda, sen öyle zannettiğin anda tekrar yapışır sana. Sen ölene kadar o asla ölmez."

"O vakit ben ne edeceğim?" dedi Mahmud.

"Daha ağır ceza vereceksin ona. İstediklerini etmeyeceksin. Söylediği yola gitmeyeceksin. Daha büyük darbeler indireceksin."

"Nasıl?" dedi Mahmud.

"Artık yeter" dedi Üftâde "Bundan sonra ciğer satma. Sen ki bu imtihanı geçeli çok oldu. Ama bil ki bir sonraki daha ağır, daha acılıdır. Hele de ki bana bu gam mesleğinde devam etmeye niyetli misin?"

"Eyvallah" dedi. Baş kesti Mahmud.

"O vakit bundan sonra abdesthaneleri temizleyeceksin. Yeni vazifen budur evladım."

"Olmaz" desin, çekip gitsin, terk etsin oraları diye neler söyledim. Dinletemedim.

"Olmaaaz!" diye haykırdım ona. İçinde feryat ettim. Birden gözlerini kapadı ve sıktı dişlerini. Gözleri kan çanağı, dudaklarını ısırdı. Bana direniyordu. Benimle savaşıyor, benimle mücadele ediyordu. Ben "Olmaz" diyordum ona. "Olamaaaz" diyordum.

"Sus ey nefsim!" diye haykırdı birden. Şaşkındım. Hep ben onunla konuşmuştum ve ilk kez benimle konuşuyordu o. Hiçbir şey diyemedim. Söyleyemedim.

* * *

O gece sabah ezanı işitilene kadar oturdular Üftâde ile. Karşılıklı iki minder üzerine diz çökmüşlerdi de sanki karşılarında bir de ben duruyordum. Onu Üftâde ile yalnız bırakmak istemiyordum. Bırakamıyordum. Biliyordum ki bırakırsam o beni bırakacak ve beni unutacak. Lakin yaklaşamıyordum da çok. Zira ben ne söylesem Üftâde aksini söylüyor. Ben ne tembihlesem, o zıddını nasihat ediyordu. Sanki duyuyordu ona söylediklerimi. Sanki ne edeceğimi daha ben etmeden biliyordu.

Bir köşede yanan bir kandil vardı ve yerde serili birkaç minder... Kandilin sarı ışığı bütün duvarları boyuyor gibiydi. Yoksa her yer karanlık ve herkes uykuda... Birbirlerine dönük hâlde oturuyorlardı. Yüzlerini görebiliyorlar mıydı bilmem. Kandilin ışığı yalımlandıkça sanki bütün bir dergâh titriyordu. Dışarıdan kuş sesleri geliyor, kuşlar bile konuşuyor ama onlar sadece oturuyor ve hiç konuşmuyorlardı.

Bir zaman öyle sessizce oturup da durdular. Ne bir tek ses duyuldu kuşların sesinden başka ne de onlar konuştular. Oysa bu sessizlik pek de hayra alamet değildi benim için. Biliyordum sükûtun düşman olduğunu, biliyordum insanın sustuğu vakit insan olduğunu. Ama yine de hayrı konuşmaktansa sussalardı. Konuşmasalardı.

"Evladım" dedi Üftâde "Sen nefsine ilk darbeyi vurdun. Bilirim o seni hiç bırakmıyor. Bilirim ki seni kendi yoluna çekmeye çabalıyor. Sen ona zulmettikçe o kırbaçlanmış bir hayvan gibi sana saldırıyor. Aklını çeliyor bilirim. Lakin sen o ilk gün omzuna sırığı asıp da ciğer sattın ya, hani vazgeçmedin, dönmeden, caymadın ya işte seni o gün esas düşmanı bildi nefsin. Bil ki artık daha şiddetli saldıracak sana. Ve sen de hiç durmadan nefsini kınayacak ve onun yaptıklarına karşı duracaksın. Değil mi ki sen bu yokluk yurdunu seçtin, bu gönül ilmine talip oldun, işte burada o nefse yer yoktur, evvela onu susturmak icap eder. Evvela düşmanı tanımak icap eder.

'Ben' deme bundan sonra evladım. Artık 'ben'i, 'benliği' unut. Bir tek 'O var' de, ben değil O... İşte ne çok hatırlarsan O'nu o kadar çok 'ben'i unutursun.

Gayrı durdurmak için nefsini, onu susturmak için, acılar çektirmelisin ona, riyazat yoluna girmelisin, az yemeli, az uyumalı ve az söylemelisin. Zira bunlar nefse öyle zor gelir ki bilemezsin. Bil ki biz çileye girince kendimize değil, nefsimize zulmederiz. Zahirde bedene acı çektiriyor gibi görünsek de esasında kendimize iyilik ederiz. Nefs ancak böyle susturulur. Yoksa o sana söyler, sen o ne isterse onu edersin.

Bil ki nefs susturulur kelam-ı zikrullah ile heva heves durdurulur kelam-ı zikrullah ile düşmanlar öldürülür selam-ı zikrullah ile...

Haydi, şimdi söndür şu kandili. Ve bu geceni uykusuz geçir de duaya değdir kelamını. Ve sabah ezanıyla beraber oruca başla, nefsin sana ne derse desin işitsen de inanma..."

Sustu Mahmud. Hiçbir şey söylemedi. Söyleyemedi. İtiraz da etmedi. Etsin diye bekledim. Ama etmedi o. Etmeyecekti de. Ama ben de asla vazgeçmeyecektim. Asla onu terk etmeyecektim.

~

İstanbul'da herhangi bir yer/Bugün

Sen

Nefsim orada mısın?

BU KISMI BİTİRİNCE başımı kaldırıyorum. Arkadaşımın gözlerini kapalı hâlde buluyorum. Okumaya başladığımdan beri kapalı mıydı yoksa ne zaman kapadı gözlerini bilmiyorum. Onun da ilgisini çekmiş gibi görünüyor kitap. Ben durunca bir vakit bekliyor ve sonra gözlerini açıyor.

"Eee devam etsene" diyor bana.

"Saatlerce burada oturup kitap okumayacağız herhâlde? Hem bak kalabalıklaşmaya başladı etraf, insanlar bize tuhaf tuhaf bakacaklar" diyorum.

"Okusak ne var ki? Ayıp mı yani yüksek sesle kitap okumak? İnsanlar onca kalabalığın içinde neler yapıyorlar da utanmıyorlar. Biz neden utanacağız ki? Hem bu okuduklarından hiçbir şey anlamadın mı sen? Baksana kitapta anlattığına insanların ne dediklerine ve ne diyeceklerine aldırmaman gerektiğini söy-

lüyor zaten. Onlar kınayacak diye sen yaptığın şeyden eminsen eğer ve rahatsa vicdanın neden vazgeçeceksin. Onlar zaten ayıplarlar demeye çalışıyor kitap" diyor.

Tebessüm ediyorum. Ama kıskanıyorum da biraz bunları düşündüğü için. Ben neden bunları düşünemedim ki? Gerçekten böyle demek istiyor kitap. İnsanlar ayıplasa da sen hak bildiğinden vazgeçme diyor aslında. Arkadaşımın bunu anlayabildiğine hem şaşırıyorum hem de kıskanıyorum onu bir aralık... Ve merak ediyorum aslında okuduklarım hakkında neler düşündüğünü... Mesela o da benim kadar etkilendi mi acaba bu okuduklarımdan? Nefs denen şeyi o da düşündü mü benim gibi? Bilmiyorum...

"Neyse boşver şimdi bunu. Ben okuyayım sana da veririm kitabı sen de okursun. Ama fikrini merak ediyorum; ne düşünüyorsun?"

"Kitapla ilgili çok fazla bir şey düşünmüyorum. Başını okumadım, bilemiyorum tam. Ama okuduğun bu kısım çok ilginç. Nefsin insanla konuştuğunun bu kadar bariz hâlde anlatılması çok çekici? Ama gerçekten böyle mi bilmiyorum. Yani bu kadar açık açık konuşuyor mu gerçekten bizimle? Tuhaf ama güzel... Etkilendim açıkçası. Hem de Kadı Mahmud Efendi'nin her şeyi terk edebilmesi, terk ederken ne kadar zorlandığı... Kendimi onun yerine koydum bir ara sen okurken. Acaba ben olsam o kadar meşhur, zengin, itibarlı biri iken gidip de çarşıda ciğer satabilir miydim diye düşündüm. Yapamazdım. Hatta şu hâlimde bile ve şu anda benden buna benzer bir şey isteseler rezil olacağım, insanlar bana nasıl bakacaklar diye düşünürüm de yapamam. Ama sanki Kadı Mahmud Efendi o köşede kendiyle savaşırken ben de oradaydım, ben terledim, ben acı çektim. Nefsin ona söylediklerini ben de dinledim sanki.

Ama şu da var. Bu kadar mal mülk, itibar, şöhret sahibi biri nefsini terbiye etmek için illa ki bunları mı yapmalı? Yani en sondaki kısma baksana! Koskoca kadı, yani şimdiki zamanda bir şehrin idarecisini düşün; vali mesela, belediye başkanı, ya en küçük bir mahallede muhtar olsun gidecek çarşıda pazarda tezgâh açacak o da yetmeyecek gidip tuvalet temizlemesini isteyecekler ondan ve o da bunu kabul edecek? Çok zor, zordan da fazlası aslında imkânsız bir şey bu..."

"O zaman şunu mu düşünmeliyiz acaba? Bizim yaşadığımız bu zamanda nefs insanlara hükmediyor. Hem de herkese. En zenginden, en fakire, en küçükten en büyüğe... Kitapta yazılanları gerçek kabul edersek tabii..."

"Bilemiyorum öyle mi? Ama eğer kitapta yazılanlar olmuşsa ya da olma ihtimali varsa bile ancak eski vakitlerde olur. Yani bizim zamanımızda insanların kulakları sağır gibi, o kadar çok ses var ki zihnimizi dolduran nefsimizin sesini işitmiyoruz bile. İşitemiyoruz... Hem belki nefsin bu fısıldamalarına gerek bile kalmadı. Baksana etrafına nefsin bize fısıldayamayacağı şeyleri aleni bir şekilde söyleyen, gösteren, yapan ne kadar çok şey var."

"Doğru söylüyorsun. Ama kitapta yazılanlar saçma gelmiyor bana. Tamamen sustuğum zamanlarda bile susamıyorum. Susmak ile sükût başka şeyler demek ki. Hiç konuşmasam da içimde bir ses hiç susmuyor. Denedim ben bunu. İçimde devamlı konuşan biri var. Dene bak. Sussan da içinden konuşuyorsun. İçinde cümleler dolaşıyor. Kulağınla duymuyorsun. Ses yok belki ama konuşuluyor. Nasıl oluyor? Duymuyorsam eğer düşünüyor muyum sadece ya da hissediyor muyum? Ne oluyor? Kim konuşuyor?" diyorum.

"Çok karmaşık şeyler bunlar. Hem bir de başka bir taraf var; okuduğun yerde anlatılana bakarsak eğer, insan da nefsiyle konuşuyor. Kadı Mahmud Efendi nefsine "Sus ey nefsim!" demiyor mu? Ve nefs de duyuyor bunu? Acaba her insan konuşabilir mi? Konuşsak nefs duyabilir mi? Bence bu daha enteresan."

Bir an düşünüyorum. Gerçekten ben de konuşsam nefsim beni duyar mı? Konuşabilir miyim onunla? Sustuğum anlarda bile içimden gelen sesler orada bir şeyin konuştuğuna ikna ediyor beni. Nefsin varlığına kanaat getiriyorum gerçekten. Zira içimde konuşan ben değilim. Susturmak istesem de susmuyor çünkü. Peki, ya ben? Ben onunla konuşabilir miyim?

Bir vakit sessizce düşünüyoruz ikimiz de. Aynı şeyler mi zihnimizdekiler bilmiyorum ama bunları düşünmek yoruyor beni. Hatta düşünmek istemiyorum ya da belki nefsim düşünmeme engel olmaya çalışıyor.

Sessizliği arkadaşım bölüyor;

"Aslında" diyor "Bütün bunları sorabileceğimiz birini tanıyorum. Babamın devamlı görüştüğü biri var. Mübarek bir adam olduğunu söylüyor hep babam. Beni de çok sever. Belki ona gidebiliriz. Onunla konuşabiliriz. Öğreniriz ondan nefs nedir ne değildir."

"Olabilir" diyorum. Ama pek gitmek isteyip istemediğimden emin değilim. "Gidersem hem merakımı gideririm hem bir şeyler öğrenirim hem de düşmansa eğer bu nefs denen şey düşmanımı tanımış olurum" diye geçiyor içimden. Sonra "Aman boşver, oku işte kitabı. Bir kitap sonuçta" diyor içimden bir ses. Bu ses nefsimin sesi mi yoksa? Öyle zannediyorum ve ona inat kabul ediyorum bu teklifi...

Akşam vakti tekrar buluşup da o adam her kimse onun yanına gitmek için sözleşiyor ve ayrılıyoruz birbirimizden. Ben bir vakit yine tek başıma yürüyorum. Zihnim bu kadar nasıl dağıldı bilmiyorum gerçi son bir senedir bütün hayatım altüst oldu. Babam öldüğünden beri bir türlü düzeni olmadı hayatımın. Hatta isyana varan hâllerim oldu. Onun olmadığı bir dünya bana anlamsız geldi hep. Babası ölen birinden daha yalnız kim olur diye düşündüğüm çok zaman oldu. Neyse...

Arkadaşımdan ayrıldıktan sonra eve dönmedim geri. Ve hâlâ yürüyorum. Onca şeyi unuttum, konuştuklarımız, okuduklarımız... Ben sadece tek bir şeyi düşünüyorum. Acaba ben de o içimdeki hiç susmayan ses ile ya da nefs ile konuşabilir mi-

yim? Delirdiğimi düşünüyorum, kendimle konuşmak! Ama deniyorum yine de;

"Nefsim, duyuyor musun beni? Orada mısın?"

Deliriyorum galiba!

***

Sirkeci'den sahile inip yol boyunca Eyüp'e doğru yürüyorum. Eyüp, İstanbul'un kalbi... Kalabalıklardan ona doğru gidiyorum. Ya da belki İstanbul'un bütün güzelliklerini geçip asıl olana; kalbine yürüyorum. Eskiler Eyüp semtine uğramadan ne İstanbul'a girerlermiş ne de İstanbul'dan giderlermiş. Yani İstanbul'un kilidi Eyüp...

Hiç acelem yok, kendi hâlimde ve ağır ağır yürüyorum sahil boyunda. Nereye kadar gideceğim, gidince ne edeceğimi, nasıl geri döneceğimi bile düşünmüyorum, sadece yürüyorum.

Bir zaman yürüdükten sonra yorulduğumu hissedip de gördüğüm bir parka giriyorum. Etrafı demir çitlerle çevrili ağaçlık bir park... Çok büyük değil ama İstanbul'da bu kadarına şükretmek gerektiğini anlıyor insan. Boş bir bank arıyorum, bakınıyorum etrafa ama yok. İleride yaşlı bir kadın tek başına banka oturmuş öylece duruyor. Ben de gidip yanına ilişiyorum ama çok yaklaşmadan. Zira artık kim olursa olsun güvenemiyor insan. Ne tuhaf!

Yüzü kırışıklıkla bezenmiş ve bembeyaz, başında rengi solmuş bir yazma, yanakları soluk bir pembe... Çok dikkatli bakmasam da yüzüne gözüme ilk bunlar çarpıyor yaşlı kadını gördüğümde. Anneme benzetiyorum onu. Gerçi biz gibi insanların anneleri hep birbirine benziyor. Nedensiz bir muhabbet doğuyor içimde kadına karşı ama belli etmiyorum sadece "Allah'ım" diyorum içimden "Annelerimize benzeyen kadınları eksiltme aramızdan..."

Yaşlı kadın bana hiç bakmıyor. Belli ki o da çekiniyor benden ve belki de korkuyor. Kimsesi yoktur belki diye düşünüyorum.

Bir oğlu ya da kızı olsa, çocukları olsa bu kadar tedirgin görünür mü acaba? Bilmiyorum... Belki bir kocası da yoktur, yapayalnızdır belki. Bilmiyorum...

Bankın diğer ucunda oturuyorum ve hiç bakmıyorum ondan tarafa. Çantamdan kitabımı çıkarıyorum ve şehrin bütün gürültüsüne inat kulağımı ve gönlümü ona veriyorum...

Bursa/1578

Mahmud Efendi

Ey nefsim! Sana yenilmeyeceğim!

BEN BÜTÜN BU OLANLARA inanamıyordum. Sen koskoca bir kadı, insanların imrendiği bir makamın sahibi, Bursa gibi bir şehrin en yüksek mertebeli ismi... Her şeyi terk et de bir miskin dervişin yolundan git! Olacak şey değildi bu. Biliyordum. Lakin esas şimdi olanlar mümkün dahi değildi, imkânsızdı. Öyle olmalıydı. Bir insan bütün bunları terk edip de abdesthane temizler miydi? Akıl alır iş miydi bu? Değildi ama yapıyordu Mahmud Efendi. Sadece benden, nefsinden kurtulmak için yapıyordu.

O gecenin sabahında riyazete başladı. Oruç tutuyordu, konuşmaktan çok susuyordu, geceleri uyumuyordu. Devamlı dilinde zikir vardı, inliyordu sanki. Derdi vardı, dertleniyordu ve ben dertlensin istemiyordum. Zira dedim ya derdi olan insan Allah'ı hatırlardı ve Allah'ı hatırlayan insan unuturdu beni. Bana acı çektiriyordu bu hâli. Kendi aç kalıyordu, bedenini açlık deryasına salıyordu belki lakin acısını ben çekiyordum. Oruç tutan insan nefsinin zincirini eline alan insandı. Mahmud Efendi de öyle yapıyordu. O yalnızca bedenine oruç tutturmuyor hem diline hem uykusuna oruç tutturuyordu.

Ben kıvranıyordum. Ve kınanıyordum ben... İnsan beni bildiğinde ve benden bildiğinde kötü olanları bana acı çektirmeye başlardı. Yeni öğrenmişti bunu Mahmud Efendi. İçinden gelen o seslerin benim sesim olduğunu henüz fark etmişti. Ve direniyordu bana. Bütün sesleri ayırt etmeye çalışıyor ve benim söylediklerimle mücadeleye girişiyordu. Ama benim kadar kendi de acı çekiyordu.

Kınanmış nefs diyorlardı benim bu hâlime. Bu hâlde ben insanlara değil de onlar bana saldırıyordu. Beni tanımaya başlıyordu insan bu mertebede, benim söylediklerimi biliyordu. Yapmamak için gayret ediyordu. Lakin iki ucu da keskin bir oktu bu. Tutanın da elini kanatıyor hedefte olanın da. Yani ki ben de yaralanıyordum Mahmud Efendi de. Ama yine caymıyordu, vazgeçmiyordu yine de...

İşte Mahmud Efendi de tam o noktadaydı. Dinlemiyordu beni artık. İşitiyor ama dinlemiyordu. Yoksa ne orucu tuttururdum ona, ne dilini susturur, ne uykudan kıstırırdım. Hem hiç abdesthane temizlemeyi kabul ettirir miydim ona ben? Rahatçacık döşeğinden bir tahta sedire düşürür müydüm onu? İnsanların gözünde deliye çıkarır mıydım makamını? Ayaklar altına aldırır mıydım unvanını?

Ah beni dinlese ne varsa dünyalık önüne sermez miydim? Ama beni dinlemiyordu. İşittiğini biliyordum ama dinletemiyordum kendimi. Üftâde kanına girmişti bir kez onun. Benim yolumdan sapıtmıştı bir kere. Beni dinlemesi için evvela Üftâde'nin sözlerinden sapması gerekti. Biliyordum ama gücüm yetmiyordu şimdilik.

Sabah erkenden kalkıyor abdesthaneleri temizliyor, sanki

bir ayak işçisi gibi en bayağı işleri yapıyordu ve o yaptıkça benim canım acıyordu. Elindeki ot süpürgeyi yerlere sürdükçe sanki benim gözlerimi oyuyor, telekleri yere değdirdikçe beni kara kuyulara koyuyordu. Uzaklaşıyordu benden, uzaklaştıkça uzaklaşıyordu. Kendini benim değil de Üftâde'nin boyasıyla boyuyordu.

Abdesthanede işi bitince bir köşe buluyordu kendine, çekiliyor ve çekiniyordu. Saatler boyu dilinde zikir ile diz kırdığı yerden kalkmıyor, kimseyle konuşmuyor, açlıktan kıvransa da tek lokma yemiyor, orucunu bozmuyor, gözlerini açmıyor, kimselere bakmıyor ve beni dinlemiyordu. Ne yapacaktım? Bilemiyordum.

Sonra ikindi vakti ezan okunmadan evvel kalkıp gidiyor yine abdesthaneleri temizliyor, sanki bir ibadetmişçesine yapıyordu bunu. Üftâde köşelerden devamlı onu izliyordu, görüyordum. Ve biliyordum bu hâlin onu mesrur ettiğini. Oysa bana işkence geliyordu bunlar. Engel olmalıydım ve durdurmalı, caydırmalıydım onu. Yoksa beni öldürecekti.

Bir karar verdim. Verdim ki ona iyilikle yaklaşacaktım, hayrı söyler gibi yapacak ve öyle yaklaşacaktım ona. Belki o vakit dinlerdi beni. Belki o vakit bana geri dönerdi.

Yine abdesthaneleri temizlemiş ve tenha bir köşede inzivaya çekilmişti. Akşam ezanının okunmasına biraz vakit vardı. Orucunu açacak, iftar edecek ve benim ellerime düşecekti. Zira oruç tutan insana yaklaşamazdım ben. Oruç benim elime, koluma tutturulmuş bir zincirdi ve beni hareketsiz, güçsüz, takatsiz bırakırdı o. Ama açacaktı işte orucunu. Zira insan açlığa dayanamazdı ve o vakit benim ellerime düşerdi. Akşam ezanının okunmasına birkaç zaman kala yaklaştım sinsice ve sessizce fısıldadım:

"Ey Mahmud bak nefsinle ne de güzel mücadele ediyorsun. Muhakkak ki sen kazandın bu savaşı. Hangi insan senin bu yaptıklarını yapabilir, hangi insan bunlara dayanabilir ve hangi insan bu kadar çok şeyi terk edebilir? Mümkün olmayanı mümkün ettin sen. Bütün varını yoğunu, malını mülkünü, şöhretini, mevkiini her şeyini terk ettin."

Beni işitiyordu, biliyordum. Lakin hâlen dahi bir tepki vermiyordu bana. İşitmiyor gibi davranıyor, hilelerime kanmıyordu sanki. Yılmadım, devam ettim;

"Sen geçtin imtihanı işte. Tam oldun, tamam oldun. Yoksa dayanılacak şey midir bu yaptığın? Gücü yetmez ki insanın senin bu yaptıklarına. Allah'a dost oldun artık. Şimdi sen bir başkasısın bak! Bu kadar da eziyet etme kendine" dedim.

Hâlâ beni dinlemiyordu ya da ben öyle zannediyordum. Bir köşede diz çökmüş oturuyor, dudakları hâlâ kıpırdıyor ve gözlerini hiç açmıyordu. Neden sonra ezan sesi işitildi. Akşam ezanı okunuyordu. Biraz toparlanır gibi oldu diz çöktüğü yerde. Ezan bitene kadar bekledi. Hiç açmamıştı gözlerini oturduğu andan beri.

Ezan bittiğinde tam vaktidir deyip de yine saldırdım, hiç susmadan, hiç durmadan söyledim;

"Haydi, bak ezan da okundu. Artık iftar etmek vaktidir. Orucunu nihayete erdirmek vaktidir."

Bu kez dinliyordu sanki beni. Birden kapanmış gözlerini açtı. İki elini yüzüne sürdü. Sonra cübbesinin cebine attı elini. Bir elma çıkardı cebinden. İftarlık diye bir tek o mu vardı? Bir tek elmayla mı iftar edecekti? Olamazdı. O an ben yıkıldım sanki. Koskoca bir Kadı Efendi'nin düştüğü hâli görünce yıkıldım. Sen bütün her şeyi terk et de bir elmayla iktifa et. Olmayacak şeydi bu. Akıl kârı değildi. Delirmişti bu adam. Ama ben kurtaracaktım onu, onu bu hâlinden alıp tekrar eskiye döndürecektim.

Elinde tuttuğu elmaya bakındı bir zaman. "Haydi, ye, iftar vaktidir işte" dedim ona. Zira orucunu açarsa etrafındaki duvar yıkılacak ve ben o vakit daha bir güçle saldıracaktım ona.

Elinde tuttuğu elmayı ağzına doğru yaklaştırdı. Evet, işte

oluyordu. Hele bir yesindi onu, hele bir oruçtan azade edilsindi işte ben asıl o zaman tebelleş olacaktım ona. Asıl o zaman yakasına yapışacaktım.

Elmayı iyice yaklaştırdı ağzına. Ben rahatlamıştım. İşitiyordu ve dinliyordu beni ve istediğimi yapıyordu. Tamamen vazgeçmemişti benden, vazgeçememişti demek ki. Zaten insan benden vazgeçse de ben ondan vazgeçmezdim.

Tam bir ısırık alacaktı elmadan, dişleri tam dokunacaktı ki durdu. Hayır, durmamalıydı. "İftarını et" dedim "Ye şu elmayı." Gözlerini kapadı. Derin bir nefes çekti. Kokladı sadece ellerinde tuttuğu elmayı. Yemiyor, ısırmıyor, dediğimi yapmıyordu. Hırstan kor bir ateşe dönmüştüm. "Ye" dedim "Ye şunu!"

Yemedi. Sadece bir kez kokladı ve tekrar aldı koydu cebine. Nasıl insandı bu! Bu nasıl işti. "Ye şunu" dedim tekrar. Beni duyuyordu. Biliyordum... Birden açtı gözlerini. Şimşek gibiydi gözbebekleri. Kaşları çatılmıştı. Sinirli ve hiddetliydi. Bana idi hiddeti. Biliyordum... "Ey nefsim! Sana yenilmeyeceğim!" dedi nutkum tutuldu benim. Konuşamadım. Hiçbir şey söyleyemedim.

Sadece bir elmayı koklayıp iftar etmişti. Ve benim hilemi sezmişti. Son bir söz daha döküldü dilinden;

"Allah'ım niyet ettim senin rızan için yarın ki orucumu tutmaya..."

***

Artık günleri bir inziva ve riyazet hâlinde geçiyordu. Başındaki kadı kavuğunu çıkarmış yerine yeşil bir destar sarmıştı. Sonra samur kürkünün yerine yeşil bir cübbe giymiş. Çarşıda, pazarda halkın arasında artık Kadı Efendi olarak değil bir derviş olarak dolaşıyordu. Lakin onların içinde bile onlarla değildi. İnsanların arasında ama insanlardan çok uzakta... Ölü müydü, yaşıyor muydu? Belli değildi. Ölü gibi yaşıyordu.

Bir gün yine çarşıda gezerken eski vakitlerden, o güzel günlerden tanıdığı bir dostu uzaktan onu gördü. İlkin hayret etti. O mu değil mi bilemedi. Hemen önünde sergisini açmış bir esnafa döndü hemen;

"Şu ileride gördüğüm Kadı Mahmud Efendi değil midir?" diye sordu ona.

Müstehzi bir tavırla güldü esnaf. "Kadılık falan kalmadı onda. Aklını yitirdi, nesi varsa fakire fukaraya dağıttı da kendini Üftâde dergâhına kapattı. Gerçi yazık, koskoca kadı aklından oldu" deyiverdi.

Şaşırdı adam. Ama yine de kendini tutamayıp da Mahmud Efendi'nin olduğu yere geliverdi. O geldiğinde Mahmud Efendi dergâhın ihtiyaçlarını almak için bir tezgâhın önünde durmuş bekliyordu. Eski dostu onu süze süze yaklaştı ardından. Hâlen dahi şaşkın şaşkın bakıyordu. Neden sonra o olduğuna kanaat getirince;

"Mahmud, Kadı Mahmud Efendi?" diye seslendi yine de emin olmak için.

Mahmud Efendi işitti ama şaşırdı. Şaşkındı zira uzun zamandır kimse ona böyle seslenmiyordu. Bir seneden fazla olmuştu kadılık makamını terk edeli... İsmi artık ya "Deli Kadı"ydı ya "Derviş Mahmud" ya da sadece "Mahmud Efendi..."

O şaşkın hâliyle de olsa döndü ardına. Eski dostunun yüzüne baktı. Uzun uzun baktı, gözlerini kıstı, tanımaya çalıştı. Tanıyordu bir yerlerden ama hatırlayamıyordu.

"Mahmud Efendi tanımadın mı beni?"

"Affet, tanıyamadım" dedi.

"Hüseyin... Ali oğlu Hüseyin ben. İstanbul'da beraber medresede tahsil gördük ya!"

Kendini zorladı, hatırlamaya çalıştı. Lakin yoktu, ne bir iz ne bir suret. Hiçbir şey yoktu. Unutmuştu işte.

"Bilemedim" dedi "Affet, bilemedim."

"Nasıl olur?" dedi "Beni nasıl unutursun?"

"Ben beni dahi unuttum. Seni nasıl hatırlayayım. Ama affet. Bilemedim" dedi ve yürüdü gitti.

Hüseyin şaşkındı ardından bakarken. Hem de mahcup... Ama daha çok hüzünlüydü, üzülmüştü Mahmud Efendi'nin bu hâline.

"Garibim" dedi kendi kendine çekip giden Mahmud Efendi'ye bakarken "Garibim, aklını yitirmiş demek ki!"

Oysa bilmiyordu. Mahmud Efendi aklını ya da kendini değil beni yitiriyordu. Beni terk ediyordu. Beni unutmak için evvela kendini unutmalıydı insan ve o da öyle yapıyordu. Ve benimle cenk etmek, beni yenmek için unutmayı bile unutmak istiyordu.

* * *

Gün geçtikçe ona yaklaşmam daha da zorlaşıyordu. Daha da çok uzaklaşıyordu benden ve beni kendinden daha çok uzaklaştırıyordu. Eski günlerine ait hiçbir şey hatırlamak istemiyor, hatırlatacak ne varsa onlardan kaçıyordu. Bir an dahi olsa dilinden Allah ismini düşürmüyor ve böylece benim kendine yaklaşmama da müsaade etmiyordu. Zira biliyordu demek ki bir an olsun sussa hemen ona saldıracağımı...

Gün geçtikçe Üftâde'ye daha bir sadakatle bağlanıyor. Sanki babasıymış gibi bir muhabbet besliyordu içinde. O ne dese şüphe etmeden, tereddüde düşmeden yapıveriyordu. Dergâhtaki diğer dervişlerden başkaydı o. Zira elinde avucunda bir şey yokken derviş olmak kolay işti lakin bolluktan gelip de derviş olmak öyle zordu ki. Yokken yokluğu terk etmek değildi onun bol iken bolluğu terk etmekti.

Arada sırada diğer dervişlerden sırf evvelden kadı idi diye itibar edenler oluyor, bazen "Kadı Efendi" diye seslenenler bulunuyordu. Belki de bu yüzden kimselerle konuşmuyor, tek kelam etmiyor dilindeki sözleri yalnızca üstadı, şeyhi, babası bildiği Üftâde'ye söylüyordu. İtibarı istemiyordu, şöhreti istemiyordu, malı mülkü istemiyordu. Yalnızca Allah'ı istiyordu ve yokluk deryasına yoklukla değil, varlığından yok olmuşlukla giriyordu.

Günler böyle geçip gidiyor ve ben bir fırsat bekliyordum. Bir şeyler olsa, bir fırsat doğsa hiç beklemeden sarılacaktım ona. Nefsiydim ben onun beni tamamen yok edemiyordu ama yokmuşum gibi davranabiliyordu. Bana tek gereken benim varlığımı ona hatırlatacak bir ufacık işaretti. Yoksa her şeyi unuttuğu gibi beni de bir daha hatırlamayacaktı.

Birkaç vakit sonra yine dergâhın abdesthanelerini temizlerken bir ses işitti. İlkin işittiği ses hiç de ilgisini çekmedi. Anlamadı belki de ne olduğunu. O elinde tuttuğu ot süpürgeyi sanki yerleri kazırcasına gezdiriyor ve sanki bu bir emirmişçesine yapıyordu bunu. O kadar geçmişti ki kendinden anlayamıyordu işittiği seslerin ne olduğunu. İnsan abdesthaneyi bile huşu ile temizler miydi? Temizliyordu işte. Zira bunun bir imtihan olduğunu biliyordu. Biliyordu da kendinden geçmiş hâlde yapıyor ve kulağına gelen sesleri işitse de anlamıyordu.

Beklediğim zamanın geldiğini işte o an anladım. Zira işittiği sesler davul zurna sesleriydi ve bunlar Bursa'ya gelen yeni kadıyı karşılamak içindi. Kadı Mahmud'un yerine gelen yeni bir kadı... İşte tam aradığım fırsatı bu; haset denen, kıskançlık denen silahımı çıkarma vaktiydi. İnsan her yaptığıma sabreder, her yaptığımı yok sayar, dinlemez, işitmez, söylemezdi ama haset, ah ki haset evvela haset edeni yakardı. En tesirli silahlarımdandı benim haset. Zira haset ateşi bir kez değince tek kuru yer bırakmaz yakardı ve bütün kalbi bir ağ gibi sarardı.

Bir zaman ilişmedim ona. Bir vakit keyfini çıkardım bu zaferimin. Zira haset okuna karşı koyacak insan yok desem haktı. Hangi yaşta, hangi makamda, hangi zamanda ve hangi mekânda olursa olsun insan haset zehrine karşı koyamazdı. İşte şimdi avuçlarımın tam içine düşecekti Mahmud Efendi, bir haset ateşi onu alıp da bana getirecekti. Terk ettirecekti bütün bunları da beni ona yeniden sevdirecekti. Henüz farkında değildi ve hâlen dahi elindeki ot süpürgeyle yerleri temizliyordu.

Usulca seslendim ona;

"Şu sesleri işitiyor musun?"

Biraz direndi ama sonra ister istemez kulağına gelen sesleri dinledi. Ve bu seslerin davul zurna sesi olduğunu fark etti. Hâlâ abdesthaneyi temizliyordu lakin aklına bir çengel atmıştım şimdi.

"Bak" dedim "Bak sen bütün makamını, şöhretini, her şeyini bıraktın da burada helâ temizliyorsun. Oysa bu işittiklerin nedir biliyor musun?"

Daha bir karıştı aklı. Ben keyiften uçacaktım. Elindeki ot süpürgeyi bıraktı da kulak kabarttı gelen seslere. Ne olduğunu idrak etmeye çalıştı.

"Ahali sevinçten davul zurna çalıyor. Senin yerine gelen yeni kadıyı karşılamak içindir bütün bunlar. Sen de burada helâ temizliyorsun!" dedim.

Birden gözleri çakmak çakmak açıldı. Benim ateşime serin sular serpildi sanki. Zira gözlerindeki ateş haset ateşiydi ve buram buram yanıyordu.

"Yeni kadı geliyor ha!" dedi kendi kendine. "Yeni kadı geliyor. Ah divane Mahmud! Sen böyle bir makamı, şöhreti bıraktın da gelmiş helâ temizliyorsun."

İstediğim olmuştu işte. Nefsine yani bana direnememişti. Haset düşmüştü gönlüne. Sonra diline düşmüştü gönlündeki ve bana doğru bir adım atmıştı. Nasıl mutluydum, nasıl mesrur! Bana geliyordu, bana geri geliyordu.

Neden sonra ellerini başına götürdü. İki eliyle birden sıktı başını. Sonra gözlerinden sicim gibi yaşlar döküldü. Dilinden bir feryat gibi eyvahlar söküldü. Şaşkındım. Bu kadar yaklaşmışken ne oluyordu böyle? Dişlerini sıktı, ağlamaktan sakalları ıslanmıştı.

"Ey nefsim" dedi "Sen hiç susmayacak mısın?"

Sustum. Susmalıydım zira konuşamıyordum. Benim söylediğimi anlamıştı. Hasede dahi dayanmıştı. Nasıl yapmıştı? Nereden anlamıştı?

"Ey nefsim şimdiye değin sen benim boynuma bir urgan geçirdin de nereye istediysen aldın götürdün ya! Şimdi o urganı ben senin boynuna geçireceğim ve yerlerde süründüreceğim seni. Mademki susmayacaksın sen, mademki durmayacaksın o vakit ben acı çektireceğim sana... Sen beni terk etmek için yalvaracaksın" dedi ve attı kendini abdesthanenin taşlarının üzerine.

Ne yapıyordu anlayamıyordum. Ama hem de ağlıyordu. Dilinden sözler sayıklar gibi dökülüyordu;

"Sus nefsim, sus nefsim, sus..."

Susuyordum. Ölüyordum. Bu kadar yaklaşmışken maksadıma bu olanlara şaşıyor, yanıyordum. Sanki bir dağ başıma yıkılıyordu. Ölüyor, diriliyor ve sonra tekrar tekrar ölüyordum sanki. Zira Mahmud Efendi boylu boyunca yere yatmış da yerleri sakallarıyla süpürüyordu.

Ve ben pes ediyordum.

~

Üçüncü Mertebe

Nefs-i Mülhime

-İlham Eden-

"Nefsini (günahlardan) tertemiz yapan, muhakkak kurtulup umduğuna ermiştir. Onu (günahlarla) örtüp gömen de elbet ziyana uğramıştır."*

İlham alan nefs yani Allah'ın sahibine ilim ihsan ettiği nefistir. İlham ise Allah tarafından kalbe gelen mana demektir.

Mülhime nefse ulaşan kişide; ilim, doğruluk, tevazu, cömertlik, sabır ve şükürdür gibi hâller görünür. Bu nefs için, müminlerden âlim olanların nefsidir, denilmiştir.

Mülhime nefs, nefsin fısıltılarından kurtuluşun tam sınırında yer almıştır. Bu nedenle levvame nefse düşme tehlikesi de vardır.

* Bkz. Şems sûresi, 91:9-10.

Bursa/1578

Mahmud Efendi

Allah için yaptığın letafet, nefs için yaptığın felakettir...

O GÜN ABDESTHANEDE BENİ yerden yere vurmuştu. Öyle acıtmıştı ki canımı beni sanki bir daha konuşmamak üzere susturmuştu. Belki de hiç durmayacak, yerden başını kaldırmayacak ve sırf bana galip gelmek için, nefsini yani beni yenmek için o hâl üzere kalacaktı. Lakin bir yerden çıkıp geldi Üftâde. Mahmud Efendi'yi abdesthanenin taşları üzerine boylu boyunca uzanmış da yerlere sakalını sürer hâlde görünce, gelmiş de hemen kollarına yapışıp kaldırmıştı onu yerden. Kendinden geçmiş hâldeydi Mahmud Efendi. Sadece dilinde hiç durmadan tekrar ettiği birkaç harf; sus, sus, sus... Bunları bana söylüyordu. Beni susturmak için...

Pes etmiştim. Ona yaklaşmak bana acı veriyordu artık. O benden değil de ben ondan kaçar hâle gelmiştim. Üftâde gelip de durdurmasaydı onu belki de beni öldürene kadar devam edecekti bu hâline.

Kollarından sıkıca kavradı onu Üftâde. Kaldırdı sonra uzandığı yerden.

"Evladım" dedi "Yeter! Dur artık."

Cevap veremedi Mahmud Efendi. Ben acıyla kıvranıyordum. O ise sanki ben ölmeden durmayacaktı.

"Evladım" dedi tekrar Üftâde ve silkeledi onu. Kendine gelir gibi oldu Mahmud Efendi.

"Evladım, sakal mübarektir. Yapma, yeter, dur. Sen bu imtihanı da geçtin. Artık nefsin zincirlere vurulmuştur. Bundan sonra sana yaklaşmaktan korkar o. Zira bu acı ona yeter. Sen zayıf düşmedikçe o sana yanaşamaz. Yeter. Dur artık."

Gözlerini bir rüyadan ayılır gibi Üftâde'ye çevirdi Mahmud Efendi. Manasızca bakıyor gibiydi. Zira bütün bu olanlar çok ağır geliyordu ona. Ama asla vazgeçmiyordu. Sebat denen şey buydu. O sebat ediyordu, inat etmiyordu. İnat etse benim yoluma gelecekti. İnat etse benimle beraber yürüyecekti. O benim dediğim gibi inat etmiyor, bana karşı sebat ediyordu ve bu öyle ağır geliyordu ki ona. Lakin bu kez asıl yarayı ben almıştım. Asıl acı çeken bendim bu kez. Ve Üftâde'nin dediği gibi, artık Mahmud Efendi'ye yaklaşmaktan korkuyordum sanki.

Gözlerini Üftâde'nin kara gözlerinden hiç ayırmadı Mahmud Efendi. Ağlamaklı bakıyordu. Bana acı çektiriyordu ama kendinin de canı yanıyordu. Bir şeyler bekler gibi bakıyordu sanki Üftâde'nin gözlerine. Ama ne beklediğini o da bilmiyordu.

"Evladım" dedi bir kez daha Üftâde. "Evladım, gel benimle."

Ve yürüdü. Ardından onu takip etti Mahmud Efendi. Dergâhın hemen önündeki bostanda bir ağacın dibine vardılar. Kimsecikler yoktu etrafta. Sanki kimsenin olmaması gerekiyordu. Neden sonra durdu Üftâde. Bir vakit etrafına bakındı. Güneş tepeden vuruyor, gölgeleri toprağa düşüyordu, sakallarını rüzgâr okşuyordu. Ve hâlâ alnından soğuk terler damlıyordu Mahmud Efendi'nin...

"Evladım. Bak görüyor musun şu toprakta boy verip de yeşeren nebatatı?"

Cevap vermedi Mahmud Efendi. Sadece hocasının baktığı yere dikti bakışlarını.

"Bak işte onlar senin gibi toprağın altında bir küçük tohumdu. Yeşermek için evvela üzerlerindeki toprağı atmaları, onu yarıp da düze çıkmaları gerekti. Yoksa orada ölüp kalacaklardı. Yalnızca biraz su gerekti onlara ve toprağın o kara örtüsüne yılmadan karşı koymak."

Daha bir dikkatle baktı Mahmud Efendi. Hâlâ zihni bulanık, gözleri karanlıktı. Yanıyordu içi.

"Ey evladım Mahmud" dedi Üftâde "İşte sen dahi o toprağın altındaki kara tohum idin. Üzerindeki toprak nefsindi senin. Evvela o toprağı yarıp çıkman gerekti. Ben yalnızca sana lazım olanı verdim. Benim sana verdiğim can suyu idi sadece. Sen ise o toprağı yarıp çıkmak için sebat ettin. Sende sabır var, fedakârlık var, samimiyet var... İşte o sebeple nefs toprağını yardın da güne çıktın şimdi."

Gözlerine yaşlar doldu birden Mahmud Efendi'nin. Dudaklarında sözler soldu, öylece durdu bir aralık. Lakin sonra dayanamadı ellerine kapandı hocasının. Mahmud Efendi'nin gözyaşları Üftâde'nin yaşlı ellerini ıslattı.

Elini Mahmud Efendi'nin başına koydu Üftâde. Sanki kendi evladının başını okşar gibi okşadı.

"Lakin evladım bil ki nasıl çıktıysan o topraktan, toprak nasıl can verdiyse sana aynı öyle mezar da olur. Yani nefsinle savaşın bitmiş değildir. Öldüğün ana kadar ona galip gelmiş olamazsın. Her daim onu susturman icap eder. Dünyada ne yapıyorsan bil ki; ya Allah içindir ya nefsin için. Hep düşün bunu. Yaptığın kimin için diye. Allah için yapmak letafet ama nefs için yapmak felakettir.

Bu imtihanın da bitmiştir. Bu andan sonra seni her vakit yanımda görmek istiyorum evladım. Artık benim yanımdaki odada kalacaksın. Her vakit benimle olacaksın. Bana evlat olacaksın."

Mahmud Efendi'nin gözündeki yaşlar sel olmuştu sanki. Bitti diyecektim lakin yeni başlamıştı benim azabım. O nasıl ki benden kaçamıyorsa ben de ondan kaçamıyordum ve artık hemen yanı başında olacaktı Üftâde'nin...

Ben nefstim. İnsana istediğimi ettirir, kendi yolumda gezdirirdim. Lakin bu vakitten sonra ben acı çekecektim belli ki. Zira Üftâde, Mahmud Efendi'yi hemen yanı başına almıştı ve benim çilem yeni başlamıştı.

Bursa/1579

Mahmud Efendi

Nefsine zor gelen hakkında hayırlı olandır...

ARTIK O BENDEN DAHA GÜÇLÜYDÜ. Bana henüz hükmedemiyordu ama ben de ona hükmedemiyordum. Bir tenha vaktini bulsam, zayıf düştüğü bir anı yakalasam yine bütün kuvvetimle onu kendi istediğime çekecektim, yine kendime dost edecektim ama olmuyordu, zayıf bir anını bulamıyordum. O her ne ediyorsa Allah için yapmaya gayret ediyor ve bu hâli beni mahvediyordu.

Geceleri zifiri karanlıkta hiç uyumadan bir mücrim gibi köşelere çekiliyor başını yerden kaldırmadan günahlarına, hatalarına, yanlışlarına tövbe ediyordu. Hiç durmadan kendini ayıplıyordu. Her hâliyle benden geçtiği belliydi. "Allah'ım" diyordu yalnız kaldığı vakitlerde "Allah'ım ben kendime zulmetmişim, nefsimin yolundan gitmişim, Senin için değil de onun için etmişim ettiklerimi... Tövbe Allah'ım! Hem bilip ettiklerime hem bilmeyip ettiklerime tövbe...

Sonra sabahları erkenden daha ezan okunmadan kalkıyor, avlunun ortasındaki ocağa odun taşıyor, yakıyor, hocasının abdest suyunu ısıtıyordu. Sonra elleriyle döküyordu abdest suyunu ona.

Hocası Üftâde nereye gitse o da peşi sıra gidiyordu. Bostanda beraber çalışıyorlar, beraber Kur'ân okuyorlar, namaz kılıyorlar, gönüllerini dinliyorlardı. Biri diğerine oğul, diğeri berikine baba oluyordu. Üftâde gözünün önünden bir an olsa ayırmıyordu Mahmud'u ve Mahmud dahi bir anlık cüda kalmak istemiyordu ondan. Ama ben? Beni hep dışarıda bırakıyorlardı. Ve bu bana verilecek en büyük cezaydı. İnsanın içinde ama insandan uzakta olmak...

Oysa ben boş durmuyordum, duramıyordum ve durmayacaktım da... Bütün insanların içinde 'ben' vardım. Onlarla da konuşur, onlara da yaptırırdım istediğimi. Dergâhta diğer dervişlerden bazılarına musallat oldum ilkin. Dedim ki onlara "Bu Mahmud tamam; kadılığı, malı mülkü, şöhreti her şeyi bıraktı geldi de senden ne farkı var ki hocan Üftâde ona daha çok muhabbet besliyor? O senden daha mı üstün ki Üftâde onu yanından bir an olsa ayırmıyor?" Dinlediler beni, içten içe Mahmud'a karşı bir haset beslediler. Kıskanıyorlardı onu. Gizlide, tenhada birbirlerine bunu söyler oldular. Kimi dinlemedi lakin dinleyenler de yok değildi. Ve onlar bana yeterdi.

Yine böyle bir günün akşamında bütün dervişler dergâhın mescit kısmında toplanmışlardı da hepsi hocaları Üftâde'nin dudaklarından dökülecek kelimeleri bekliyorlardı. Kış mevsimiydi ve karlarla örtülmüştü Bursa. Hâlen dahi gökten ak taneler yere düşüyor, dervişler dergâhın küçük penceresinden dışarı baktıkça içleri üşüyordu sanki. Bir kenarda soba yanıyor, etrafı kandiller aydınlatıyor ve uzun bir kış gecesinde bütün dervişler vakti hayra devşirmek için diz çökmüş bekliyorlardı.

Üftâde, haftanın birkaç akşamı onları topluyor ve onlarla

sohbet ediyordu. Biliyordu ki telkin etmek teskin etmekti ve dervişlere sükûn gerekti.

İşte o akşam da onları teskin etmek, gönüllerini tedip etmek için lisanına gönlünü düşürdü.

"Evlatlarım" dedi "Bu dünya bir yokluk âlemidir. Var dedikleriniz de yoktur, yok dedikleriniz de. Lakin insan her şey var zanneder. Hatta her şeyi kendinin zanneder. Öyle çok sever ki bu dünyada sahip olduklarını vazgeçerse her şey biter diye vehmeder. Malı olur bırakamaz, mülkü olur satamaz, şöhreti olur yıkamaz. Ne tuhaf şey! Bu âlem bir rüya âlemine benzer oysa. Rüyada sahip olduklarınızı uyanınca yanınızda bulabilir misiniz? Hem rüyanızda var olanla uyanınca yok diye dertlenir misiniz? İşte bu âlemde o rüya misalidir. Bilin ki bu rüyada sahip olduklarının hiçbiri insanın değildir. Sahiplik makamı da sıfatı da yoktur insanda. Kendisi dahi kendinin değildir. Kendine sahip olamayan başka bir şeye nasıl edecek de sahip olacak?

Hele bir bakın ki mevsim kıştır, mevsim baharı öldürmüştür. Lakin yeniden doğmak için düşer tohum toprağa. Dallar yeniden yeşermek için yapraklarını döker. Şu sizin gördüğünüz kar taneleri esasen öldürmek için değil yeniden doğurtmak içindir. Terk ettikleriniz sizi zayıflatmak için, güçsüz düşürmek için değildir işte, daha güçlü olmak için, yeniden yeni olmak içindir.

Sahiplik değildir bizim işimiz ey evlatlarım. Sahip olan bir tanedir. Biz bu dünyaya şahit olmaya geldik. İmtihan diyarındayız, belki bir rüya yurdunda. Rüyada neniz varsa uyandığınızda yanınızda olmayacak. İmtihanda sualler de sizin değil, cevaplar da. O zaman nedir bu dünyaya bizi bu denli bağlayan? Nedir dünya denen rüyada gördüklerimizi terk etmemize mâni olan?"

Sustu birden Üftâde. Sanki dervişlerin düşünmesini, tefekkür etmesini ister gibi sustu. Derin bir sükût yayıldı dergâhın içine. Dervişlerin hepsinin gözleri kapalı... Hepsi de aklından terk etmek denen acı imtihanı geçiriyorlardı. Ama en çok Mahmud'un içi yanıyordu. Zira o terk etmeyi çok acı şekilde öğrenmişti. Zira varlığı çoktu ve imtihanı da çok. Ne çok şeye sahipsen terk etmen o denli zor olurdu.

Sükûtu yine Üftâde bozuverdi. Kendi sualine kendi cevap verdi:

"Nefstir evlatlarım, nefsimizdir. Bize sahibin biz olduğumuzu fısıldayan da terk etmemeye zorlayan da nefsimizdir. Bilirim ki bunlar zordur. Bilirim ki terk etmek insana acı verir. Nefse zor gelir olanları bırakmak, var diye inandıklarını yok saymak çok zor gelir, bilirim. Lakin size bir haber vereyim Peygamber Efendimiz'den... Der ki; nefsine zor gelen hakkında hayırlı olandır. Ölçü budur evlatlarım. Bırakın yansın canlarınız, bırakın nefsiniz kıvransın, bırakın ki malınızla olan imtihanı kazanın. Kendinize zor geleni, yapacakken içinizden bir sesin size 'yapma' dediğini yapın ve bilin ki hayırlı olan işte odur" dedi ve sustu yine.

Zira arada bir sükût etmesi dervişlerinin gözlerinde gözlerini gezdirmesi daha tesirli oluyordu. Biliyordu bunu. Dervişler düşünsün, bilsin, öğrensin istiyordu. Öyle yaptı o da, bir vakit sustu sadece. Diz kırıp oturan dervişlerinin gözlerine baktı.

Aklında bir şeyler vardı Üftâde'nin. Bir şeyler yapacaktı belliydi. Hem haberdardı dervişlerinin Mahmud'a ettiği hasetten. Bunun için belki de;

"Şimdi" dedi "Bir üzüm olsaydı da yeseydik. Ne güzel olurdu."

Dervişlerin gözleri açıldı birden, hepsi şaşırdı. Zira mevsim kıştı, dağ bayır beyazla kaplanmıştı. Üzüm yetişecek mevsim değildi ki. Elbet hepsi isterdi gidip de hocalarına bir salkım da olsa üzüm getirmeyi. Lakin bu mümkün olacak şey değildi ki. Hepsi şaşırmış bir hâlde bakarlarken sesi duyuldu Mahmud'un;

"Efendim, eğer müsaade ederseniz ben maksadınızı yerine getireyim" dedi zira hocasının bu arzusunda bir hikmet olduğunu sezmişti. Ben hiç istememiştim böyle demesini. Lakin elimde değildi ben fısıldamıştım, o söylemişti. Bu sözde bir hikmet var diye. Ben nefstim ama ne oluyordu bana ki kendime sahip olamıyordum? İlham ediyordum ona. Sezdiriyordum ama böyle yapmak istemiyordum. Neler oluyordu? Nasıl oluyordu?

Anladım ki o beni yendikçe, ben değişiyordum. Ben onu kendime benzetemiyordum, o beni kendine benzetiyordu ve Allah yardım ediyordu ona. Hem de benim elimle yardım ediyordu. Ben değişiyordum. Bir şeyler oluyordu ve engelleyemiyordum.

"Müsaade Allah'ındır" dedi Üftâde. İzin vermişti Mahmud'a. Hem de mümkün olmayanı yapması için izin vermişti. Bütün dervişler hayretler içinde Mahmud'a bakıyorlardı. Lakin en çok da benim gönüllerine haset mayasını çaldıklarım şaşkındı. Zira Mahmud bir imkânsıza talip olmuştu ve yapamayacaktı. Öyle inanıyorlardı.

Başını öne eğdi ve hocasına arkasını hiç dönmeden geri geri attığı adımlarla çıktı dergâhtan Mahmud. Kapının hemen önünde duran ottan yapılmış ufak sepeti de aldı eline.

Dergâhın kapısından çıkar çıkmaz yüzüne değen rüzgârla irkildi. Tam bir tipi vardı ve kar sanki yağmıyordu da dökülüyordu semadan. Ortalık bembeyazdı. Kar aydınlatıyordu geceyi. Karanlığı beyaz örtüyordu. Adımını attı karın üzerine ayakları saplandı kaldı. Zorla da olsa yürüdü. Kara sakallarına yapışıyordu gökten düşen beyaz mercanlar. Kar sanki dünyayı temizlemek içindi. İnsanı temizlemek için... Üşüyordu ama gidiyordu Mahmud. Sakalına düşen karları hiç silkelemedi. Kara şükretti, soğuğa şükretti, Allah'a şükretti.

Dergâhın yamacında durduğu dağın eteklerindeki üzüm bağına doğru karlara saplana saplana yürüdü. Bu mevsimde hele ki bu karda kışta üzüm olmayacağını biliyordu. Lakin şüphe etmiyor, ümitsizlik kuyusuna düşmüyordu. Bir ümit vardı içinde. Ben ise engel olamıyordum ona. Bir kimse eğer ki onun yaptığı gibi benimle savaşırsa ve bu savaşta sebat ederse Allah beni de ona hizmetkâr kılıyordu. Ve ben şimdi ona hizmet etmeye mecburdum. İstemiyordum ama engel de olamıyordum. Zira elim kolum bağlıydı, biliyordum.

Üzüm bağına vardığı vakit her yerin bembeyaz olduğunu gördü. Dalların üstü karlarla örtülmüş, üzüm asmaları uykuya gömülmüştü. Bütün bağı gezdi dolaştı Mahmud. Ümitsizlik yoktu içinde bir damla bile olsa. Aramakla bulunacağını biliyordu ve arıyordu. Ama aradığı imkânsız olandı. Yine de mümkün olmayanı mümkün eden 'Bir'i vardı.

Neredeyse bütün bağı gezdi dolaştı. Yoktu, hiçbir şey bulamamıştı. Zaten bulamaması değil bulması şaşılacak şeydi. Yine de yılmadı. Tereddüt etmedi bir an. Günlerce sürse de dolaşacak, gezecek, arayacaktı.

Son üzüm asmasına doğru gitti. Karlar ayaklarına yapışıyor, çarıklarını ıslatıyor, sakallarını donduruyor, gözlerini dolduruyordu. O son asma dalının yanına varınca onun da karlarla örtülü olduğunu görüverdi. Yoktu, bir tane olsa da üzüm yoktu ve olması imkânsızdı zaten. Ardına dönüp gidecek oldu ki ben durdurdum onu. Bana bir hâller oluyordu, ona ilham ediyordum sanki. Sanki bunu yapmaya zorlanıyordum. Ben nefstim, nasıl oluyordu, bilmiyordum ama yapıyordum. Geri dönmesini söyledim ona. Dediğimi yaptı. Geri döndü ve o üzeri karlarla örtülü üzüm asmasına doğru uzattı elini. Karların içine soktu parmaklarını. Bir vakit öylece kaldı, gözleri kapandı sanki.

Neden sonra tuttuğu bir salkımla geri çıkardı elini? Nasıl olurdu? Ben dahi hayret ettim. Birden öyle bir heybetli göründü ki gözüme Mahmud, kaçacak oldum ondan. Nasıl oluyordu? Bu karda bu kışta bir dalda nasıl üzüm olurdu?

Sonra bir kez daha soktu elini ve bir salkım daha aldı. Sonra bir salkım daha... Gözlerinden yaşlar boşanmaya başladı. O da şaşkındı biliyordum. O da hayret ediyordu. Yanındaki sepeti doldurana kadar yaptı aynı şeyi. Sonra birden yere, karların üzerine diz çöktü de oturdu. Gözlerinden yaşlar akıyor ve akan yaşlar yerdeki karı eritiyordu. Ellerini açtı ve...

"Allah'ım" dedi "Sen ki imkânsızı mümkün edensin, olmazı olur, bulunmazı bulunur edensin. Sen varsan imkân var. Elhamdülillah" deyip kaldı bir vakit öyle, ağladı... Ve ağladı. Neden sonra kalktı diz kırdığı yerden. Dergâha doğru döndü hemen. Yürümeye başladı. O görmedi ardında kalanları lakin ben gördüm. Diz çöküp oturduğu yerdeki karlar erimiş su olmuştu ve hatta boy vermeye başlamıştı ölü otlar. Ama o görmedi.

Dergâha doğru yine karlara bata çıka yürüyordu. Gözleri elindeki üzüm dolu sepetteydi. Ve aklından neler neler geçmekteydi. Olanları aklıyla açıklayamıyordu. Ama olmuştu ve inanıyordu. Engel olmak istedim ama yapamıyordum işte ona engel olamıyordum. Son bir gayretle bir şeyler söylemek istedim. Denedim olmadı. Sanki söylediklerimi duvara söylüyordum da hiç tesiri yoktu. Sanki Allah onu benden koruyordu. Evet, öyle olmalıydı. Allah'ı sevmeye gayret edeni Allah da severdi ve nefsinden yani 'ben'den bile korurdu onu. Birkaç kez daha denedim söylemeyi. Aynısı oldu. Son bir gayretle bir kez daha;

"Sen" dedim "Keramet mi gösterdin?"

Adımları seyrekleşti birden. Yürüyüşü yavaşladı. Elinde tuttuğu sepete baktı bir kez daha. Duymuştu beni. Ama inanmış mıydı bilmem. Ne olursa olsun onu bırakmayacaktım. Ve sanki bu hâlinde bile ona tesir ediyordum.

Hâlâ elindeki sepetteydi gözleri. Benim söylediğimi düşünüyordu. Neden sonra "Keramet" dedi sessizce. "Keramet" dedi ve durdu. Sonra "Ben" der demez attığı adımı saplandı kaldı yere. Sonra diğer adımını attı ve o da saplandı. Bir bataklığa batmış gibi çırpındıkça daha da batıyor, çıkmaya çalıştıkça düşüyor, kalıyordu. Çabaladı, çabaladı durdu. Çıkamıyordu. Çıkarılmıyordu.

Sonra birden ve aniden vazgeçti sanki. Çırpınmayı bıraktı, durdu öylece battığı yerde "Allah'ım yardım et!" dedi. "Ben dedim, Sen diyemedim. Hata ettim, affet. Ben yokum Sen varsın. Yardım et" ve yine ağladı... Ve ağladı.

Sonra ansızın bir şeyler oldu. Sesler duyuldu ötelerden. Biri mi geliyordu? Bir şey mi oluyordu? İlkin fark edemedi. Bir derviş çıkageldi uzaktan. Ama dergâh tarafından değil de dağın olduğu taraftan çıktı geldi. Ben tanıyordum onu ama Mahmud henüz tanımıyordu. Hiç görmemişti daha evvel. Yanına gelene kadar da fark etmedi bir gelen olduğunu Mahmud. Neden sonra seslendi gelen derviş;

"Ey Mahmud! Tut elimi de seni çıkarayım" dedi ve uzattı elini.

Mahmud sesi işittiği vakit irkildi ve korktu hatta. Sonra dikkatlice kendine yardım etmek için elini uzatan dervişe baktı uzun uzun. Kim olduğunu bilmiyordu ve görmemişti hiç.

"Kimsin?" dedi Mahmud.

"Öğrenirsin" dedi o.

"Nasıl?" dedi Mahmud.

"Sualsiz" dedi o.

"Ben" dedi Mahmud.

"Sen" dedi o.

Sustu Mahmud. Bir şey söyleyemedi daha. Zira anlamıştı bu gelenin bir başka diyarın insanı olduğunu. Ve gördü ki ne söyleyecek olsa hepsi sualdir. Sustu.

"Haydi" dedi gelen derviş "Uzat elini. Bil ki bu el sen gibiden başkasına uzatılmaz."

Ve Mahmud uzattı elini. Ve çekip çıkardı onu derviş. Hayretler içindeydi Mahmud. Kimdi bu gelen, neden gelmişti, nereden gelmişti, ne demişti ve neden demişti? Şaşkındı. Üzerini temizlemeye çalıştı. Sonra gelen dervişe baktı, baktı. Hiçbir şey söyleyemedi. Ve derviş döndü ardına ve geldiği yere yürüdü de gitti. Mahmud sadece bir şey fark etti. Ayaklarının izi yoktu karlarda.

Korkuyordu. Bilemiyordu ve bilemediğinden korkuyordu. Yere düşen sepeti hemen eline aldı ve yürüdü. Birkaç adımda bir dönüp ardına bakıyordu. Ve koşa koşa dergâha gitti. Korkuyordu.

Dergâhın kapısından içeri girdiğinde bembeyazdı yüzü, alnından terler boşanıyordu. Kış günü, bu soğukta Mahmud sanki yanıyordu. Ve elinde bir sepet dolusu üzüm tutuyordu.

İçeri girdiğinde bütün dervişlerin gözü onun üzerindeydi. Hepsi şaşkın, hepsi hayrete düşmüş Mahmud'dan çok elinde duran üzüm dolu sepete bakıyorlardı. Ne diyeceklerini bilemediler.

Mahmud titreye titreye Üftâde'nin önüne kadar geldi. Kekemeye tutulmuş gibi;

"Efendim" dedi "Ben..."

Devam etmesine izin vermedi Üftâde. Başına gelenleri anlatacaktı Mahmud. Korkmuştu. Söyleyecek ve anlayacaktı. Ama Üftâde susturmuştu.

"Biliyorum evladım" dedi "Biliyorum" ve Mahmud'u sağ yanına oturttu.

Dervişlerin gözleri kara taşlara dönmüştü. Hepsi hayretten ne diyeceklerini bilemediler. Ve haset edenler hemen oracıkta tövbe ettiler.

Mahmud biraz sakinleşince kulağına doğru eğildi Üftâde. Sadece tek bir kelime söyledi;

"Hızır" deyiverdi ve sustu...

* * *

O gece dervişler dağılana kadar kendinde değil gibiydi Mahmud. Sesler kulağında kayboluyordu sanki. Gözleri kararıyordu. Bir başka hâl vardı, baktığını başka görüyordu sanki. Başına gelenler bambaşkaydı ve anlamak için ağlamak gerekti ve Mahmud da bütün gece boyunca sessizce ve kimseye sezdirmeden ağlıyordu.

Gece vakti sohbet bitip de dervişlerin dağılmasına yakın hocası Üftâde birden elini dizine koyuverdi Mahmud'un. Mahmud birden rüyadan uyanır gibi kaldırdı başını. Hocasına baktı. Anlamamıştı. Üftâde tebessüm etti ona.

"Evladım! Söyle" dedi. Anlamadı Mahmud. Bütün dervişler dahi ona bakıyordu. Ne söyleyecekti? Neden söyleyecekti? Hocası ne demek istemişti?

"Ne söyleyeceğim" der gibi baktı hocasının gözlerine. Bilmiyordu ve hocası hâlâ tebessümle gözlerine bakıyordu onun.

Başını tekrar eğdi Mahmud, gözlerini kapattı. Bir şeyler olacaktı sanki ve bekliyordu. Olacaktı. Zira ben artık kötülükten ziyade iyilik, şerden ziyade hayır, laftan ziyade ilham fısıldıyordum ona ve engel olamıyordum buna. Birden bir şeyler mırıldanır gibi söylenmeye başladı. Sonra bütün dervişlerin duyacağı bir şekilde söyledi sözlerini. İlham ediliyordu ona ve ben mâni olamıyordum. Olamayacaktım da... Aşka gelmiş bir bülbül gibi söyledi Mahmud. Gözlerini yumdu ve sanki bir dua eder gibi söyledi:

Eğer doğru yoldan taşra gittimse
Efendim, sultanım estağfirullah
Rızana muhalif her ne ettimse
Efendim, sultanım estağfirullah

Kulun işi sehv ü gaflet ü nisyan
Efendiden afv ü rahmet ü gufran
Yine senden olur her derde derman
Efendim, sultanım estağfirullah

Yüz urduk sana ey Settârü'l-uyûb
Senin elindedir ıslâh-ı kulûb
Ente'l- Kerim ente Gaffârü'z-zünûb
Efendim, sultanım estağfirullah

Dedi ve sustu. Herkes hayret içinde ona bakıyordu. Söyledikleri hakikat kokuyordu. Bütün dervişler şaşkın şaşkın birbirlerine baktılar. Ama en çok da Mahmud şaşırıyordu. Nasıl söylemişti bu söylediklerini nasıl söyleyebilmişti? Bilmiyordu... Birden cevap arar gibi başını hocasına çevirdi. Üftâde hâlâ tebessüm ediyordu. Kızılı kaçmış dudaklarının arasından kar beyazı dişleri görünüyordu.

"Evladım" dedi "Bunlar hep Allah'tandır. Hüdâ'dandır hep. Senin ismin dahi bu andan sonra Hüdâyî olsun..."

Ve oldu...

~

İstanbul'da herhangi bir yer/Bugün

Sen

Herkesin bir putu var...

"EVLADIM, İSTER MİSİN?"

Başımı bu sesle kaldırdım kitaptan. İlkin anlayamadım ya da belki duyamadım. Sonra anlamsız anlamsız baktım yüzüne aynı bankta oturduğum yaşlı kadının. Sonra tebessümle tekrar etti elinde tuttuğu bir bisküviyi bana uzatarak;

"Evladım, ister misin?"

Cevap veremedim, kendime gelememiştim henüz. Sadece başımı iki yana sallayabildim "İstemiyorum" dercesine. Başka da hiçbir şey söyleyemedim. Zira aklım karmakarışık olmuştu. Kitap gittikçe değişik bir hâl alıyordu. Olanlar ya da anlatılanlar imkânsız şeylerdi. Bunlar nasıl olabilirdi diye düşünüyordum ve şu anda oturduğum parktan da yanımda duran yaşlı kadından da tamamen uzaklaşmıştım sanki.

Bu okuduklarım zihnimi allak bullak ediyordu. Her okudu-

ğum bölümde bir başka gariplik, bir başka imkânsızlık oluyordu. Nasıl mümkün olabilirdi mesela kış günü gidip de bir asma dalından üzüm alabilmek? İnsanın yaptığını Allah'tan bilmesi gerekirdi demek ki. Başardığı vakit bir işi "ben başardım" diye düşünürse ayağı çamurlara batardı ve demek ki bunu nefsi yapardı. Peki, ya Mahmud Efendi'yi o düştüğü yerden kurtaran gerçekten Hızır mıydı? Gelir miydi öyle insan her dara düştüğü anda? Ya o söylediği şiir? Söylenir miydi böyle ansızın?

Ben bütün bunları düşünürken gençten bir adam geliyor karşıdan. Ağır ağır yaklaşıyor. Bana doğru geliyor ama bana değil belli. Yanımda oturan yaşlı kadına sesleniyor uzaktan.

"Anne" diyor "Haydi gidelim."

Öyle çok seviniyorum ki kimsesiz olduğunu sandığım bu yaşlı kadının bir kimsesi olduğuna. Yanıldığıma o kadar seviniyorum ki.

Oğlu koluna giriyor yaşlı kadının ve öylece gidiyorlar kol kola... Lakin giderken son bir kez dönüp de bana bakıyor yaşlı kadın. Neden bilmiyorum ama eziliyorum, bakışlarının ağırlığında mahcup oluyorum.

Onlar ayrılınca ben de fazla kalmıyorum orada. Zaten arkadaşımla sözleştiğimiz vakit de yaklaşıyor diye geldiğim yoldan geri dönüyorum. Ama aklıma hep okuduklarım ve o yaşlı kadının giderken bana bakışı kalıyor.

* * *

Birkaç saat evvel oturduğumu kafenin önüne gelince arkadaşımı orada beni bekler hâlde buluyorum. Selam veriyorum ve yürüyoruz beraber. Ben nereye gittiğimizi bilmiyorum. Sadece yürüyorum onunla.

"Ne yaptın? Eve gittin mi?" diye soruyor bana.

"Hayır" diyorum "Biraz yürüdüm sonra bir kenara oturup da kitabı okudum yine..."

"Hımm. Ne oldu peki? Yani Kadı Mahmud Efendi'ye ne ol-

du? Nefsi neler yaptırdı ona? Ya da neler yaptıramadı?"

Olanların hepsini, okuduklarımın hepsini tek tek anlatıyorum. En çok Hızır'ı gördüğü yeri anlattığım zaman şaşırıyor.

"Bunu da soralım olur mu?" diyor.

Olur der gibi sallıyorum başımı.

Dik bir yokuştan yürüyüp, ara sokaklardan geçiyoruz. Bildiğim yerler buralar ama nereye gideceğimizi kestiremiyorum. Bir on dakika daha yürüdükten sonra bir otelin önünde duruyoruz; "Mavi İstanbul Oteli." Gelirken gözüme ilişen yer. Ne tuhaf.

Otelin büyük ahşap kapısından içeri giriyoruz. Bir otelden çok eski vakitlerden kalma bir eve benziyor. Alt katı lobiden çok eski bir kıraathaneyi andırıyor. Duvarları hat levhalarıyla süslenmiş, bir duvar boydan boya bir kitaplık ile bezenmiş. Girişin hemen sağ yanında danışmaya benzer bir yer görüyorum. Orada gençten bir oğlan oturuyor. Daha evvel buradan geçerken kapının önünde gördüğüm genç bu. Yine elinde aynı kitap var ve okuyor. Bizi fark etmiyor bile. Değişik bir yer burası. Otele geldiğinizi hissetmiyorsunuz hiç. Sevimli geliyor bana burası, bizden bir yer gibi geliyor, bizim gibi, ev gibi, otelden çok bir hana benziyor ve hoşuma gidiyor.

İleride bir masaya geçiyoruz, tahta iskemlelere oturuyoruz. Az sonra biri geliyor yanımıza. Arkadaşım;

"Kerem diye biri çalışıyormuş burada, onu görmek istiyoruz" diyor.

Gidip o kitap okuyan genci çağırıp geliyorlar. O da hiç beklemeden çıkıp geliyor masamıza. Nazikçe selam veriyor.

"Hoş geldiniz. Beni sormuşsunuz. Buyurun" diyor nezaketle.

"Babam" diyor arkadaşım "Babam Arif, size gönderdi beni. Birkaç sene evvel buralara çok gelirdi. Bir ahbabı vardı burada. Sabahları gelip sohbet ederlerdi. Hatta bir keresinde ben de gelmiştim. Biri vardı; Ömer Bey'di sanırım ismi. Onu görmek istiyoruz."

Gencin gözüne bir karanlık çöküyor sanki hüzün düşüyor

bakışlarına. O söylemeden ne diyeceğini anlayacak gibi oluyorum ama o söylüyor;

"Evet, Ömer Ağabey... Ama görüşmeniz mümkün değil. Vefat edeli neredeyse iki sene oluyor" diyor.

"Allah rahmet eylesin. Üzüldüm" diyor arkadaşım.

"Âmin" diyoruz hep bir ağızdan...

"Peki, siz ne için arıyordunuz Ömer Ağabey'i?" diye soruyor Kerem.

"Aslında çok önemli bir şey değil. Bir kitap okuyoruz daha doğrusu arkadaşım okuyor—beni işaret ederek—ben sonradan dâhil oldum. Orada nefs ile ilgili bir şeyler anlatılıyor biz de merak edip muhabbet edeceğimiz birini düşündük. Aklıma Ömer Bey gelmişti. Ama mekânı cennet olsun mümkün olmayacak bir şey" diyor arkadaşım.

Gözleri birden parlıyor sanki Kerem'in. Nedenini bilemiyorum ama bu söylediklerimiz hoşuna gidiyor.

"Bir kitap mı dediniz?" diye soruyor.

"Evet" diyoruz ikimiz birden.

"Rahmetli Ömer Ağabey olsaydı tam onunla konuşulacak bir mevzu imiş bu. Ama ben de merak ettim şimdi. Ne kitabı bu? Ne anlatıyor?"

Arkadaşım benim anlatmamı istercesine işaret ediyor bana. Ben de en başından başlayıp da anlatıyorum her şeyi. Kadı Mahmud Efendi'yi, Eskici Mehmed Dede'yi, Üftâde'yi ve nefsi... Ama en çok nefsi anlatıyorum. Nefsin konuşmalarını, insanın nefs ile konuşmalarını. Merak ettiklerimi, anlayamadıklarımı, her şeyi en başından anlatıyorum.

Şaşırıyor Kerem ya da seviniyor. Bilmiyorum... Biraz durup, düşünüyor, o arada çaylarımız geliyor. Yudumluyoruz ama benim bakışlarım otelin duvarlarında geziyor. Her yanında bir başka efsun var gibi. Tarih kokuyor, hayat kokuyor ama neden bilmiyorum bu otel çok garip bir şekilde kitap kokuyor.

"Bunlara ben cevap veremem" diyor Kerem "Ama isterseniz

Ömer Ağabey'in çok yakın bir arkadaşı var sahaflar çarşısında bir dükkânı var ona götürebilirim sizi."

Göz göze geliyoruz arkadaşımla. Sonra tebessüm ediyoruz. İkimiz de gitmek istiyoruz bu garip tesadüflerin bizi götürdüğü yere. Oysa ben plansız yapılan hiçbir işi sevmiyordum ama değişiyorum demek ki.

Kabul ediyoruz. Çaylarımız bitene kadar biraz sohbet ediyoruz. Sonra üçümüz birlikte çıkıyoruz otelden. Bir yarım saat yürüdükten sonra sahaflar çarşısına geliyoruz. En köşede çok eskiden beri orada olduğu belli olan bir dükkânın kapısından giriyoruz. Her yer kitaplarla dolu, adım atmakta zorlanıyoruz. Dükkânın en uç kısmına kadar yürüyoruz. Orada, kitapların arasında neredeyse hiç görünmeyecek kadar etrafı kitapla çevrili yaşlı bir adam görüyoruz. Gözünde burnuna kadar inmiş bir gözlük, bembeyaz sakallı bir adam oturuyor. Elinde kendinden çok daha yaşlı bir kitabı tutmuş okuyor. Bizi görmüyor ilkin yaşlı adam. Kerem, selam verene kadar bize bakmıyor bile.

Sonra Kerem selam verip tanıtıyor bizi ona. Bütün her şeyi anlatıyor. Kitaptan bahsettiği vakit aynı Kerem'in gözlerinde gördüğüm ışık onun da gözlerinde parlıyor.

"Gelin bakalım çocuklar" diyor gözünden aşağı inmiş gözlüğünü düzelterek. Yanına birkaç hasır tabure çekiyor Kerem ve biz de etrafına oturuyoruz.

Her şeyi en başından bir kez de sahaf Hüseyin Bey'e anlatıyorum. Ne okumuşsam aynıyla aktarıyorum ona. Aziz Mahmud Hüdâyî, Üftâde'yi, hepsini ve her şeyi... Ama en çok nefsi anlatıyorum, onun konuştuklarını, fısıldadıklarını, vesveselerini. Ben anlatırken yine çaylar geliyor. Bugün ne çok çay içtiğime şaşırıyorum. "Biz Türkler çay içmezsek ölürüz demek ki" diye geçiriyorum içimden. Çayı yudumlarken devam ediyorum anlatmaya ve üçü de pür dikkat beni dinliyorlar.

Anlattıklarım bitince sahaf Hüseyin Bey avucunu çenesine koyuyor işaret parmağını da yanağına doğru uzatıp bir zaman düşünür gibi duruyor. Sonra sanki sayıklar gibi;

"Aziz Mahmud Hüdâyî" diyor "Nefsini öldürmeden ölmeyen veli."

Sonra bir zaman daha öylece düşünüyor, yüzündeki kırışıklıklar dikkatimi çekiyor, gözlüğünün çerçevesindeki lehimlere takılıyorum, pantolonundaki yama mesela ilk kez değiyor gözlerime. Çok sevimli geliyor bana, hem de çok fazla.

"Çocuklar" diyor "Bu anlattıklarınız güzel şeyler. Bir veliyi anmış oluyoruz esasında. Hem kanaatimce bahsettiğiniz kitapta anlatılanlar hakikat. Yani gerçekten yaşadıkları Aziz Mahmud Hüdâyî'nin. Elbette ki hayal edilmiş, kurgulanmış kısımları vardır. Ama büyük zatlar zoru yaşarlar. Büyüklerin imtihanı da büyük olur. Peki, siz benden ne öğrenmek istiyorsunuz?"

"Nefs" diyorum birden atılarak "Nefsin ne olduğunu, neler ettiğini, insanlarla gerçekten konuşup konuşmadığını çok merak ediyorum."

Tebessüm ediyor bana. Sonra çayından bir yudum alıyor.

"Bak evladım" diyor "Bu dünya denen şeyi bizim vaktimizde yaşayanlar sadece ismiyle, cismiyle bilirler. Biz gaflet vaktinde doğan çocuklarız. Gâfiliz yani. Dünyayı bizim için sanırız, hatta bizim sanırız. Oysa dünya dediğin her gelene 'seninim' diyen bir gönül çalana benzer. Sonra terk eder, bırakır onları.

Dünya demek eski vakitlerde yaşayan insanların lügatinde sadece dünya demek değildir. Dünya nefs demek, dünya hırs demek, arzu demek dünya, kibir demek, şehvet demek, kin, nefret demek... Yani dünyada yaşamak değil de dünyadan kurtulmak gerek onların zihninde. Oysa bizim için dünya sahip olunacak bir yer. Eski vaktin insanları yaşamayı mecburiyet bilmişler, bizse dünyayı zaruret zannediyoruz. "Hayat denen sadece burasıdır" demiyoruz belki ama öyle yaşıyoruz.

İşte o insanlar, şeytanın ve dünyanın kendilerinin içinde bir ortağı olduğuna inanırlar ve nefs derler ismine. Şeytanın istediklerini insana ettiren ve dünyanın geçici zevklerini ona sev-

diren bir ortak. "Konuşur mu nefs?" diye soruyorsun ya? İşte o nefsin bir diğer adı da nefs-i natıkadır. Yani konuşan nefs. İçinde olan ve hiç susmayan, seslerle, sözlerle, kelimelerle değil hislerle konuşan bir şey. Benim de içimde var, sizin de ve herkesin de. Kaç yaşında olursa olsun, nerede, ne zaman ve nasıl olursa olsun var ve konuşuyor. Ve inanın ki hiç susmuyor. Şimdi ben size bunları anlatırken mesela içinizde konuşan biri yok mu? Sesler gelmiyor mu içinizden?" diyor ve susuyor bir zaman...

Kendimi düşünüyorum. İçimde bir ses var evet ve konuşuyor en baştan beri. "Ne gerek vardı buralar kadar gelecek? Hiç tanımadığın bir adamla ne işin var senin? Bir kitap için şu yaptıklarına bak" gibi ne çok cümle kurdu içimde. Hepsini duyuyorum ama alışkanlık belki yadırgamıyorum hiçbirini.

"Peki, ama ne yapmalıyız?" diyorum.

"Fark etmeliyiz" diyor sahaf Hüseyin Bey. "Nefsin söylediklerini o denli kanıksamış ki gönlümüz işitiyor ama işittiğimizi fark etmiyoruz. O vakit evvela nefsi fark etmek lazım. Ve bilmek lazım en çok nereden saldırıyor bize. Herkes en çok kendini tanıdığını sanır oysa herkes en yabancıdır kendine. Öyle durumlarda, öyle birine dönüşür ki insan kendi bile hayret eder kendine. Daha açık söyleyeyim çocuklar herkesin bir putu vardır. Ne kadar yok dese de vardır. İşte nefs içimizde var olan bir puthane gibidir. Ne yanımız eksikse o yanımızdan saldırır ve eksik yanımızı put eder gönlümüze. Kiminin putu şöhrettir mesela, kiminin putu şehvet, kimin putu paradır, kiminin haset, kiminin putu evladıdır belki ya da hayattır. Bunlar nefsin bize sevdikleridir ve onun sevdiklerini Allah'ın sevdirdiklerinden çok sevmek, işte odur suç olan. Put Allah'a yönelmeye engel olan bir şeyse eğer o vakit bizi O'ndan uzaklaştıran her şey puttur. Yani biz putperest değiliz ama bilin ki hepimizin bir putu var."

Şaşıp kalıyorum. "Benim bir putum yok. Müslüman'ım elhamdülillah" diyorum içimden. Ama düşünmeden de edemiyorum. Acaba nefsim benim önüme neyi getiriyor da Allah'tan uzaklaştırıyor beni? Bana bunu hiç sezdirmeden nasıl yapabiliyor? Nasıl fark edemiyorum onun bu yaptığını? Bu cümle beni sanki çarpıyor; "Hepimizin bir putu var."

Daha pek çok şey konuşuyoruz sahaf Hüseyin Bey ile ama ben çoğunu duymuyorum bile. Dinliyorum aslında ama duyamıyorum zira beni o cümlenin ağırlığı eziyor. Anlayamıyorum...

Birkaç saat kalıyoruz o kitap duvarlı dükkânda. Sonra ayrılıyoruz. "Tekrar gelin" diyor sahaf Hüseyin Bey. Gelip gelmeyeceğimi bilmiyorum. Sadece tebessüm ediyorum ona. Ve çıkıp gidiyoruz.

Ama benim aklımda sadece bir soru kalıyor koskoca günden geriye;

"Benim bir putum mu var nefsimin önüme bir duvar gibi ördüğü?"

***

Akşam geç vakitte eve geliyorum. sahaf dükkânından ayrıldıktan sonra tek başıma yürümek istediğimi söyleyip saatlerce dolaştım zaten. Bedenim yorgun aslında ama nasıl oluyorsa zihnimin uyanmaya başladığını hissediyorum. Tuhaf bir şey içimde konuşan bir şeyler var ve ben aralıksız sadece onu düşünüyorum. Saçmalık gibi geliyor ama içimde bir ses var işte, bilmiyorum ama sanki korkuyorum.

Eve girince oturma odasına geçip televizyona bakıyorum biraz. Aklım kitapta. Okumak istiyorum ama ayrılamıyorum televizyonun başından. Aslında belli bir şeye bile bakmıyorum ama kalkamıyorum. "Bunu da mı nefs yapıyor" diye düşünüyorum. Kendime hayret ediyorum sonra. Ama gerçekten kitabın kapağını açmaya o kadar çok zorlanıyorum ki! İstesem de yapamıyorum.

Zorluyorum kendimi. Yenilmek istemiyorum içimdeki o sese. İçimdeki düşmana teslim olmak istemiyorum. Bir hışımla kalkıyorum oturduğum kanepeden. Televizyonu kapatıyorum.

Çantamdaki kitabı çıkarıyorum. İlkin oturmak geliyor aklıma. Sonra vazgeçiyorum. Zira biliyorum ki eğer oturursam uykuyu düşürecek gözlerime nefsim. Odanın içinde yürüye yürüye kitabı okumaya devam ediyorum.

Galiba deliriyorum...

~

Dördüncü Mertebe

Nefs-i Mutmainne

-Tatmin Olan-

"Ey tatmin olmuş (huzura ermiş) nefs!"*

İçi rahat, şüpheleri kalmamış, hakikati anlayarak tatmine ulaşmış nefs demektir. Allah'tan aldığı ilhamlarla gönül ferahlığına ermiştir. Her şeyin Allah'tan olduğuna kanaat getirmiştir. Emmâre Nefs'in sıfatları olan şirk, zulüm, küfür, yalancılık, şehvetperestlik, nefis arzusunu tanrı edinme, alaycılık, kibir, cimrilik, haset, kıskançlık, ihanet, öfke gibi kötü sıfatları tamamıyla terk etmiştir. İmanı yücelmiş ve takva ahlâkına bürünmüştür.

Mutmainne nefsin sıfatları ise; amel ve ihlâs (amellerde ihlâs üzere bulunma), tevekkül (Allah'ı vekil etme), cömertlik, riyazet (nefsi zora koşma), ibadet, şükür, rızadır (razı olma).

* Fecr sûresi, 89:27.

Bursa/1579

Mahmud Hüdâyî

Zira senin aşkının ateşi suyu dahi yakmış...

ZAMAN GEÇİYOR, her şey değişiyor, her yer değişiyor, herkes değişiyor ama en ziyade Mahmud değişiyordu. Artık o mal mülk sahibi, şöhret sahibi Kadı Mahmud Efendi değildi. Bir başkasıydı artık. Tevazu denen şey sanki onda tecessüm etmişti. Kibirden, dünyadan, makamdan eser yoktu onda. Nasıl yapıyordu bunu ben bile bilmiyorum. Yokluk yolunda nasıl bu kadar kısa vakitte bu denli uzun yol alıyordu anlayamıyorum. Ama istiyordu. Ben içini biliyorum. Çok istiyor, çok çabalıyordu...

Dünyayı istemiyor, belki de mecburiyetinden dünyaya sabrediyordu. Bu dünya hanında yaşamıyordu da yaşamaya tahammül ediyordu sanki. Evvelden böyle değildi. Bambaşka biri oluyordu. Kısa bir zaman olmuştu bu dergâha geleli lakin su bile yerinde durmuyordu ya, Mahmud da öyle değişiyordu... Artık ismi Mahmud Hüdâyî idi. Hatta Mahmud ismini unutmuşlardı bile, yalnızca Hüdâyî diyorlardı ona.

Riyazetini iyiden iyiye artırmıştı. Uykuya hasret kalmıştı gözleri. Hiç denecek kadar az konuşuyor, az gülüyor, az söylüyordu. Ben... Ben elbette ki durdurmaya çalışıyordum onu ama o beni hiç dinlemiyordu. Şiirler düşüyordu diline, onları tekellüm ediyordu sadece. Sonra oruçtan asla vazgeçmiyordu. Zira yine bir akşam hocası; "İnsanların karnı doyunca nefsleri dünyaya meyleder" demişti de o günden sonra oruca sıkı sıkıya sarılıvermişti Mahmud Hüdâyî.

Hocası Üftâde'nin kapısının önünde yatıyor, geceleri bile onun hizmetinden ayrılmıyordu. Hocasının her dediğini sanki kendine denmiş gibi kabul ediyor ve öyle davranıyordu. Kıvranıyordu bazı zamanlar, canı yanıyordu ama benim istediğimi asla yapmıyordu. Ve ben nefstim lakin güçsüz kalıyordum onun karşısında.

Yine böyle bir gece vakti herkes uyuyunca tövbeye kaldırdı ellerini. Geç vakte kadar yalvardı yakardı Allah'a. Secdeyi secdeye ekledi, ne biliyorsa ve ne geliyorsa gönlünden onu etti. Ben aklına uykuyu getirdikçe gözlerini parmaklarıyla açtı da direndi uykuya. Lakin nihayetinde o da insandı. Ne zamana kadar dayanacaktı benim söylediklerime? Uykusuzluğa ne kadar katlanacaktı? Katlanamadı da, uyuyakaldı. Ben bir kez daha galip gelmiştim ona. Bir kez daha ben yenmiştim.

Sabah ezanıyla kendine gelir gibi oldu. İlkin gözlerini açmakta zorlandı. Lakin neden sonra bir şimşek çaktı sanki beyninde de fırladı uyuyakaldığı yerden, ayağa kalktı. Hocasına abdest suyu ısıtmalıydı. Ezan okunuyordu ve geç kalmıştı. "Ne yaptım ben?" dedi kendi kendine. "Nasıl yaptım?" Ne edeceğini, ne yapacağını bilemedi. Hemen koştu, odun taşıdı ocağa. Bir o yana, bir bu yana koşuyordu. Lakin Üftâde gelecekti biraz sonra, biliyordu. Hemen gitti ibriğe su doldurdu, buz gibiydi. Yakmaya çalıştı ocağı. Elleri titriyordu. Yakamıyordu.

Nasıl edecekti de ısıtacaktı suyu bilmiyordu. Yaşlar dökülüyordu gözünden ama çaresi yoktu. Ben ise içten içe mesut oluyordum. Zira gâfil olmuştu, bana uymuştu, uyumuştu.

Bir kez daha baktı odanın bir kenarında duran ocağa. Anlamsızca dolaştı durdu odanın içinde. Telaşla bir o tarafa bir bu tarafa koştu da durdu. Elinde tuttuğu ibriği bir o yana taşıyor, bir bu yana taşıyordu. Ocağın yanmasını bekliyor lakin zorla tutuşturduğu ateş bir türlü harlanmıyordu.

İşte ezan bitmişti ve hâlen ısıtamamıştı abdest suyunu. Hocasının kapısının sesini işitti birden. Terlere gömüldü yüzü. Sanki birkaç yaş birden çöküverdi omuzlarına. Olduğu yerde dondu da kaldı. Adım atamıyor, elinden bir şey gelmiyordu. Bir ufacık hata bile etse en başa tekrar dönecek ve belki de dergâhtan gönderilecek sanıyordu. Hocası geliyordu ve hâlâ buz gibiydi abdest suyu.

Hocasının adımlarını işitiyordu şimdi. Her adım sanki onun beline iniyordu. Diz çöktü kaldı olduğu yere. Ne yapacaktı, ne edecekti, bilemiyordu. Açtı ellerini;

"Allah'ım" diye yalvardı. "Allah'ım gaflete düştüm. Yardım et. Yardım et bana Allah'ım. Çaresizim, yardım et" dedi ve elinde tuttuğu buz gibi su dolu ibriği göğsüne doğru sıkıca bastırdı. Belki ısınır diye çocukça bir umuttu zavallının hâli. Ben ise bayram edecektim neredeyse. Zira sadece Mahmud Hüdâyî'yi değil Üftâde'yi de mağlup edecektim.

Üftâde'nin adımları gittikçe yaklaşıyor, o yaklaştıkça Mahmud Hüdâyî'nin gözlerinden yaşlar boşalıyordu. Daha da bastırıyordu ibriği göğsüne. Daha bir canı yanıyordu. Ağlıyordu. Dilinde yalnızca Allah'ın isimleri vardı, hiç durmadan ve inleyerek tekrar ediyordu.

"Yâ Kerîm, yâ Allah" diyor inliyor.

"Yâ Hakîm, yâ Allah" diyor titriyordu.

O böyle kendinden geçmiş hâlde iken Üftâde geldi ve abdest taşının üzerine oturuverdi ve tam karşısında duruyordu

Mahmud Hüdâyî. Lakin benzi sapsarı olmuş, dudakları mora çalmış, titriyor ve ağlıyordu. Üftâde ağır ağır sıvadı kollarını. Başındaki takkesini biraz geriye doğru itti. Sonra uzattı ellerini ve Mahmud Hüdâyî'nin suyu dökmesini bekledi. Oysa Mahmud titriyordu ve dökmüyordu suyu. Dökemiyordu. İçinden "Allah'ım bir Sensin, Sen tut ellerimden" diyor ve daha da bastırıyordu ibriği göğsüne.

Üftâde başını hiç kaldırmadı ve bakmadı Mahmud Hüdâyî'ye.

"Hüdâyî evladım, dök!" dedi. Mahmud Hüdâyî, durdu bekledi. Dökemedi.

"Efendim" dedi Hüdâyî. "Efendim su..." dedi gerisini söyletmedi Üftâde.

"Dök evladım, dök" diye kesti onun sözünü...

Titreyen elleriyle çıkardı ibriği göğsünden Mahmud Hüdâyî. Bu buz gibi suyu hocasının ellerine dökmek istemiyor lakin hocasının sözüne de karşı gelemiyordu. Ciğeri yanıyordu, duramıyordu. Nefes alamıyordu sanki gönlü göğsüne sığmıyor, uçmak için çırpınıyordu.

"Evladım, dök" dedi bir kez daha Üftâde.

Mahmud Hüdâyî titreye titreye uzattı ibriği hocasının ellerine. Gözlerini kapattı, nefesini tuttu ve eğdi ibriği hocasının avuçlarına doğru.

Su ibrikten aktıkça canını alıyordu Mahmud Hüdâyî'nin. Zira buz gibi suyu hocasının avuçlarına döküyordu. Hocasını babası gibi seviyordu. Bir hata bir kusur dahi olsa yapmak istemiyordu. O ki onu varlık cehenneminden almıştı da yokluk cennetine salmıştı. Nankörlük müydü bu ettiği? Bilmiyordu ama yine de suyu döküyordu Üftâde'nin bembeyaz, ince parmaklarına. Lakin bir şeyler oluyordu.

Üftâde'nin ellerine su değince irkildi önce. Hatta ellerini geri çekecek gibi oldu. Neden sonra başını ellerinden kaldırdı da Mahmud'a çevirdi. Gözlerini kısarak baktı;

"Evladım bu ne sıcak su böyle!" deyiverdi.

Birden açıldı gözleri Hüdâyî'nin, ne olduğunu anlayamadı. Nasıl olurdu ben de bilemiyordum. Buz gibiydi su ama "Yakıyor" diyordu Üftâde. Hüdâyî'nin yaşla dolu gözleri bu kez hayretle hocasının gözlerine bakıyordu.

"Evladım" dedi "Bu su odun ateşiyle ısınmış suya benzemiyor. Bu su aşk ateşiyle kaynamış da bizi dahi yakıyor."

Hüdâyî olduğu yerde öylece kaldı. Konuşmuyor, konuşamıyor, nefes bile alamıyordu. Nasıl oluyordu? Bilmiyordu... Sadece ağlıyor ve anlıyordu. Zira "Ağlarsan anlarsın" diyordu Üftâde "Ve anlarsan ağlarsın." Ve Hüdâyî yalnızca ağlıyordu.

"Evladım" dedi Üftâde, Hüdâyî'nin kara gözlerine bakarak "Evladım gayrı bu dergâha sığmazsın sen. İmtihanın tamam oldu. Zira senin aşkının ateşi suyu dahi yakmış."

Bursa/1580

Mahmud Hüdâyî

Bizim dergâhımız bütün cihandır ve uzaklarda seni bekleyenler vardır.

O GÜN NAMAZDAN SONRA bir anlık bile olsa ayrılmadılar birbirlerinden. Üftâde anlattı Hüdâyî dinledi. Hep ağlıyordu Mahmud Hüdâyî. Zira anlıyordu. Ben de yanlarındaydım ve ne tuhaf ben de anlıyordum. Nefstim ben. Yalnız bırakamazdım insanı. İnsanı doğru yolundan sapıtır, kendi yoluma sokardım. Yanlarındaydım ama lal kesilmiş, dilsiz kalmıştım sanki. Hiçbir şey edemiyordum. Ben başka oluyordum, değişiyordum. Sanki Üftâde'nin nasihatlerini ben de dinliyordum. Ben de hayran kalıyordum bu ikisi arasındaki muhabbete.

Üftâde her cümlenin sonunu bir ayrılık kelamıyla mühürlüyor, Hüdâyî ayrılıkla ilgili her işittiği kelimede sanki canını veriyordu. Hiç durmadan ve hıçkıra hıçkıra ağlıyordu. İncecik, bembeyaz elini uzattı sonra Üftâde. Hüdâyi'nin titreyen elini tuttu;

"Evladım" dedi "Üç sene gibi kısacık bir zamanda ne çok yol aldın bak. Allah kendine dost olmak isteyenin dostu olur. Sen bu yola girmek için bütün dünyayı ardında bıraktın. Nefsinin sesini işittinse de uymadın onun söylediklerine. Samimiyetin, aşkın suyu da yaktı da ben sana hayret ettim. Nereye adımımı atsam senin ayak izini görüverdim. Bir bedende iki baş olur mu evladım, bir göz üstünde iki kaş olur mu, bir senede iki yaş olur mu? Sen artık durmamalı, yürümelisin, el vermelisin, ses vermelisin, yol göstermelisin, talebe değil de hoca olmalısın sen."

Hüdâyî cevap veremiyor hıçkırıktan konuşmaya fırsat bulamıyordu. Sinesine bir ok saplanmış gibi kıvranıyor, sadece ağlıyor, konuşamıyordu.

"Evladım" dedi Üftâde bir daha "Evladım bu dünyada insanın misali bir uyurgezer misalidir. Nasıl ki uykusunda yürüyen insan çıkar, gider, gezer yürür de hâlen dahi uykudadır, ne olduğunu bilmez ya işte öyledir insan bu dünyada. Ne vakit ki ayağına bir şey batsa ya da bir yere çarpsa başını, ayılır da görür ki uyurken nerelere gelmiş. İşte sen de öyleydin. Şöhret, nimet, mal, mülk ile eğleşirdin de bilmezdin bunların rüya olduğunu. Uyandığın vakit elinde olmayacağını bilmezdin sen. Ben yalnızca ayağına bir kıymık batırdım, seni o uykundan uyandırdım ki gör ve bil bunların ancak bir rüya olduğunu. Dünyadan ne denli uzaklaşırsan Allah'a o denli çok yaklaşırsın. Dünyayı, nefsini seven insan Allah'ı sevdiğini iddia etmesin asla. Zira yalandır. Sen de bildin evladım. Nefsinin yoluna gitmedin, gerçeği, hakikati; hayale, rüyaya tercih etmedin. İmtihanı tamam ettin sen."

Hüdâyi'nin gözleri kan kızılı bir renge boyanmış, sanki hiç dinmeyecekmiş gibi yaşlar döküyordu hâlâ. Saatlerdir ağlıyordu. Hem şaşkındı, hem mahzun... Zira Üftâde "Sen oldun" diyordu. Ama o şaşırıyordu onun böyle dediğine. İçinden "Ben kimim ki! Ben daha neyim ki ne anlatayım?" diye geçiriyor. Ben bu tevazuya dayanamıyordum, yanıyordum.

Bir vakit sessiz kaldı Üftâde. Bildirmiyor, sezdirmiyor ama o da hüzünleniyordu. Gönlü daralıyordu. Hem de Hüdâyî'nin bu denli yol alması onu mesrur ediyor, gönlü ferahlıyordu.

Az sonra birden ayağa kalktı Üftâde. Hüdâyî de onunla beraber kalktı hemen. Başını hiç yerden kaldırmadı. Kaldırıp da hocasına bakmadı. Belki de bakamadı.

Üftâde ellerini başında sarığa doğru götürdü. Dilinde besmele arka arkaya ve dualar vardı. Sonra başındaki sarığı çıkardı. Aldı iki elinin arasına. Dudakları kıpırdıyor, yine dualar ediyordu. Söyledi, söyledi, söyledi. Ve sonra sarığını Hüdâyî'nin başına bırakıverdi. Ve titreyen sesiyle şöyle söyledi;

"Evladım, sana yol görünmüştür. Memleketin Sivrihisar'a git ve dergâhını kur. İnsanlara gönlünde olanı anlat. Hakkı anlat, gönüllerini al. Sen ki gönlünü sattın Allah'a da aşk yurduna yalın ayak girdin ya onlara da yol göster ki aşk kapısı her cana açıktır. Sen nasıl ki nefsinin elini kolunu kırdıysan onlara da anlat nefs nasıl kırılır. Anlat bu dünyanın rüyadan ibaret olduğunu. Anlat nefsin apaçık düşman olduğunu. Dert, bela, darlık, yokluk geldiği vakitte de, muhabbet, ferahlık, bolluk geldiği vakitte de verenin Allah olduğunu anlat. Yokluğun Rabbi de Allah, bolluğun Rabbi de. Derdin Rabbi de O, muhabbetin Rabbi de. İnsan sahip değildir, insan aciz, insan garip, insan güçsüz. Anlat onlara. Sivrihisar'a git anlat onlara. Anlat ki ağlayabilsinler, anlat ki Allah'ı bilsinler" dedi Üftâde. Elleri titriyor, sesi kısılıyordu.

Hüdâyî başını kaldırdı aniden eğdiği yerden. Hocasının ellerine sarıldı. Artık ağlamıyordu da sanki gözlerinden yağmur yağıyordu. Hocasının ellerine sarılmış öpüyor, bir yandan da konuşmaya çalışıyordu.

"Efendim" dedi "Ben etmedim. Ben yakmadım o suyu. Ben

sadece ısınsın istedim. Size soğuk suyla abdest aldırmayayım dedim. Ben etmedim. Ben daha bitmedim. Gitmeyeyim. Ne olur, gitmeyeyim. Ben ne ederim siz olmadan. Yine o girdaba düşerim, yine nefsimin ellerinde işkenceler çekerim. Yolumu sapıtır, nefsin yoluna giderim. Ne olur gitmeyeyim. "Git" demeyin bana ne olur!"

İlk kez Üftâde'nin söylediğini yapmamak için bir şeyler söylüyordu. İlk kez onun söylediğini yapmak istemiyordu. Ben kendime hayret ediyor, kendime kızıyor, kendimi suçluyordum. Zira bir şey hem de hiçbir şey yapamıyordum. Bunlar nasıl insandı ki gücüm yetmiyordu? Anlamıyordum. Beni kendilerine benzetiyorlardı ben onlara engel olamıyordum.

Üftâde tebessümle baktı Hüdâyî'nin safrana dönmüş yüzüne. Kara gözleri çukurunda büyümüştü, beyazı gitmişti de kızıla dönmüştü.

"Hüdâyî, evladım" dedi "Sen senden habersizsin. Sende samimiyet var, tevazu var; sende aşk var ki onun harı gözlerinden akıyor. Yeniden nefsinin ellerine düşersin diye korkuyorsun, kork. Lakin bil ki o nefsin ellerini çoktan kırdın. Sana ilişmeye dahi korkuyor nefsin. Sen git ki sen gibilerle dön geri."

"Efendim" dedi Hüdâyî "Ne olur göndermeyin beni. Siz olmadan ne ederim ben? Ne olur beni dergâhınızdan göndermeyin!"

"Evladım Hüdâyî. Bizim dergâhımız yokluk dergâhı dedim sana. Bir bu dört duvar değildir ki. Bizim dergâhımız bütün cihandır ve uzaklarda seni bekleyenler vardır."

Hüdâyî ağlıyor ve hocasının ellerini bir an olsun bırakmıyordu. Ne diyeceğini de bilemiyordu şimdi. Hocası "Git" diyordu, gidecekti, karşı gelemiyordu.

Elini Hüdâyî'nin başına koydu Üftâde. Bir vakit sanki bir babanın evladını okşadığı gibi gezdirdi ellerini. Neden sonra;

"Haydi evladım. Git, helalleş herkesle. Sonra da yola çık" dedi.

Cevap vermedi, bir şey söylemedi Hüdâyî. Zorla da olsa bıraktı hocasının ellerini. Boynu büküldü, sanki yetim kalıyordu. Döndü ardına. Sonra edemedi gerisin geri geldi de öptü Üftâde'nin ellerini bir kez daha. Sonra hiç ardına bakmadan yürüdü ve gitti.

Benim ellerim, kollarım, her yerim kırıktı sanki. Beni öldürmüyor ama canımdan can çekiyordu Hüdâyî. Ben ona engel olamıyordum, dinletemiyordum kendimi. Artık onunla olmak istemiyordum. Kaçmak istiyordum ondan. Bana acı çektiriyordu. Beni öldürüyordu sanki. Kaçmak, kurtulmak istiyordum ondan. Ama yapamıyordum.

O gidiyor ve beni de sürüklüyordu ardından. Artık o benden değil de ben ondan korkar olmuştum.

Sivrihisar/1580

Mahmud Hüdâyî

Alan Sen'sin, veren Sen'sin, kılan Sen!

ALTI AYDIR SİVRİHİSAR'DAYDI Mahmud Hüdâyî. Yanına hanımı ve çocuklarıyla beraber kayınbiraderi Ali Çelebi'yi de almış ve hocası Üftâde'nin dilediğini yerine getirip gelmişti buralara. Ben zannediyordum ki Üftâde'den uzak kalırsa daha kolay yanaşırım ona, dilediklerimi daha kolay söyler, daha kolay yaptırırım. Yanıldığımı kısa bir vakit sonra anladım. Zira Bursa'da ne ediyorsa iki katına çıkardı ettiklerini. Bursa'da benden korunmak için yaptığı ne varsa misliyle katladı. Geceleri kıldığı namazın rekâtına rekât ekledi Sivrihisar'da, orucuna gün ekledi, halka irşat için ettiği sohbetten başka tek kelam etmedi. Sanki bilir gibiydi benim onu bir tenhada beklediğimi, sanki Üftâde'den uzak olmasını fırsat diye gördüğümü bilir gibiydi ve ona göre davrandı hep.

Lakin hocası Üftâde'ye olan muhabbeti bir an olsun azalmadı. Üftâde dergâhına gelişi, orada hocasından dinledikleri, söyledikleri ve hatta ona hizmet ettikleri bir hasret ateşi olup da ciğerine düştü hep. Hocasına duyduğu hasretin ateşi daima diri kaldı. Geceler boyu orada yaşadıklarını düşündü durdu. Üftâde hep aklındaydı. Ondan dinledikleri geliyordu aklına hep. Onun söyledikleri. Dervişleri dizinin dibine toplardı da gönlünden ne geçiyorsa söylerdi onlara. Hep bunları düşünüyor, yine o dergâhta olmayı düşlüyordu.

Misal ki bir akşam dergâhında bütün dervişleri toplamış onların gönüllerine dokunuyordu Üftâde. Sonra birden;

"Haydi, evlatlarım, bahar vaktidir, gidin de birer çiçek getirin bana" demişti de bütün dervişler sanki ufacık çocuklar gibi sevinçle koşup gitmişlerdi. Ve Hüdâyî de çıkıp gitmişti hocasına bir çiçek alıp gelmek için. Dolanmış, dolanmış durmuştu bostanın her bucağını. Bir vakit sonra bütün dervişler ellerinde çiçeklerle gerisin geri gelmişlerdi Üftâde'nin yanına. Hepsi muhabbetle vermişlerdi çiçeklerini. Ne güzel renkleri vardı, ne güzel kokardı Bursa'nın çiçekleri.

Hüdâyî o çiçekleri görünce kendi elinde tuttuğu çiçeğe bakıp da mahcup kalmıştı, utanmıştı. Zira onun getirdiği kurumuştu, sararmıştı. Ama yine de vermişti hocasına.

Üftâde o kuru çiçeğe bakıp da sormuştu Hüdâyî'ye;

"Evladım bak herkes tazecik, rengârenk çiçekler getirmişken sen neden bu kuru çiçeği getirdin?"

Mahcup olmuştu Hüdâyî, çok utanmıştı da cevap vermişti hocasına edeple;

"Efendim, hangi çiçeği koparacak olsam kendi lisanınca Allah'ı zikreder buldum onu. Koparıp zikrinden alıkoymak istemedim, yapamadım da bu kuru çiçeği aldım geldim. Ölmüştü de zikri tükenmişti onun" demişti de bütün dervişler hayret etmişti.

Bir vakit sonra hocası kulağına eğilip "En çok senin getirdiğin çiçeği beğendim evladım" deyivermişti de gönlü kanatlanıp uçmuştu Hüdâyî'nin.

Sonra bir ilham düşmüştü zihnine o gece;

Nedir bu ellerle ayak
Nedir bu dillerle dudak
Aç gözün ibret ile bak
Âlem temâşâ-gâh imiş

Cümle merâtibden geçip
Tevhid-i zâta vâsıl ol
Ko Zeyd ü Amre bakmağı
Ef'âl-i küll Allah imiş

Deyivermişti.

Bunları düşünüp duruyordu Hüdâyî Sivrihisar'da, halkı irşat ediyordu evet, halka gönül veriyor ve gönül alıyordu lakin Üftâde'nin hasretiyle yanıyordu. Ben biliyordum ve ben de özlüyordum onu. Kendimi bile engelleyemiyordum ki Hüdâyî'yi engelleyeyim. Zira artık ben de Hüdâyî'ye benziyordum.

Dayanamadı, yapamadı. En fazla altı ay katlanabildi Üftâde'nin hasretine. Sonra bir gece namaz kılıp da dua etti ve hep ağlıyordu. Zira ağlayan insan Allah'ı hatırlardı, biliyordu. Ağlıyordu...

Ve bir karar verdi o gece; gidecek ve hocasını görecekti. Kalmasına müsaade etmezse eğer en azından hasretini dindirecekti.

***

Ve çıkıp da geri geldi Bursa'ya. Üftâde'nin hasretine altı ay dayanabilmişti. Bütün yol boyunca içine bir sıkıntı çökmüş, kederlenmiş ve Bursa'ya çabucak gelebilmek için acele etmişti. Dünya namına hiçbir şeyi düşünmüyordu, dünya denen ne varsa, dünyada ne varsa, dünyalık ne varsa terk etmişti. Gönlünü Allah'a vermişti de 'aşk'a iman etmişti. Ama bir sıkıntı vardı içinde yol boyu. O sıkıntıyla atını mahmuzlamış ve uçurup gelmişti.

Bursa'nın taş kapısından girince hiç beklemeden ve dinlenmeden hiç Üftâde dergâhına sürdü atını. İlk geldiği gün kadar tedirgin ve o gün kadar kederliydi. Nedendi, bilmiyordu ve ben de bilmiyordum.

Dergâha yaklaşıp da o ilk defa geldiğinde atının ayaklarının saplandığı yere varınca bir kalabalık gördü dergâhın kapısının önünde. İlkin anlayamadı ne olduğunu, bilemedi, sezemedi. Hiç durmadan sürdü atını.

Dergâhın önüne gelince gözleri yaşlı bekleyen dervişleri fark etti. Bir ateş düştü içine, yangına derman yoktu. Nasıl yürüdü, nasıl gitti, ne oldu bilemeden dergâhın içine giriverdi. Hocasının odasının önünde durdu birden. Nefesini tuttu, her şeyi unuttu ve besmeleyle girdi kapıdan içeri.

Üftâde sedirde gözlerinin feri sönmüş, benzi safrana dönmüş hâlde yatıyordu. Dervişler etrafına toplanmışlar hep bir ağızdan Yâsîn-i Şerîf okuyorlar, dua ediyorlar, vaktin gelmesini bekliyorlardı. Ölüm döşeğindeydi Üftâde.

Hüdâyî bu hâli görünce sendeledi ilkin olduğu yerde, düşecek, yığılacak gibi oldu. Ama dik durdu. Yürüdü, hocasının başucuna kadar geldi. Gözlerine baktı, ellerini tuttu. Ne edeceğini bilemedi, sadece baktı hocasının gözlerine. Neden sonra Üftâde, Hüdâyî'ye çevirdi bakışlarını, tebessüm etti.

"Evladım Hüdâyî" dedi titreyen sesiyle "Sen mi geldin?"

Cevap veremedi Hüdâyî. Sadece hüzne bulanmış bir tebessümle karşılık verdi.

"Evlatlarım" dedi "Bilin ki bu dünya dedikleri bir kuru rüya imiş. Sorsanız ki dün geldim bu âleme derim ben ve bugün göçüp gidiyorum. Bir gün gibi bütün ömrüm... O'na kavuşacağıma şükrediyorum. Lakin yine de eyvahlar çekiyorum içimden. Ne çok gaflet var dünyada, ne çok unutmuşum, ne çok şeyle oyalanmışım da esas bilmem gerekeni unutmuşum.

Ölüm bir son değil evlatlarım. Ölüm bir başlangıç... Mesele mahcup gitmemek bu âlemden, O'na mahcup düşmemek...

Ah ki bir ömür daha yaşasam başımı O'nun yolundan kaldırmazdım, bir tek kelime olsa O'nun adından başkasını konuşmazdım.

Bu dünyaya aldanmayın evlatlarım, bu dünyaya kanmayın, nefsinize uymayın ve ağlamayın ardımdan. Zira göçüp de giden benim bedenimdir. Ve beden ruhu Allah'a götüren bir binektir. Ona bile sahip değilken biz, bize sahip olanı neden unutalım? Siz unutmayın ki emaneti sahibine teslime gidiyorum ben.

Bunca vakit hayat denen Gayya kuyusunda eğleşmeye tahammül ettim. Bir gün olsa da bana "Kulum" desin diye Yüce Allah, koca bir ömrü tükettim, size söyledim her şeyi lakin ben kendime nasihat ettim. Dünyalığı terk ettim, dünyayı terk ettim, benliği terk ettim, terk etmeyi terk ettim. Sırtımdaki yükleri indirdim oradan. Bildim ki dünya bir koca yük imiş sırtımda. Anlayınca onu bıraktım ardımda. Siz de dünyaya aldanmayın, sırtınıza dünya yükünü vurmayın ve sakın ben öldüm diye ağlamayın" dedi ve yutkundu birkaç kez. Sonra Hüdâyî'nin gözlerine bir kez daha baktı tebessümle;

"Ve evladım Hüdâyî! Bil ki ben senden, razı oldum. Hakkım helaldir sana. Sende bir cevher vardı da üstü tozla kaplıydı. Ben o tozu aldım sadece üzerinden. Şimdiden sonra sen al gönüllerin tozunu. Hak yoldan ayrılma, nefsine uyma, yoldaşın Allah olursa yolun da doğru olur.

Dilerim ki padişahlar atının önünde yürüsün. Ben senden razıyım evladım Allah da senden razı olsun" dedi ve sustu Üftâde. Daha konuşmadı. Bekledi, bekledi öylece.

Üftâde'nin yanı başında oturan derviş hâlen dahi Yâsîn okuyor hem de gözünden yaşlar döküyordu. Son âyete gelince Üftâde'nin yüzünde garip bir tebessüm belirdi. Sonra kıpırdadı dudakları belli belirsiz. Ve son âyet de tamam olunca kapandı gözleri. Üftâde bu âlemden göçmüştü, bedeni ölmüş, can kandili sönmüştü.

Dervişler ne edeceklerini bilemediler. Kimi bir köşede yığılıp kalmış, kimi gözünden mercan döküyor, kimi duaya sarılmış, kimi sessiz feryatlar ediyor. Hüdâyî donup da kalmıştı. Lakin ağlamıyordu hiç. Ben "Ağla" dedim ona, öyle fısıldadım. Zira güçsüz, takatsiz kaldı sandım. Dinlemedi beni. "O'ndan geldik ve yine O'na döneceğiz" dedi içinden. "Ağlasana" dedim sinirle "Ağlasana!"

Dinlemedi beni ve ağlamadı hiç. Her şeyin O'ndan olduğunu biliyordu. Tam bir teslimiyet hâlindeydi. Hasretine dayanamayıp da gecelerce ağladığı hocası gözlerinin önünde ölmüştü de bir damla yaş dökmemişti. Ayrılığına ağlayan göz ölümüne ağlamıyordu. Bu nasıl teslimiyetti, bilmiyordum. Ama bana çektirdiği acı ile sanki ben ölüyordum.

"Ah ki bu dünya yalandır da hakikat görünür" dedi ve durdu öylece. İçinden bir şeyler söyledi, durdu. Kimse duymadı onu, kimse işitmedi, bir ben bildim, ben duydum ve ben de çaresiz ona uydum;

Kim umar senden vefayı
Yalan dünya değil misin
Muhammed-i Mustafa'yı
Alan dünya değil misin
...
Sihr ile donatıp kendin
Meydana salan semendin
Aleme mihnet kemendin
Salan dünya değil misin

Kasd edip halkın özüne
Toprak doldurup gözüne
Ehl-i gafletin yüzüne
Gülen dünya değil misin

Beşinci Mertebe

Nefs-i Radiyye

-Razı Olan-

"... Allah onlardan razı onlar da Allah'tan razı olmuştur..."*

Razı olan, memnun olan nefs demektir. Bu yüce makam velilerin mertebesidir. Mutmainne nefs de tam bir teslimiyet içinde olan kul; kadere ve başına gelen her türlü işe tam rıza gösterir. Her şeyin Allah'tan geldiğinin gerçeği ile hayrı da şerri de aynı şekilde karşılar. Olan her şeyin O'ndan olduğunu ve O'nun verdiklerinde bir sır olduğunu kavrar.

* Bkz. Beyyine sûresi, 98:8.

İstanbul/1588

Mahmud Hüdâyî

Bir padişaha kul ol ki...

ARTIK BAMBAŞKA BİR YOLDAYDI HÜDÂYÎ. Bambaşka biri olmuştu. Talep eden değil de talep edilendi. Mürit değil mürşitti. Yol arayan değil de yol gösterendi. Âşıktı artık, aşka âşıktı. Benimle zorlu bir cihat yapmıştı. Henüz bitmemişti her şey lakin şimdiye kadar olan her cengi o kazanmıştı.

Beni biliyor, benim ettiklerimi biliyor, benim söylediklerimi biliyor ve beni kendi gibi ediyor, kendine benzetiyordu. Nefstim ben, bütün bunlar nasıl oluyordu? Bir insanın emrine nasıl oluyordu da giriyordum ben? Beni yani nefsini Allah'a yöneltiyordu o. Böyle olurdu hep, her vakit böyle olurdu; beni bilen kendini bilir, kendini bilen Rabbini bilirdi. Sonra O'na yönelirdi, her ne olsa O'ndan bilirdi, şikâyet etmezdi asla, "Neden" diye sual etmezdi, dünyaya meyletmezdi, aslına dönerdi, değişmezdi ama beni değiştirir, bir başka şekil verirdi bana. O, ben olmazdı da ben, o olurdum.

Şimdi her sualine hakikat kitabından cevap bulmuş, o cevaplarla tatmin olmuş hâldeydi ve ben bile ilişemiyordum ona. Hakikat bahsinde ne desem işitiyor, uyuyor, yapıyordu da, batıl neyi söylesem duymuyordu, yapmıyordu. Ben onu kendi yoluma getirememiştim, o beni kendi yolundan götürüyordu. Yol onundu, vakit onundu, söz onundu ve ben mecbur kalıyor, ona uyuyordum.

Hocası Üftâde bu dünya âleminden sırlandıktan sonra Bursa'da duramamış, yollara düşmüştü. Yollar deva olurdu gitmeyi bilene. Yollar bir yerlere götürürdü, doğru lakin uzak olmak değildi gitmek sadece mesafe koymaktı araya ve mesafe biterdi de ıraklık bitmezdi. O dahi bunu bildiğinden yollarda söndürdü sinesindeki ateşi. Hocası göçtükten sonra bu âlemden daha fazla kalamadı Bursa'da. Her ne kadar Bursa'da kalması için ısrar ettilerse de dinlemedi. Zira hocası çok evvelden "Sana Üsküdar tarafları göründü evladım" demişti de onun sözünü yerine getireceği vakitleri beklemişti.

İlkin Rumeli'de diyar diyar gezindi bir vakit. Gittiği her bucakta Hakkı anlattı, aşkı anlattı, nefsi yani ki beni mağlup edebilmeyi anlattı. Uzak ellerde bilmeyenlere bildirdi bildiğini, Sevdiği'ni onlara da sevdirdi. Küçük bir hane görse girdi içine de sinesinde olanı diline düşürüverdi. Hiç durmadı ve susmadı hiç. Hem susmak dünya kelamından uzak durmaktı. Sükût sırlı bir hâldi doğru ve hatta mübarek bir hâl. Lakin esas sükût hiç durmadan Hakkı söylemekti. Ve öyle edip her vakit gönlündekini diline düşürerek sükût etti Hüdâyî. Zira anlamıştı ki ömür ne denli kısa, vakit ne denli mahdutsa gaye, maksat o kadar büyük ve yol o kadar uzundu. Her gittiği yerde Üftâde'den öğrendiklerini söylüyor, ona hayırlı bir talebe olmaya gayret ediyordu. Lakin o bir şeyi bilmiyordu ki; çok evvel vakitten beri Üftâde onun adımlarından yürüyordu.

Beni artık yok sayıyordu. Ben yokmuşum gibi davranıyordu. Ben hizmetkârı olmuştum onun. Nefsiydim, onunlaydım ve ben hizmet eder olmuştum ona. Onu değiştiremiyordum da onunla değişiyordum ben de... Bazı vakitler kimsecikler yokken yanında sanki beni karşısına alır gibi konuşuyor, bana nasihat ediyor, beni doğru yola çağırıyordu. Misal ki Bulgar diyarında hiç uyumadan ibadetle geçirdiği bir gece vaktinin nihayetinde aklına uykuyu düşürmüştüm de sanki bir bedenim varmış gibi ve sanki karşısında oturuyormuşum gibi bana konuşmuştu;

"Ey nefsim" demişti "Bilirim sen dahi bana imtihanla vazifelendin. Vazifen budur lakin bu bir cenktir ki ben de seni yenmekle vazifelendim. Bilmez misin beni de seni de Allah yarattı? İnsafa gel ki, artık yetti, bu fakir ile yolun tükendi. İnsaf et ki sen de helak olmayasın. Ya ben helak olacağım bu yolda yahut sen. Eğer ki sen güçlüysen bil ki ben sana asla uyacak değilim zira ben 'aşk' nurunu gördüm artık, nem var ve yoksa O'na verdim amma ben güçlüysem nedir bunca inadın? Hâlen dahi idrakin yok mudur senin anlamazsın, ben Hak yolundan dönecek değilim. Ya sen bana uy ya da sus artık."

Bunları işittiğim vakit anladım ki güçsüz olan benim ve anladım ki bu meydanda benim kılıcım orta yerinden kırıktır.

Yine de vazgeçecek değildim ben de ama ona karşı duracak gücüm de yoktu. Bana nasihat ediyor, sus diyor, beni kendi yoluna çekmeye gayret ediyordu. Sonra bir şiir düştü dilinden ve anladım ki bana anlatıyor, bana nasihat ediyor ama kendi de çok acı çekiyordu.

Ey nefs yeter sehl ü zelel
İnsâfa gel insâfa gel
Terk eyleyip tûl-i emel
İnsâfa gel insâfa gel

Bu âdet ü bid'at nedir
Bu şöhret ü zînet nedir
Bu kuru germiyyet nedir
İnsâfa gel insâfa gel

Bir gün eser bâd-ı ecel
Ten bağına verir halel
İhlâs ile eyle amel
İnsâfa gel insâfa gel
...
Etme Hüdâyî'ye inâd
Fermâna eyle inkiyâd
Etmez misin Mevlâ'yı yâd
İnsâfa gel insâfa gel

Diyor... Ve benimle ömür boyu sürecek bu cenkte kendine ne de çok güveniyordu. İnsan kendine bu denli güvenmek için evvela Allah'a güvenmeliydi ve Hüdâyî kendini teslim etmişti Allah'a.

Gönlü rahatlamış, dünya derdinden ve dünyanın kendisinden tamamen vazgeçmişti. Her ne olsa "Allah'tandır" diyordu. Dertleniyordu evet ama derdi verenin hatırına derdini de seviyordu.

Rumeli taraflarında gezip dolaşıp irşada yürüdükten sonra İstanbul'a düşürdü yolunu Hüdâyî. İstanbul'a ilk geldiği vakitlerde kimseciklerin tanımadığı bir talebe idi. Lakin şimdi ismi kendinden evvel yürüyor, hiç görmediği, bilmediği insanlar ona saygı gösteriyordu. Evet, bunun adı da şöhretti lakin bu ne makam için ne mevki için ne de zenginliği içindi. Kazandıkları, sahip oldukları için değildi bu şöhret, bıraktıkları ve terk ettikleri içindi. Ve şöhretin böylesi külfetten çok nimet, zahmetten çok rahmetti.

Her vakit şükür hâlindeydi. Her anını şükür ile geçiriyor, şükretmeden bir tek kelam etmiyordu. İnsanlar malı mülkü oldu diye, dünyalığını buldu diye şükrederdi lakin o maldan, mülkten vazgeçti diye, dünyayı terk etti diye şükrediyordu. Şükrü yokluğaydı, varlığı azap biliyordu ve her gece varlık kuyusuna tekrar düşmemek için dualar ediyordu.

İstanbul'a geldiğinde talebeliği zamanında ders gördüğü Küçük Ayasofya Medresesi'nde vaaz etmeye başladı. İstanbul halkı çok evvelden işitmişlerdi Hüdâyî'nin ismini. Dünyalık neyi varsa terk edip de bir derviş oluşunu sanki bir destan gibi anlatıp da durmuşlardı. Koskoca Kadı'nın bu makamını, malını, mülkünü, her şeyini bırakıp da dervişlik hırkası giymesi halkın gözünde Hüdâyî'yi bir başka etmişti. Bu sebeple o medresede vaaz edeceği vakitler medrese lebalep doluyor, insanlar onun anlattıklarından nasiplenmek için bütün işlerini bırakıp da onu dinlemeye koşuyorlardı.

Bir efsun vardı sanki onun anlattıklarında. Evvelden düşünmüyor, ne yapacağını zihninde tasarlamıyor, ilhamına ne gelirse, gönlü ne söylerse onu diline düşürüyor ve insanların gönüllerini alıyordu. Gönül almak zor şeydi ve gönül vermek daha zor. Amma gönül vermeyi bilenlerdi gönül alabilenler.

Herkese bunları anlatıyordu da ben ona engel olamıyordum. Artık bütün her şeyi geride bırakmıştı, beni mağlup etmiş ve ediyordu evet benden kötülük gelmiyordu ona. Zayıf olan ben, güçlü olan o idi.

Sekiz sene boyunca Küçük Ayasofya Medresesi'nde dersler verdi, vaaz etti, gününü bununla tüketti. Artık İstanbul'da âlimler arasında bilinir, tanınır, itibar edilir olmuştu ve hatta Devlet-i Âl-i Osman'ın ileri gelenleri dahi ona itibar ediyorlar, onun sözünü dinliyorlar, tavsiyesini alıyorlardı. Hatta devrin padişahı Sultan Murad dahi onun gönlünün büyüklüğünü biliyor ve ona hürmet ediyordu. Zira dünyaya hükümdar olanın dünyanın hükümdarlığını reddedene ve terk edene itibar etmesi gerekirdi. Ve o vakit anladım ki bana yani nefsine köle olmayan dünya sultanlarına sultan oluyordu.

Esasında çok daha evvelden tanıyordu Sultan Murad Hüdâyî'yi. Sultanlığının ilk senelerinde Bursa'ya dedelerinin kabirlerini ziyarete geldiği bir vakitte ismini hep işittiği Üftâde'yi ziyarete gelmişti. Dergâhında bulunmuş ve Üftâde'den nasihatler dinlemişti. O vakitlerde işitmişti makamını, şöhretini, malını mülkünü terk edip de dergâha sığınan Kadı Mahmud Efendi'nin ismini. Lakin onu görememişti. Zira o vakitler benimle bir cihat içindeydi Hüdâyî. Çarşıda gezinip de ciğer satıyor, beni yerlerden yerlere vuruyordu. Görememişti lakin Üftâde'den dinlemişti onun haberlerini. Ve hatta Üftâde "Mahmud'u sana emanet bırakacağım" demişti ona. İşte sultanın Hüdâyî'ye bu denli itibar etmesinin bir sebebi de bu idi.

Bütün bunlar Hüdâyî'nin gönlünde bir zerre kadar olsun kibre sebep olmuyordu. Onun gözünde cihanın sultanı da birdi, o sultanın kölesi de bir. Ne biri varlıkta diye onun yanında duruyor ne de öteki yoklukta diye ondan uzak kalıyordu. Hepsi insandı onun nazarında ve kendisine ne denli itibar edilirse edilsin onların hizmetkârı biliyordu kendini. Bu da bana acı çektiriyordu. Lakin çektiğim acılar eskisi kadar derin yaralar bırakmıyordu bende ve hatta ben dahi böyle mütevazı olmasını istiyordum. Ben de değişiyordum. Beni de değiştiriyordu...

İstanbul'daki ilk zamanları böyle geçti Hüdâyî'nin. Her gününü Allah yolunda ne yapılacaksa onları yaparak tüketti. Beni bir an olsa da hâlâ boş bırakmıyordu. Orucundan vazgeçmiyor, Allah kelamından başka kelam etmiyor, az yiyor, az uyuyor, riyazetine hâlâ devam ediyordu. Neydi bu ısrarı böyle anlayamıyordum. Zira artık istediği yola girmişti. Ama yetmiyordu sanki ona... Hiç durmadan ve bıkmadan benimle mücadele ediyordu.

Böyle günlerden birinde medresede vaazını bitirmiş, medresenin hemen yanındaki hücresine geçmişti ki kapısını tıklattı biri. Üç defa vurduktan sonra destur isteyip içeri giren devrin Padişahı Sultan Murad'dan gayrisi değildi. O gün tebdil-i kıyafet ile sarayından çıkmış ve gönlüne derman bildiği Hüdâyî'nin sohbetini dinlemişti bir köşeden. Hüdâyî yine o günkü sohbetinde de aşka gelmiş, bir başka hâl ile gönlündekini diline döküvermişti:

"Mal biter, mülk yiter, sevdiğin elden gider, can yurdunda duman tüter, geçer, elbet ömür geçer, bu fena yurduna üryan gelen, üryan gider. Bizim meftunluğumuz bu üryan hâlimize midir? Üzerimizdeki bir yamalı aba olsa ne olur, bir ipek yaba olsa ne olur? Bu dünya bizim olmadı hiç, bizim değildir lakin bir müjde vereyim ki size ötelerde bizim olan bir dünya var elbet. O öte âleme hazır olmak için sizi ne engelliyor ve sizi bundan ne alıkoyuyorsa bilin ki o nefsinizdendir ve nefs apaçık düşmandır size. Sultan olsanız ne olur, köle olsanız ne olur bu kuru kavgada. Köle de toprak, sultan da toprak... Bu dünya yolda abdest almak için durduğumuz bir handır ancak. Abdesti alalım da yürüyelim dostlar" demiş ve ardından bir kafiye dökülmüştü dilinden:

Bir padişaha kul ol kim
Mülkü zâil olmaz ola
Bir gülşene bülbül ol kim
Hiç sararıp solmaz ola

Kendin ummana sala gör
Gavvâs oluban dala gör
Bir türlü cevher bula gör
Kimsede bulunmaz ola

Gerçek aşık olsa sâlik
Görünür küllü şey Hâlik
Bir mülke ola gör mâlik
Kimse elden almaz ola

Koyalım laf ü güzâfı
Gel eyleyelim insâfı
Gönül ol vakt olur sâfî
K'ana keder gelmez ola
...
Gerçek seven cânânını
Verir tenini cânını
Derd odur ki dermânını
Haktan gayrı bilmez ola
...
Bir kapıya mülâzım ol
Dün gün Hüdâyî kâim ol
Bir özge ilme âlim ol
Melek anı bilmez ola

Sultan Murad'ın gönlü titremişti bunları işitince de dayanamayıp Hüdâyî'yi ziyarete gelmişti işte. Gelenin Sultan olduğunu fark edince oturduğu yerden hemen ayağa kalktı Hüdâyî. Sultanı kapıda karşıladı lakin tevazu ile mukabele etti ona Sultan. İkisi beraberce yürüyüp de bir köşe de iki mahbup gibi diz dize oturdular.

"Sultanım" dedi Hüdâyî "Affedin, size ikram edecek pek bir şeyim yok" zira oruçluydu Hüdâyî.

Tebessüm etti Sultan Murad "Bize Sultan dersiniz lakin biz ne denli cihan sultanıysak siz o denli gönül sultanısınız. Bizim mülkümüz geçer gider, yıkılır lakin sizin ki bakidir. Hem biz ikramımızı az evvel sohbetinizden aldık da bu denlisi gönlümüze ağır geldi. Öyle tesir etti ki gönlüme sözleriniz, kendimi bu kapıya gelmekten alıkoyamadım."

"Gönlünüz açıktır sultanım, o sebeple düşmüştür söylediklerimizin tesiri gönlünüze" dedi.

"Yok" dedi Sultan Murad "Yok. Bilirim ki kelam nereden çıkarsa oraya tesir eder. Sizin kelamınız gönüldendir ki gönlümüze değer."

Tebessümle icabet etti Hüdâyî. Mahcuptu sanki. Bu söylenenler gururuna hoş gelecekti belki. Ben elimden geldiğince saldırıyordum yine. "Koskoca cihan sultanı kapına kadar gelmiş. Senden daha büyük bir âlim var mıdır bu âlemde?" diye fısıldıyordum. Ama biliyordu o benim nerelerden saldıracağımı da ona göre tedbir alıyordu. Bu işittikleri gururunu hoş gelmek değil okşamıyordu bile. Zira o bunu umursamıyordu.

"Efendim" dedi Sultan Murad "Dilerim ki Ali Paşa Zaviyesi'nin şeyhliğini yapsanız."

"Elhamdülillah" dedi içinden Hüdâyî. Gözleri dolar gibi oldu. "Bak ey nefsim" dedi yine kendi kendine "Bak ki ben ne denli kaçıyorsam makam denen oktan, o ki o denli peşimde. Ben onun kölesi olmadım, o bana köle olacak biliyorum. Lakin ben onu asla istemiyorum."

İstemiyordu gerçekten de. Makam, şöhret her ne varsa dünyalık onların birer düşman olduğunu biliyordu. Ve eğer birine doğru meyletse benim daha da güçleneceğimi anlıyor, ben güçsüz düşeyim diye dünyalık hiçbir şeye doğru tek adım dahi atmıyordu.

"Affedin Sultanım" dedi "Affedin lakin ben bu arzunuzu yerine getiremeyeceğim. Zira daha vakti var. Dünya dediğiniz ne varsa ayaklarımın altındadır benim. Gönlümde dünyalık bir muhabbete zerrece yer yoktur. Olur ya bu ufacık vazife yüzünden nefsim gönlüme tebelleş olur da bütün her şeyimi verdiğim bu yoldan bir adım olsun sapıtırım.

Ne gün ki dünyayı tastamam unuturum o vakit nefsim de benim kölem olur. Lakin şimdi değil Sultanım, Şimdi değil..."

***

Hüdâyî, Sultan Murad'ın bu teklifini kabul etmemişti zira onun gönlünde bir başka maksat vardı. Hocasının dediği gibi Üsküdar taraflarında bir yerlerde tekkesini kurmak, kurumuş gönülleri muhabbete kandırmak istiyordu. Nesi var ve nesi yoksa ve ne geçtiyse eline hepsini bunun için bir kenarda biriktiriyor, evvelden kalan malını mülkünü satıyor, pederinden tevarüs etmiş nesi varsa akçeye çeviriyordu ve maksadı halis olunca da Allah ona yardım ediyordu.

Bir gün Üsküdar taraflarında bir arazinin satılacağını işitti. Gönlü bir hercai kuş gibi çırpındı durdu. İçine bir titreme düşüverdi. Aradığı yer orasıydı sanki bulması gereken ve bir garip bülbül gibi konması gereken yer orasıydı.

Hemen akçe namına nesi varsa bir büyükçe keseye doldurup da çıktı Küçük Ayasofya Medresesi'nin yanındaki odasından. Sanki yürümüyordu da uçuyordu. Ne çok sevinmiş, ne çok mesrur olmuştu. Uzun zamandır ki onu bu denli mesrur görmemiştim ben dahi. Bir dünya malı için bu kadar sevindiğini hatırlamıyordum bile. Ufacık bir çocuk gibiydi, yürümüyordu da koşuyordu sanki gitmiyordu da uçuyordu gönüller sultanı Hüdâyî. Dünya onun değildi biliyordum ve istemiyordu dünya namına hiçbir şey. Ya bu heyecanı neydi ki? Nedendi?

Sarayburnu'ndan bir sandala binip karşı kıyıya geçiverdi. Hızlı adımlarla ve hiç başka bir şey yapmadan Üsküdar tepesinde satılık olduğunu işittiği araziye gitti. Görür görmez içine bir serinlik düştü nedensiz. Birden hayallere daldı. Ben sandım ki dünyalık bir şeyleri olacak diye seviniyor, onun hayallerini kuruyor. Lakin öyle değildi zihninde, hayalinde buraya bir dergâh kuruyor, onun avlusunda talebelerini görüyor, muhabbet ile ettiği sohbetlerin hülyasına dalıyordu. Dünya yoktu zihninde... O bu dünya denen zindanın içinde kendine bir cennet kuracak yer arıyordu. Bulmuştu da zira ilk kez böyle tebessüm ediyordu. Bu denli mutlu görünüyordu.

Hayalini uzaklardan gelen bir adamın sesi bölüverdi. Yaşlı denmeyecek kadar genç bir adamdı bu. Kara sakallarına henüz aklar düşmüş, kara gözlerinin üzerine göz kapakları yeni yeni inmiş bir adam.

"Buyur baba" dedi adam Hüdâyî'ye yaklaşarak.

"Senin midir burası?" dedi Hüdâyî.

"Benimdir. Pederimden miras kalmıştır. Bir şey mi istersin?"

"İsterim" dedi Hüdâyî.

"Buyur" dedi tekrar adam.

"Ben, bu dünya zindanına bir gönülhane bina etmek dilerim. İstanbul denen bu cennet misal haneye bir manevî direk çakmak isterim."

"Anlamadım baba" dedi adam. "Anlayamadım. Ne istersin?"

"Evlat" dedi "Ben Mahmud Hüdâyî. Bütün dünyalığımı sana verip de buraya kiracı olmak isterim."

"Baba" dedi adam "Burası nasıl kiralanacak? Lakin dilersen satarım sana."

"Ben bu mülkü senden değil Allah'tan (c.c.) isterim" dedi Hüdâyî. "Sen satsan da bana ve ben alsam da senden yine de kiracı olacağım elbet. Zira sahibi Allah (c.c.) değil midir bütün mülklerin? Ben O'nun bu toprağında kiracı olmak dilerim. Ve o kirayı gönül verip, halkı irşat etmekle öderim."

Durdu adam. Hiçbir şey anlayamadı Hüdâyî'nin söylediklerinden lakin yine de gönlünde bir başkaca hâl vardı. Bu karşısında duran adam yani ki Hüdâyî, ismini çok evvelden işitmişti onun. Tanıyordu, biliyordu. Ama bir meczup gibi konuşuyordu sanki.

"O vakit mademki istiyorsun satayım sana" deyiverdi birden adam.

Hüdâyî ne söyleyeceğini bilemedi. Sevinçten elleri titredi de cübbesinin içine koyduğu, kuşağına tutturduğu keseyi çıkarıp veremedi adama. Nasıl seviniyor, nasıl titriyordu! Neden sonra kuşağından çıkarıp da adamın eline bıraktı dünyalık olan her şeyini. İşte bu kadardı dünyası, bir avuca sığacak kadar.

Adam kesedekileri eline boşalttı. Gözünün ucuyla baktı bir iyice. Durdu sonra.

"Baba" dedi "Yetmez ki bu!"

Elini kuşağının içinde gezdirdi Hüdâyî. Biraz olsun, bir akçe olsun bir şeyler aradı. Lakin yoktu, bulamadı. Gözlerini kapadı, durdu, durdu.

Bir vakit öylece ve sessizce bekledi. Neyi bekliyordu ben de bilmiyordum, zira onu ben de anlayamıyordum artık. Ben de sezemiyordum ne yaptığını. Ben onun içindeydim sahi, nefstim ben. Ama o benden de içerideydi.

Neden sonra bir adam geliverdi ötelerden. Bembeyaz sakalları vardı. Ayağı yalın ayaktı lakin tek toz olsun yoktu paçalarında. Elinde bir kese ile geliverdi. Hüdâyî tebessümle baktı ona. Elbette ben de baktım ve tanıdım onu. Hani Hüdâyî bir kış günü üzüm toplamış da gelirken battığı yerden onu çıkaran adamdı bu. Üftâde'nin Hüdâyî'nin kulağına eğilip de "Hızır" dediği adamdı.

Getirdi ve elindeki keseyi Hüdâyî'ye verdi. Ve döndü de gitti sonra. Sanki hiç gelmemiş gibi, sanki görünmemiş gibi gitti ve sanki araziyi satan adam onu fark etmemişti bile. Bilemedim... Lakin sanki bir Hüdâyî ve bir de onun gözlerinden dünyayı gören ben görmüştük onu.

Elindeki keseyi araziyi satan adamın avuçlarına bıraktı Hüdâyî. Keseyi açtığı vakit gözleri parladı adamın. Zira çil çil altınlardı bunlar ve arazinin ederinin misliydi.

"Bunlar yeter evlat" dedi Hüdâyî "Sana bunlar yeter lakin bize de Allah (c.c.) yeter..."

"Sattım o vakit baba" dedi adam.

Ve Hüdâyî Üsküdar tepesinde sonraları dergâhını kurup da gönülhane edeceği yeri aldı böylece.

Adam gidince yere kapandı ve secde etti Hüdâyî. Ben sandım ki burayı aldı diye şükredecek. Öyle etmedi. Yine bir kez daha okları indirdi sineme benim de şöyle dedi;

"Allah'ım! Şükür sana. Sana şükür olsun ki dünyalık bir akçem olsun artık bende kalmadı."

~

İstanbul'da herhangi bir yer/Bugün

Sen

Her geleni Hızır bilmek...

KAPININ ZİLİ BÖLÜYOR HAYALİMİ. Oysa ne çok dalmıştım kitabın hayaline. Hikâyenin içinde gibiydim sanki. Her şey oldu, her şey yaşandı ve ben de oradaydım sanki.

Kapı zilinin sesi okumamı bölünce fark ediyorum hiç oturmadığımı ve yaklaşık iki saattir kitabı ayakta okuduğumu. Zihnim bulanık. Kitapta yazanları düşünüyorum. Dünden beri yaptıklarıma hayret ediyorum. Bilmiyorum... Ama demek ki bir boşluktaydım da o yüzden bu kitaba sarılıyorum.

Oturma odasından çıkıp da kapıyı açmak için gidiyorum. Ve hâlâ kitap elimde, bırakmıyorum. Okumak istiyorum. Hava kararmaya başlamış ve bir alacalık çökmüş evin içine. Evin giriş kapısı yanındaki duvarda duran anahtardan ışığı açıyorum. Sonra kapının ufak deliğinden dışarı bakıyorum. Ama kimsecikler yok. "Kim o?" diye sesleniyorum bir ses veren de yok. Ka-

pının üzerindeki ufak kilidi geçiriyorum yerine. Neden bilmiyorum ama korkuyorum. Yavaşça açıyorum kapıyı, az evvel taktığım kilit tamamının açılmasına engel oluyor. Tekrar bakınıyorum ve yine sesleniyorum. Yok. Kimse yok. Bu kez kilidi çıkarıp da tamamen açıyorum kapıyı. Bomboş. Kimse yok. Belki de zil çalmadı da öyle zannettim diye vehmediyorum. Ya da belki biri yanlışlıkla bastı zile. Bilmiyorum... Kapıyı tekrar kapatıp da odaya dönmek için birkaç adım atıyorum ki tekrar zilin sesi ile irkiliyorum ve bu kez gerçekten korkuyorum. Sanki birileri duyacakmış gibi parmak uçlarımda yürüyerek gidiyorum kapının önüne. Ufak delikten tekrar bakıyorum. Yaşlı bir adam görüyorum kapının ardında duran. Öylece bekliyor. Daha bir dikkatle bakıyorum adama... Hayır tanımıyorum. Beyaz saçlı, kalın çerçeveli gözlükleri olan, sakalsız ama düz bıyıklı belki altmış belki yetmiş yaşlarında bir adam.

"Kim o?" diyorum tekrar.

"Afedersiniz" diyor "Ben üst katta oturuyorum. Bir şey soracaktım da."

Bir kez daha bakıyorum yaşlı adama. Daha önce görmediğimden eminim. Gerçi apartmanda yaşayan diğer insanlarla pek iletişimim yok ama bu adamı da daha önce hiç görmedim.

Yine de açıyorum kapıyı. Korkuyorum biraz ama nedensiz bir güven var içimde. Kapıyı açınca adam önce bir toparlanır gibi oluyor.

"Buyur amca" diyorum.

"Merhaba evladım" diyor "Oğlum üst katınızda oturuyor. Onu ziyarete geldim de uzun zamandır ziline basıyorum ama kimse açmıyor kapıyı. Ben telefon da kullanmıyorum. Rica etsem sizin telefonunuzdan arayabilir miyim onu?"

Daha bir dikkatle bakıyorum yaşlı adama. Güvenmeli miyim diye düşünüyorum. Zira güven denen duygu neredeyse yok bizim vaktimizde. Belki de onun için insanlar birbirlerine yardım edemiyorlar diye geçiriyorum içimden. Korkuyorum. "Ha-

yır" diyesim var. "Hayır" deyip bir bahane ile adamı başımdan savmak istiyorum. Ama neden sonra aklıma kitapta okuduklarım geliyor. "Birine yardım edecek olduğunda seni bundan vazgeçiren benim" diyor kitapta nefs. Acaba içime bu korkuyu salan da o mudur diye düşünüyorum. Ve bir kere daha bakıyorum yaşlı adamın kara gözlerine. İçimdeki ses yardım etmemi istemese de ben kitaptaki sesi dinlemeyi seçiyorum.

"Elbette amca" diyorum ve cebimden telefonumu çıkarıp uzatıyorum ona.

Tebessüm ediyor ilkin. Sonra "Evladım ben kullanmayı bilmem bunu" diyor. Sonra üzerindeki ceketin iç cebinden ince ve eski bir defter çıkarıp bir sayfasını açıyor ve uzatıyor bana.

"Şu numara oğlumun numarası... Çevirsen de versen bana olur mu?" diyor.

"Olur" anlamında başımı sallıyorum ve alıyorum o küçük not defterini. Gösterdiği yerdeki numarayı çeviriyorum ve telefonu veriyorum yaşlı adama.

Gözlerim hep üzerinde yaşlı adamın. İçimden gelen ses yanlış yaptığımı söylüyor. Yardım etmemeliydin diyor, bir yalan söyleyip, bir bahane uydurup göndermeliydin diyor bana. Ama artık dönüşü yok bunun.

Bir zaman telefonu kulağında tuttuktan sonra bana uzatıyor yaşlı adam. Sanki gözleri dolar gibi oluyor ya da belki bana öyle geliyor.

"Açmıyor kimse" diyor sonra yutkunuyor birkaç kez. "Neyse ben beklerim biraz. Uzaklardan geldim, haber vermediydim. Elbet gelir. Çok teşekkür ederim evladım" diyor.

"Estağfirullah amca. Rica ederim" diyorum. Ve ardını dönüp gidiyor adam.

Birden aklıma geliyor. "Bu adamın oğlu yoksa" diyor vicdanım bana "Şimdi gidip de kapının önünde belki de saatlerce onu mu bekleyecek. Acaba eve davet mi etsem?" diyor. Sonra bir başka ses zihnime çarpıyor "Yahu bırak gitsin" diyor "Kim olduğu-

nu bilmediğin, tanımadığın bir adamı evine mi alacaksın?"

Bir aralık öylece kalıyorum. Karar veremiyorum. Zoraki adımlarını atıp da yürümeye çalışan yaşlı adamın ardından bakıyorum. "Sonra nefsim mi acaba beni engelleyen?" diye geçiriyorum içimden. Öyle zannediyorum.

Ve birden "Amca" diye sesleniyorum yaşlı adamın ardından.

Yavaşça geriye dönüyor, kara gözlerini gözlerime dikiyor.

"Amca isterseniz oğlunuz gelene kadar burada bekleyin" diyorum.

Kara gözleri gözlerimde... Tebessüm ediyor, öyle tebessüm ediyor ki! Hem ne güzel tebessüm ediyor, korkmuyorum.

***

Kitabı koltukların ortasında duran sehpanın üzerine bırakıp da çayları getirmek için mutfağa gittiğim zaman kitabı eline almış da bakar hâlde buluyorum onu. Elimdeki tepsiyi de getirip sehpanın üzerine bırakıyorum. Yaşlı adam çayını almak için uzanırken kitabı da aldığı yere geri koyuyor. Ben de onun hemen karşısındaki koltuğa oturuyorum.

İlkin ne konuşacağımızı bilmiyoruz. Hani hep olur ya; tanımadığın biri ile konuşacak olsan sessiz kalırsın, bir şey bulamazsın muhabbet edecek. İşte tam öyle oluyor. Ama yaşlı adam bir şey buluyor konuşmak için;

"Kitap okumayı seviyorsun demek evladım?" diyor.

"Hayır amca. Aslında çok kitap okumam ben" diyorum.

"Ne bileyim" diyor "Ta kapıya kadar elinde kitapla geldin. Ayrılamadığın besbelli. Ben de öyle zannettim."

Tebessüm ediyorum. "Yok, aslında çok kitap okumuyorum da bu kitap biraz hoşuma gitti. Dünden beri okuyorum işte. Başka yapacak bir işim yok zaten."

Kitabın kapağına tekrar bakıyor yaşlı adam elindeki çayı yudumlarken.

"Ene" diyor "Değişik bir isim... Ve de güzel... Ene, yani ben..."

O an hayret ediyorum bu kadar ilgimi çeken kitabın isminin ne anlama geldiğini merak etmediğime. Demek ki "Ene" "Ben" demekmiş. Hoşuma gidiyor.

"Ben de çok kitap okurdum bir zamanlar. Ama işte insan meşgalelerinden vakit ayıramıyor böyle şeylere. Nefsine ağır geliyor nedense insanın. Her şeye vakit bulurken böyle işlere vakit bulamayacak sanıyor."

Sonra susuyor birkaç yudum daha alıyor çayından.

"Peki, ne anlatıyor bu kitap?" diyor.

Bunu merak etmesine şaşırıyorum aslında. Ama muhabbet olsun diye sorduğunu düşünüyorum. Yine de okuduğum son kısımdan aklımda kalanları söylüyorum.

"Bir roman... Nefsi anlatıyor. Yani daha doğrusu nefs konuşuyor, nefs kendi kendini anlatıyor. Ama Aziz Mahmud Hüdâyî'nin hayatı üzerinden anlatıyor bunu. Değişik bir kitap, ilgimi çekiyor benim. İnsanı düşündürüyor yani. Kendini sorgulatıyor. Mesela az evvel okuduğum kısımlarda çiçeklerle konuşuyordu Aziz Mahmud Hüdâyî. Bir de Hızır... Birkaç kere ismi geçti. Aziz Mahmud Hüdâyî'ye yardım ediyor nedense. Öyle yani amca... Bakalım, okuyorum."

"Enteresanmış" diyor "Aziz Mahmud Hüdâyî'yi bilirim. Nefsin konuşuyor olması da çok ilginç. Gerçekten ilgi çekici... Bir de Hızır... O zaten hep tuhaf geliyor insanlara. İmkânsız geliyor. Oysa eskiden insanlar 'Her geleni Hızır bilmek gerekir' derlerdi birbirlerine" diyor ve tam devam edecekken sözlerine ezan sesi geliyor sokağın karşısındaki camiden. Yaşlı adam birden susuyor ve ayaklanıyor hemen.

"Ben müsaade isteyeyim evladım" diyor.

"Otursaydınız?" diyorum.

"Beni çağırıyorlar" diyor. Birden ürperiyorum. Anlamıyorum."

Tebessümle karşılık veriyor bana. "Ezan okunuyor bak. Müezzin namaza çağırıyor" diyor.

Anlar gibi oluyorum.

"Peki, siz bilirisiniz" diyorum ve yolcu ediyorum yaşlı adamı. Giderken teşekkür ediyor ve tebessüm ediyor devamlı. Ve en son giderken;

"Belki bitirince kitabı bana da verirsin de okurum. Hem bir vakit daha buralardayım" diyor.

"Elbette" diyorum. Seviniyor ve gidiyor.

Kapıyı kapatıp içeri giriyorum. Neden bilmiyorum ama bir sıkıntı çöküyor içime. Bir fırsatı kaçırmış gibi hissediyorum sanki kendimi ya da belki kimsesiz olduğuma üzülüyorum. Bilmiyorum ama bir dert çörekleniyor tam orta yerine gönlümün ve ben neden olduğunu bilmiyorum.

Bardakları alıp da mutfağa bırakıyorum. Sonra nedensiz pencereden aşağıya bakıyorum. Camiye doğru yürürken görüyorum yaşlı adamı. Sanki daha bir dinç görünüyor gözüme. Sanki daha dik duruyor ve sanki koşuyor. Sokağın sonuna kadar gelip de tam köşeyi dönecekken birden başını çevirip de bana, tam gözlerime bakıyor. İrkiliyorum. Burada olduğumu ve ona baktığımı nereden biliyor? Sonra birden sağ elini havaya kaldırıyor. Ben el sallayacak sanıyorum bana ama o şehadet parmağını yukarı doğru kaldırıyor ve sonra köşeyi dönüp de gözden kayboluyor.

Gözlerim açılıyor, gönlüm titriyor sanki. Ne demek istiyor anlamıyorum. "Belki bana yapmamıştır" diyorum içimden. Duruyorum biraz daha doğrusu öylece kalıyorum.

Gidip ben de namaz kılmak istiyorum. Camiye gidemesem de evde kılarım diyorum. Sonra içimden bir ses "Aceleye gerek yok" diyor "Az sonra kılarsın." Ben de içeri geçiyorum. Oturuyorum. Dinliyorum içimden gelen bu sesi, bana sevimli geliyor.

Yine kitabı alıyorum elime. Aslında bu genç yazarı biraz kıskanıyorum. Yazdıkları beni bile bu kadar kendine çekebilirken herkesin ilgisini çeker diye düşünüyorum. Sonra az evvel misafir ettiğim yaşlı adamın söyledikleri geliyor aklıma nedense;

"Her geleni Hızır bilmek..." Enteresan geliyor bana. Birden kalakalıyorum olduğum yerde.

"Ya bu yaşlı adam" diyorum.

"Yok hayır" diyor içimden bir ses.

Ürperiyorum. Korkuyorum. "Yoksa Hızır mı?" diyorum ve titrediğimi hissediyorum korkudan.

"Saçmalama" diyor sonra içimden gelen ses tekrar "Canlı kanlı bir adam. İyi ki bir kitap okudun. Kapına her geleni Hızır mı sanacaksın?" diyor. Biraz rahatlıyorum. Ama yine de tedirgin oluyorum.

"Saçmala" diyorum kendi kendime.

Ve okuyorum yine. Merak ediyorum çünkü? Ne olacak, bilmek istiyorum. Ama yine de zihnimde sorular;

"Hızır kimdi?"

"Böyle ansızın gelir miydi?"

"Hem de benim evime?"

İstanbul/1595

Mahmud Hüdâyî

Yalancı dünyaya aldanma yâ hû!

ZAMAN HERKESTEN BİR ŞEYLER alıyor lakin Hüdâyî'ye bir şeyler veriyordu. Ve ben dayanamıyordum buna ama gücüm de yetmiyordu, karşı koyamıyordum. Zira dünyayı isteyenin düşmanıydı zaman, onu eksiltir, ondan alırdı. Lakin ahireti isteyene ilişmezdi. Sureta eksiltse de aslında tamamlardı zaman dünyadan vazgeçmiş olanları. Öyle ki zaman, sevdiği dünya olanı sevdiğinden ırak eder lakin sevdiği Allah (c.c.) olanı sevdiğine yakın ederdi. Dünya için yaşayanın azabıydı zaman, aldıklarıyla can yakardı. Ama dünyada yaşamaya sabredenlerden alacak bir şeyi yoktu, alsa da geçmezdi hükmü böylelerinin gönlünde.

Zaman işte tam da böyle geçiyordu ve Hüdâyî'nin de ömür kervanı yoluna devam ediyordu. Lakin yalnız başladığı bu yolda yalnız yürümüyordu Hüdâyî. Yolda kalmışları kendine yoldaş ediyor ve etrafındaki insanlar gün geçtikçe artıyordu. Üsküdar'daki araziyi aldıktan kısa vakit sonra hayalinde bina ettiği dergâhının inşasına başladı hemen. Elleriyle taşlar taşıyor, sanki bir işçi gibi kendi çalışıyor, harcına terini akıtıyordu. Sanki gönül sultanı olan Hüdâyî değildi de işçi olan bir Mahmud idi o. Zira o böyle olmasını istiyordu. Diğer çalışanlarla birlikte çamur karıyor, harç yapıyor, taş koyuyor, kendi gönülhanesini kendi elleriyle bina ediyordu. Bunu dahi beni susturmak için yaptığını biliyordum. İnsanlardan uzak kalmadan ve kibir denen girdaba kapılamamak için yapıyordu bunu. Lakin tevazu göstermeye de gayret etmiyordu, zira biliyordu ki tevazu göstermeye gayret etmek de bir çeşit kibirdi. Öyle ki tevazuya çalışan kendindeki üstünlüğü bildiğinden böyle ederdi. Hüdâyî artık her şeyi aşmış da bunlara varmıştı. İnce düşünmüyordu da inceyi inceltiyordu.

Dergâhının inşasında çalışabilmek için hanesini de oraya yakın olan Rumî Mehmed Paşa Camii civarına taşıdı. Birkaç senedir Fatih Camii'nde de vaazlar veriyor, hadis dersleri okutuyordu. Artık onu dinleyenleler, gönlünü verenler camiye sığmıyor, ismini duyan herkes ona saygı duyuyor, Allah'a dost olmak için ömür tüketen bu adama dost oluyorlardı.

Benimle ettiği mücadeleden hiç vazgeçmiyordu. Bir anlık dahi olsa benimle cenk etmeyi terk etmiyordu. Artık başına gelenden de gelmeyenden de razıydı. Zira biliyordu ki onu da Allah veriyordu. İyi bir şey olsa da "Elhamdülillah" diyor, kötü bir şey olsa da "Elhamdülillah" diyordu. İyiyi verdi diye şükrediyor, Allah'ın yardımını biliyordu. Kötüyü verdi diye şükrediyor, Allah onu unutmadı diye seviniyordu. Rıza makamındaydı. Olana oldu diye sevinmiyor, yitene yitti diye üzülmüyordu. Allah için yapıyordu her yaptığını ve iyi de olsa kötü de olsa "O'ndandır" diyor, susuyordu.

İşte tam da böyle geçiyordu zaman her şey değişiyordu. İstanbul değişiyor, insanlar değişiyor, zaman değişiyor, ömür değişiyor bir tek ölüm değişmiyordu. Herkes aynı yerden geliyor ve aynı yere gidiyordu. Bir gün Fatih Camii'ndeki vaazlarından birinde aşk ile şevk ile anlatırken bir sela sesi işitti. Sustu birden, irkildi olduğu yerde. Ağlayacak gibi oldu, konuşamadı, titredi, benzi safrana çaldı. Sanki olduğu yerde değildi, konuştuğu kürsüden düşecek gibi oldu birden. Gözünün önünden tüm ömrü geldi geçti. Kim olduğunu düşündü, neden olduğunu, ne için olduğunu. Hepsi bir bir dizildi önüne de hepsini seyre daldı. Onu dinlemek için diz kırıp oturanlar anlayamadılar neler olduğunu. Zira Hüdâyî tek kelime bile etmeden öylece bekliyordu.

Bir vakit daha öylece bekledi. Kapamadı gözlerini hiç, anlamsızca seyre daldı. Şimdiye bakıyor ama başka bir zamanı görüyordu. Sonra birden hıçkıra hıçkıra ağlamaya başladı. Kimse ne edeceğini bilemedi. Hayretten gayrı ellerinden gelen bir şey yoktu da öyle durdular. Talebeleri yerlerinden kalkıp da yanına varacak oldular da derman bulamadılar dizlerinde. Hüdâyî ağlıyor ve bir şiir dökülüyordu dilinden sela ile beraber;

Bunda gelen eğer pîr ü civândır
Üryân gelip yine üryân giderler
Eğer gedâ eğer şâh- ı cihândır
Bunda üryân gelip üryân giderler

Beğenmeyen kişi bunda abâyı
Bir gün olur bu halkın hâk-pâyı
Soyarlar eğninden atlâs kabâyı
Bunda üryân gelip üryân giderler

...

Ko dünya fikrini tûl-i emeldir
Seninle gidecek hüsn-i ameldir
Yollarda yük ağırlığı haleldir
Bunda üryân gelip üryân giderler

...

Yâ Rab Hüdâyî'ye eyle hidâyet
Kılmaya tâ Sen'den gayrıya rağbet
Yetmez mi kişiye pend ü nasîhat
Bunda üryân gelip üryân giderler

Bu şiiri söyledi ve daha da tek kelam olsun edemedi ve indi kürsüden aşağıya. Oradakiler belki de anlayamadı neler olduğunu lakin ben anladım. Hem de çok iyi anladım. Dünyadan vazgeçmişti Hüdâyî. Çok evvelden vazgeçmişti. Lakin dünya vazgeçmemişti ondan. Hatta daha da hırslanmıştı. Ona saldırıyor, onu istiyordu. Şayet ki ona sahip olursa onun peşinden gidenlere sahip olacaktı. Ve bendim o dünya, dünya için ona saldıran, canını yakan, onu dünyaya meylettirmeye çalışan bendim. Ama etmiyordu hiç. İşittiği sela sesi ona bütün bunları hatırlatmıştı. Kendine hidayet istiyordu Allah'tan zira büyüklerin imtihanı da büyük olurdu. Ben bana yenilenle değil beni harp meydanında devirenle öleme dek çarpışırdım.

Nefstim ben, her şeyi yapardım. Lakin o da Hüdâyî'ydi. Kimse gibi değildi. Kimseye benzemiyordu. Her şeyi nasıl böyle terk edebiliyordu?

***

Bir gün dergâhının inşasında çalışıyordu. Sırtında kocaman bir taş ile zoraki adımlar atıyor, aldığı taşı götürmek için sanki çırpınıyordu. Hem o güneşin altında böyle bir iş yapıyor hem de hiç aksatmadan orucunu tutuyordu. Aldığı ve verdiği her nefesi "Hû" diyerek alıp "Hû" diyerek veriyordu. Gelip elinden taşları almaya çalışanlar oldu. Hatta neredeyse yalvarıyorlardı talebeleri. Lakin o durmuyor, vazgeçmiyor ve azaltmıyordu yükünü, aksine daha da artırıyordu.

En sonunda bir talebesi dayanamadı da gelip de sarıldı ellerine.

"Efendim. N'olur, bırakın da ben taşıyayım" dedi.

Gözleri şefkatle tebessüm etti Hüdâyî talebesine. Alnındaki teri sildi önce, sonra bir hayale dalar gibi süzdü onu. Ne de çok kendi genç hâline benziyordu. Kendisinin Üftâde'ye yalvarıp yakardığı geldi hatırına. Hani Üftâde, Hüdâyî'yi Sivrihisar'a göndermek istemişti de o dayanamamıştı hocasından ayrı kalmaya ve onun ellerine kapanmıştı vazgeçsin diye. Aynı onun o hâli gibiydi şimdi talebesinin hâli.

Bunları söylemedi elbette genç talebeye. Lakin ona bir ömür yetecek bir ders verdi oracıkta ve ben susturamadım onu, yetmedi gücüm;

"Evladım" dedi "Bazı vakitler içime bir ateş düşüyor. Çok eski vakitler geliyor hatırıma. Kadı olduğum zamanlar, mal mülk deryasında boğulduğum zamanlar, şöhret sevdasına tutulduğum zamanlar... İşte o anlarda sanki gönlümün çok derinlerinde bir yerlerde bir özlem ateşi kıvılcımlanır gibi oluyor. Sanki o günleri özler gibi oluyorum. İşte ben bu taşları o kıvılcımı söndürmek, o yüzsüz, arsız nefsimi bu taşlarla ezmek için taşıyorum. Bırakırsam elimden o bana galip gelecek, bırakmazsam ezeceğim onun başını. Bana iyilik etmek dilersen git de bir parça daha taş getir de koy sırtıma" dedi Hüdâyî.

Vakit durdu sanki o an. Bütün sesler sükût etti. Ben ölmüştüm. Ölmüştüm de haberim yoktu sanki. Güçsüz olan bendim, mağlup olması gereken yine ben. Bıraktım onunla cenk etmeyi, zira bu meydanda muzaffer o idi. Gayrı onun kölesi olacaktım. Kendi ölmeden beni öldürmüştü ve bildim ki ben onun azmini, şevkini, aşkını değil de o benim hırsımı, kinimi, nefretimi söndürmüştü.

O ikisi bunları konuşuyorlarken uzaktan biri çıkıp da geldi. İstanbul'un karşı yakasından, saraydan geliyordu bu haberci ve gelişindeki telaşa bakılırsa getirdiği haber hiç de hayırlı bir haber değildi.

Nefes nefese geldi inşaatın yapıldığı yere. Bütün çalışanların yanından geçip de Hüdâyî'nin yanına yaklaştı. Gözleri yaşlarla dolmuş ve kapatsa göz kapaklarını hemen yanaklarına akıverecek. Kimsenin duymasını istemediği bir haber vardı sanki sinesinde. Zira selam verdikten sonra usulca Hüdâyî'nin kulağına doğru eğilip de bir şeyler söyledi. Gözleri hüzünle bulutlandı Hüdâyî'nin. Tek bir şey bile söylemedi. Yalnızca dilinden;

"Allah rahmeti ile muamele eylesin" cümlesi düşüverdi. Ve üzerindeki tozları silkeleyip saraya doğru yola düştü hemen.

Kanuni Sultan Süleyman'ın torunu, Sultan ikinci Selim'in oğlu, Sultan Murad-ı Salis bu dünyayı terk eylemiş, ruhunu aldığına iade etmişti. Sultan oğlu Sultan olsa da bir kuldu ve öylece bu dünyadan göçüvermişti.

Ve dilinden bir şiir düşecekti Hüdâyî'nin, Sultanın ölümü üzerine. Yalancı diyecekti dünyaya. Aldanma diyecekti. Ölüm en yakınındaydı insanın ve Hüdâyî ölümden korkmuyordu, günahlarından korkuyordu da hiç hatırından çıkarmıyordu ölümü. Zira ölüm herkesin başındaydı, bugün ölenler dün gencecik yaşındaydılar.

Yalancı dünyaya aldanma yâ hû
Bu dernek dağılır dîvân eğlenmez
İki kapılı bir vîrânedir bu
Bunda konan göçer mihmân eğlenmez

Bakma bunun karasına ağına
Gönül verme bostânına bâğına
Benzer hemân oğlan oyuncağına
Bunda aklı olan insan eğlenmez

Doğrusuna gide gör bu yolların
Geçe gör sarpını yüce bellerin
Dünya zindânıdır mü'min kulların
Zindânda olan hod âsân eğlenmez

Sen ey gâfil ne sandın rûzigârı
Durur mu sandın taze bahârı
Yükün yeğnildi gör evvelden bâri
Yoksa yolcu gider kârbân eğlenmez

Varın nisâr eyle Mevlâ yoluna
Bunda ne eylersen anda buluna
Bir gün sefer düşer berzah iline
Otağı kalkacak sultân eğlenmez

Ömür tamâm olur defter dürülür
Sırat köprüsü ve mîzân kurulur
Hakkın dergâhına kullar derilir
Buyruğu tutulur fermân eğlenmez

Hüdâyî n'oldu bu denlü peygamber
Kanı Ömer Osman Bû Bekr ü Hayder
Kanı Habîbu'llah Sıddîk-i ekber
Bunda gelen gider bir cân eğlenmez

Altıncı Mertebe

Nefs-i Mardiyye

-Allah'ın Razı Olduğu-

"Ey huzura ermiş nefs! (Rabbin) senden razı ve sen O'ndan razı olarak Rabbine dön."*

Razı olan, memnun olan nefis demektir. Rıza mertebesindeki benlik, bütün işlerinde Allah'ın emirlerini içtenlikle ve samimiyetle uygularsa, Cenâb-ı Hakkın lütuf ve ihsanı ile Mardiyye makamına yükselir. Kul Yüce Yaratıcısından razı olduğu gibi, Allah da kulundan razı olur.

Mutmainne'nin kemal mertebeleri olan Raziyye ve Mardiyye nefislerinin özellikleri Mutmainne'dekinin aynıdır. Ancak Mardiyye makamı, sahipleri ilim ve kemalde çok daha derine inmiş ve çok daha yücelmiş velilerdir.

* Fecr sûresi, 87:27-28.

Sultan Ahmed Han

"'BİR SULTANA KUL OL Kİ sultanlar ona köle olsun' derdi rahmetli sultan babam. Gönüller sultanı Hüdâyî'den işittiğini söylerdi bunları. Evvelden anlamamıştım ne demek istediğini lakin şimdi çok iyi anlıyorum. Babam dahi cihan sultanı idi lakin ne namını ne nişanını ne de malını götürdü bu dünyadan göçüp giderken. Bana da ondan miras devlet kaldı sahi lakin o değil de asıl bana miras diye Mahmud Hüdâyî'yi bıraktı."

Ben, Ahmed... Henüz on dört senesini tamam ettim ömrümün. Lakin sırtıma bu cihanın yükünü vurdular. Evvelce Şehzade Ahmed idim, pederim Sultan Mehmed Han dünya elbisesini çıkarıp da ahiret libası bir kefenle göçünce bu dünyadan "Sultan Ahmed" dediler ismime. Koskoca cihan devletinin başına geçmeyi nasip etti Allah (c.c.).

Her kişi kendi cürümünün ağırlığını taşımakta zorlanırken ben bu yaşta bütün bir devletin yükünü aldım omuzlarıma. Lakin ben bildim ki sultanlık bu âlemde değil de ötelerde, çok ötelerdedir. Bu âlemde sultan olmak, köle olmak demektir. Bildim ve sultan babamdan tevarüsle bir gönül sultanını; Hüdâyî'yi Allah için çok sevdim.

İşte şimdi hem bunları ve hem de gördüğüm bir rüyayı düşünüyorum sarayın harem dairesinde otururken. Bugün sabah namazını kıldıktan sonra bir rüya düştü gözlerime. Düşümde kendimi gördüm. Bilmediğim bir sahrada, bilmediğim bir mekânda idim. Güneş tepemden vuruyor, bedenimi yakıyor, bilmediğim bir dert içimi amansızca sıkıyordu.

Askerler etrafımda toplanmışlar, hepsi halka olmuş bana bakıyordu. Kimi Devlet-i Âl-i Osman'ın askerleri kimi de bir başka sultanın. Ben neden burada olduğumu, ne ettiğimi dahi bilmiyordum. Sadece ve öylece bekliyordum. Neden sonra karşıma bir başkası çıktı da geldi. Tanımıyordum lakin biliyor ve hissediyordum onun Nemçe Kralı olduğunu. Gönlümde Nemçe diyarına gitmek, oraları fethetmek, kubbelerini ezan sesiyle titretmek arzusu vardı zaten evvelden. İşte rüyamda gördüğüm demek ki o hayalini kurduğum andı.

Birden yalın kılıç üzerime atıldı Nemçe Kralı ve ben de davrandım ondan tarafa. Bütün askerlerin arasında bir güreşe tutuştuk ikimiz. Bir vakit omuzlarından ben asıldım onun bir vakit o beni zorladı. Neden sonra beni attı sırtından da sırt üstü yere yatırdı. Yani ki mağlup oldum ben ve o galip geldi. Öylece uyandım. Terler damlıyordu yüzümden, gördüğüm rüyayı hayra yoramıyordum. İçimi bir korku kaplıyordu ve ben anlamıyordum.

Hemen bu rüyayı tabir edebilecek âlimleri çağırttım yanıma. Kime anlattıysam biraz da rüyanın zahiren hayırlı olmadığından belki de ve belki de söylersek azlediliriz korkusundan kimse tabire yanaşmadı. En son bir zat Şeyh Mahmud Hüdâyî'nin rüya tabirinde ilmi olduğunu ona sual edilmesini söyleyince bir kâğıda rüyamı yazdırıp da ona gönderttim bir haberciyi.

Lakin bu gönderdiğim adam beklediğimden çok çabuk döndü saraya. Şeyh Mahmud Hüdâyî rüyamı yazdığım kâğıdı alacak, okuyacak, tabir edecek ve cevap yazacaktı. Öğlen vakti gönderdiğim adam akşam vakti döner diye vehmediyordum ki o daha birkaç saat geçmeden girdi içeri;

"Sultanım" dedi "İstediğiniz haberi Şeyh Mahmud Hüdâyî'ye ulaştırdım. İşte bu da cevaben yazdığıdır."

Getirdiği mektubu aldım. Lakin bir şüphe düştü içime. Nasıl olurdu? Sadece gidip de geri gelinecek bir vakitte dönüp saraya gelmişti bu adam.

"Nasıl oldu da bu kadar kısa zamanda geldin?" dedim.

Başını hiç yerden kaldırmadan cevap verdi;

"Sultanım ben de anlayamadım. Sizin dediğiniz gibi Üsküdar'a Şeyh Mahmud Hüdâyî'nin hanesine mektubu teslim etmeye gittim. Kapıyı vurduğum vakit şeyh açtı kapıyı. Bir şeyler dememe fırsat vermeden bir mektup uzattı bana. "Bunu götür ver sultana" dedi. Ben de aldım, getirdim size.

Şaşırdım ve anlayamadım ne olduğunu. Elimde tuttuğum kâğıda baktım bir vakit. Sonra okumaya başladım.

"Sultan oğlu Sultan Ahmed Han'a selam ve duadan sonra...

Hak Teâlâ insan vücudunda sırtı, kâinatta da arzı en kuvvetli yer olarak yaratmıştır. İnsanın sırtı ile arzın teması iki kuvvetin bir olup da daha da kuvvetlenmesi manasına gelir. Öyle ki rüyanızda sırtüstü yerde olmanız da buna işarettir. O sebeple düşman-ı İslam'a galip gelmeniz Allah'ın takdiriyle muhtemeldir.

Rüyanız zahiren korkulu olsa da esasen hayırlı bir rüyadır. Allah hayretsin, en iyisini ve en doğrusunu ancak O bilir."

Bu kez hayretimden ne diyeceğimi bilemedim. Gördüğüm rüyanın tabiriydi bu evet, lakin nasıl bilebilirdi rüyamı? Mektubu getirene çevirdim bakışlarımı.

"Şeyh benim gönderdiğim mektubu hiç görmedi öyle mi?"

"Hayır Sultanım" dedi "Almadı bile elimden. İşte buradadır, yanımdadır. Mührü dahi açılmadı" deyip elindeki mektubu uzattı bana.

Açılmamıştı, doğru söylüyordu. O vakit anladım Şeyh Mahmud Hüdâyî'nin kim olduğunu. Pederimin neden bu denli hürmet ettiğini anladım. Ve aynı adamla hediye olarak bir kese altını ona yolladım.

***

Ben, Sultan Ahmed Han. Henüz on dördüncü senesindeyim ömrümün. Devlet-i Âl-i Osman'ın Sultanıyım. Lakin gönlüm bir başka Sultan'ın, Sultanların Sultanı'nın olsun isterim.

İstanbul/1605

Mahmud Hüdâyî

Geldi istediğin dünyalık!

ZAMAN HÜDÂYÎ'NİN ETRAFINDA dönüyordu şimdi. Fatih Camii'ndeki vazifesi yerine Üsküdar'da Mihrimah Sultan Camii'nde Perşembe akşamları vaaz ediyordu. Artık kendi dergâhının inşası da tamam olmuş. Üsküdar semti onun manevî ışığıyla bir başka hâle bürünmüş, payitaht içinde bir payitaht oluvermişti. Dergâhının mescit kısmı tamamlanınca oraya bir minber koydurmuş ve her gün orada halka sohbet eder olmuştu Hüdâyî. Kendine bir dünya kurmuştu. Sanki bu dünyanın dışında, bir başka âlemde gibi orada yaşıyor, talebeler topluyor, bildiklerini anlatıyordu gelenlere. Bazı vakitler kimsecikler yokken dergâhını seyrediyor ve bir çocuk gibi seviniyordu. Sevindiği sahip olduğu dergâh değildi. Hem hocası Üftâde'nin duası yerine gelmiş hem de bir tek kişi dahi olsa onun elinden tutup da hak yola götürmesi için Allah (c.c.) ona bir fırsat vermişti.

Seviniyordu Hüdâyî bütün bu olanları düşündükçe. Bazen oturup da eski hâllerini düşünüyor, kadı olduğu vakitlerdeki hâlleri aklına geliyor sonra kendi kendine "Eğer" diyordu "Bir kadı olarak kalsaydım, bir âlim olarak bilinseydim, makamım, malım, mülküm, şöhretim olsaydı da hiçbirini terk etmeseydim Allah bana bunu nasip eder miydi?"

Düşündükçe düşünüyor Allah'ın ona verdiklerine şükrediyordu. "O vakit, bu nimetin şükrü vaaz ü nasihat etmektir" diyor ve sadece bunu yapıyordu.

Asla "Keşke" demiyordu geçen günlerine. Ben biliyordum ki onun yerinde kim olsa ardında bıraktığı onca dünyalık için yanar yakılırdı. Bırakamazdı kolay kolay, bırakılmazdı. Lakin o bundan yani ki mal, mülk, makam ve şöhretten kurtulduğuna şükrediyordu.

"İlahî çün halâs ettin müderrislik kazâsından
Visâlinle lütfedip kurtar bizi varlık azâbından"

Diyordu... Ne tuhaf insandı. Herkesin ulaşınca nimet bileceği makama "Azap" diyordu o ve öyle biliyordu. Allah rızasından gayrı beklediği bir şey kalmamıştı artık. Dünya onun için bir kum tanesinden daha kıymetsizdi şimdi. Dünyayı yalnızca Allah yarattığı için seviyor, başka bir sebep bulamıyordu dünyayı sevmek için.

Şimdi tek derdi dergâhında bir kişiyi dahi olsa cehennemden kurtarabilmek, Allah'ı sevdirebilmek ve gönüllere girebilmekti. Başkaca bir vazife istemiyordu dünyadan, başkaca bir muradı yoktu onun.

Sultan Murad'ın vefatından sonra yerine oğlu Mehmed geçmiş, saltanat tahtına oturmuştu. Aynen babası gibi o dahi Hüdâyî'ye çok hürmet etmiş, saygı göstermiş, kendini ona talebe bilmişti. Sultanlığının yanında halim, selim, vakur bir insandı Sultan Mehmed. İslam'a tam manasıyla bağlıydı, namazlarını cemaatle kılar ve fırsat buldukça da gelip Hüdâyî'nin sohbetlerinde diz kırar, duasını alır, gönlüne derman arardı. Lakin dünya kimsenin değildi ve kimse dünyada ebedî kalmazdı. O dahi bu dünyadan göçüp gitmişti. Yanında ne saltanatını, ne makamını ne malını götürebilmişti. Bir imanı vardı ellerinde bu dünyadan öte âleme gidenlerin o da öyle edebilmişti en fazla.

Şimdi devir Sultan Ahmed'in devriydi. Genç yaşında devlet sahibi olan bu padişah aynen pederi gibi samimi bir Müslüman idi. Gençti, daha olgunlaşacak, olacak, yetişecekti. Lakin o padişahlıktan ziyade kulluğu istiyor ve ona gayret ediyordu.

Bir gün Hüdâyî, dergâhında sohbetini bitirmiş hanesine dönmüştü. Hanımı karşıladı onu. Nedense suratı asık, yüzü düşmüş, tebessümü solmuştu, anlamaz gibi yaptı Hüdâyî, bir şey demedi, ses etmedi. Yalnızca selam verdi ve geçti oturdu bir sedire. Hanımı da tam karşısında oturuyordu. Bir zaman sessizce kaldılar. İkisi de kelam etmedi. Neden sonra hanımı;

"Ey efendi" dedi, "Ey efendi! Bak, bıraktın malı mülkü, kadılığı, müderrisliği terk ettin. Oysa şimdiki hâlimize bak, yiyecek içecek rızkımız yok neredeyse, sen hadi kendin için terk eyledin bunları ya evladüiyalini düşünmez miydin, hanede hatun var, evlat var demez miydin hiç?"

Hiç konuşmadı Hüdâyî. Sanki işitmiyordu bile. Nedensiz kalktı yerinden, sanki içine aniden bir şeyler ilham olmuş gibi ve bir şeyler lazım gelmiş gibi çekti rahleyi önüne, bir parça kâğıt aldı ve bir şeyler yazdı üzerine.

Hanımı hâlen dahi söylenmeye devam ediyor, içinde ne varsa bir bir ortaya döküyordu:

"A efendi, haydi ahirete çalışalım da bu dünyada hiç mi bir şeyimiz olmasın? Dünyalık bir muradımız, nasibimiz de mi kalmasın? Sen gibi bunca devleti terk eden var mıdır? Ne olacak böyle bizim hâlimiz?"

Hüdâyî yine hiç kelam etmedi. Durdu, durdu. Az sonra hanenin kapısına birkaç kez vuruldu. Az evvel üzerine bir şeyler yazdığı kâğıdı da yanına alıp kapıyı açmak için gitti Hüdâyî.

Kapının önünde bekleyen Sultan Ahmed'in gönderdiği bir haberci idi. Sultan gece bir rüya görmüş ve rüyasını kime anlatsa tam bir tabirini bulamamıştı da bir kâğıda rüyasını yazdırıp Hüdâyî'ye göndermişti tabir etmesi için. İşte bu gelen kişi yanında o haberi taşıyordu. Ve açılmıştı şimdi kapı.

Hüdâyî kapıyı açar açmaz derdini anlatmaya başladı Sultanın adamı;

"Efendim" dedi "Sultanımız dün gece..."

Dahasını söylemesine fırsat kalmadan elindeki kâğıdı kapıda bekleyen adama uzattı Hüdâyî.

"Al bunu evladım" dedi "Sultanımıza götür ve selam söyle benden."

Adam hiçbir şey anlayamadı ama yine de aldı kâğıdı ve götürdü Sultana.

Hüdâyî kapıyı kapadı ve girdi tekrar içeri, oturdu yerine. Hanımı hâlen aynı şeyleri söylüyor, "Dünya" diyor, "Dünyalık" diyor lakin Hüdâyî susuyordu.

Bir saat kadar bir vakit geçmişti ki tekrar vuruldu hanenin kapısına. Hüdâyî tekrar kalktı gitti ve açtı kapıyı. Gelen yine az evvel ki adamdı. Lakin bu kez bir kese vardı elinde.

"Efendim" dedi "Sultanımız bunu size gönderdi."

"Bana değildir o evlat" dedi Hüdâyî ama aldı yine de keseyi ve girdi tekrar hanesine.

İçeri geldiğinde hanımın yüzü hâlen dahi asık ve içten içe söylenir hâldeydi hâlâ.

Hüdâyî getirip keseyi hanımın avuçlarına bıraktı. Hanımı bu nedir, nedendir diyemeden söyledi sonra;

"Al işte hatun" dedi "Geldi istediğin dünyalık. Bana değil, sana gelmiştir bu. Zira benim için bir manası yoktur onun ve ben bunların ne olduğunu bile unuttum."

İstanbul/1609

Mahmud Hüdâyî

Ey Mahmud, ağlama!

ANLAMIYORDUM, OLMUYORDU. Ben nefstim, onunlaydım, içindeydim onun. Saklısı, gizlisi, sırrı, ayıbı, günahı, nesi varsa ben bilirdim. Sakladıklarına, gizlediklerine ben şahittim. Lakin utanacak ne bir şey yapıyor ne de ondan yana meylediyordu. Gün geçtikçe ben küçülüyordum da o nasıl bu denli büyüyordu? Ben ondaydım, onunlaydım, bana azap ediyor, acı veriyor lakin artık ona düşman olamıyordum. Tuhaf bir hâldi bu. Nefsini, beni kendine köle ediyordu. Onun istediklerinden gayrı hiçbir şey yapamaz olmuştum. Küçücük kalmıştım içinde. Küçücüktüm, o ise kocaman... Beni kötülemekten, beni yenmekten, benim canımı delmekten asla vazgeçmiyordu.

Benimle konuşuyor beni irşat ediyor, bana nasihat ediyordu:

"Ey nefsim" diyordu "Ey nefsim mademki seni dahi Allah verdi, O var etti o vakit seni severim ben. O'nun için severim. Lakin dediklerini yerine getirmem. O'nun hilafına kim ne derse desin etmem, edemem. Seni O'nun için severim ve yine O'nun için düşman bilirim seni..."

Ben konuşamıyordum onunla. Evvelden konuşsam da duymuyordu o beni. Şimdi ise kelam etmeye, söylemeye gücüm yoktu. Ölü gibiydim, ölmüş gibiydim lakin diriydim, biliyordu. Bütün yaptıkları beni susturuyordu ama yine de vardım ben. O dahi bunun farkındaydı da benimle konuşuyordu.

Bir gece vaktiydi işte. Kimsesi yokmuş gibi yalnız hissetti kendini. Gönlünü hüzün sarmış, dünyada yaşıyor olmak canını yakmıştı ve eski vakitlerini düşündü, ömrünü düşündü, her şeyi düşündü. Suçlarıyla Allah'ın karşısına çıkacağı günü düşündü, utandı, ağladı.

"Ey nefsim" dedi sonra "Ey nefsim eğer ki senden de sual edecekse Rabbim bana ben senden de razıyım."

Ve ağladı, hıçkırıklarla ağladı. Beyaz sakalları ıslandı gözyaşlarıyla. Ağlamasındı, istemiyordum, ona ilişecek tek bela bana acı veriyordu sanki. Onunlaydım ve ben o olmuştum. Benim içim acıyor, canım yanıyordu zira Hüdâyî sanki anasından ayrılmış bir çocuk gibi hıçkıra hıçkıra ağlıyordu.

Çok güçsüz kalmıştı, ben uzun vakit sonra ilk kez ona yaklaşmak için bir fırsat bulmuştum. Uzun zaman sonra ilk kez fısıldayabilecektim kulağına sesimi. Öyle yaptım. O titreye titreye ağlarken kulaklarına fısıldadım tek cümle;

"Ey Mahmud" dedim "Ağlama!"

***

Ertesi gün sabah erken vakitte daha kimsecikler uyanmamışken ve uykudayken İstanbul, Üsküdar'ın tepesinde bir bayrak gibi dalgalanan dergâhının avlusuna çıktı Hüdâyî. Kimse yoktu, yalnız ve tenha kalmış, uzaktan denizin dalgalarını gözlüyor ve âlem denen İlâhî kitabı okuyordu. Hafif bir bahar nesimi gelip de sakallarını sıvazlıyor, pembe yanaklarını okşuyordu. Cübbesi dalgalanıyordu İstanbul rüzgârında, denize karşı dimdik durmuş ve yummuştu gözlerini. Tefekkür ediyor, âlemi düşünüyor, insanı düşünüyor, imanı düşünüyordu.

Neden sonra bir atın ayak seslerini işitti. Ama yine de açmadı gözlerini. Sesler gittikçe yaklaşıyor ve seher vaktinde sükût libası giymiş İstanbul'da sanki bir tek bu ses vardı ve yankılanıyordu. Az sonra atın ayak sesleri kesildi. Ve tahta kapısı bir gıcırtıyla açıldı dergâhın. Hüdâyî ne ardına döndü de baktı ne de kapadığı gözlerini açtı. Adımlar iyice yaklaşıyor ve ona doğru geliyordu gelen. Hâlâ kapalıydı gözleri Hüdâyî'nin ve gelen misafir tam da gelip yanında durmuştu onun, sessizdi.

"Hoş geldiniz Sultanım" dedi Hüdâyî şimdiye kadar açmadığı gözlerini açıp.

Gelen Sultan Ahmed idi ve Hüdâyî bakmasa da görüyor, duymasa da biliyordu.

"Hoş bulduk efendim" diye karşılık verdi Sultan Ahmed. "Gönlüm daraldı, içim sıkıldı sizden nasihat almaya geldim."

Tebessüm etti Hüdâyî. Hem böyle Allah korkusu olduğuna seviniyordu Sultanın hem de bu genç yaşında omzunda taşıdığı yükü düşündükçe üzülüyordu.

"İşitiyor musunuz Sultanım?" dedi Hüdâyî.

Sultan Ahmed anlamıyormuş gibi baktı. İkisi de yan yana durmuş denize doğru nazar ediyorlardı.

"İşitiyor musunuz; dalgalar O'nu zikrediyor, kuşlar O'nu zikrediyor ve rüzgâr O'nu zikrediyor. Kâinatta bir kitap var Sultanım ve O'nu söylüyor dili olan ya da olmayan her ne varsa..."

"Efendim" dedi Sultan Ahmed. Koskoca cihan padişahıydı lakin Hüdâyî'ye "Efendim" diyordu. "Efendim ben de işitmek istiyorum hepsini, o kitabın lisanını ben de bilmek istiyorum."

"Bilmek başka şey, bildirilmek bambaşka... Âlim olmak

başka şey, arif olmak bambaşka... İlim başka, irfan bambaşka" dedi Hüdâyî birden sanki kendiyle konuşur gibi.

"Beni kabul edin. Kabul edin de talebeniz olayım. Gerekirse her şeyi terk edeyim de Allah'a kul olayım. Dünyayı ayaklarımın altına alayım."

Birden irkildi Hüdâyî ve sustu içindeki ses bile. Sultana çevirdi bakışlarını. Onun gözlerine baktı. Gözlerindeki samimiyeti görüyor, biliyor, seziyordu. Hatırına kendi hâli geliyordu. Lakin ondan bunu istemiyordu.

"Sultanım" dedi "Ben belki de kolay olanı seçtim. Her şeyi terk edip yoklukta buldum O'nu. Zor olan varlıkta bulmaktır. Sizin vazifeniz benimkinden çok daha ileride. Siz ki bunca varlıkta O'nunla olmayı başarırsanız işte o vakit ben fakirin izi bile değmez sizin gölgenize. Hem ben bir kadılık makamını terk edip de nefsimi terbiye için bir ömür verdim. Siz cihanın sultanısınız kaç ömür gerekir bunu terk etmek için bilemem ki. Lakin çok zordu Sultanım. O kadarını terk etmek bile çok zordu.

Size meğerki ezelden saltanat yazılmıştır. O vakit Allah'ın hükmüyle hükmetmeniz icap eder. O vakit ben gibi bir ufacık dergâh değil bir cihan sizin dergâhınız olur. Burası sizin mekânınız değil Sultanım, bu makam sizin makamınız değil. Sizin dergâhınız bütün cihandır."

Genç gönlünü hüzün sardı Sultan Ahmed'in, göz bebekleri titredi sanki. Israr edecek oldu, vazgeçti sonra geri. Mademki böyle diyordu gönlüne sultan bildiği Mahmud Hüdâyî o vakit itaat etmek gerekti. Biliyordu, susuyordu.

"Efendim" dedi "O vakit bir nasihat isterim sizden."

"Zikredin Sultanım" dedi Hüdâyî "O'nu çokça zikredin. Ne vakit ki gönlünüz daralsa, içiniz sıkılsa O'nu zikredin. Zikir hatırlamak demektir Sultanım. Hatırlamanın zıddı unutmaktır. O vakit Allah'ı zikirden vazgeçmek O'nu unutmak manasındadır. Bize gereken zikretmektir Allah'ı yani unutmamak ve hatırlamaktır. Öyle edin, zikredin, hatırlayın, unutmayın."

Ve sonra bir şiir söyledi kapayıp gözlerini;

Zâkir safâya erişür
Envâr-ı zikrullah ile
Âşık Hüdâ'ya erişür
İksâr-ı zikrullah ile
...
Diller acep hayran olur
Esrâr-ı zikrullah ile
Yollar beğim âsân olur
Âsâr-ı zikrullah ile
...
Ger ister isen kurb-i Hakk
Al ehl-i irfândan sabak
Geldi zuhûra her varak
Eşcâr-ı zikrullah ile

Bu kez Sultan Ahmed de kapadı gözlerini. Sanki onun da içinde bir ateş diline düşüyordu, gencecik sultan kendinden geçiyordu. Makamını terk etmeden Allah'a sadık bir kul olmak diliyordu ve zordu, çok zordu. Biliyordu... Durmadı ve durduramadı, gönlüne ilham edileni saklayamadı da söyledi;

Dîl-hânesi pürnûr olur
Envâr-ı zikrullah ile
İklîm-i dil ma'mur olur
Mîmâr-ı zikrullah ile
...
Her müşkül iş âsân olur
Derd-i dile dermân olur
Canlar içinde cân olur
Esrâr-ı zikrullah ile

Zikreyle ey dîl her nefes
Allah bes bâkî heves
Pes gayriden ümmîdi kes
Tekrâr-ı zikrullah ile

...

Şimdi ikisi de susmuştu. Her şey susmuştu. Şehir, deniz, ağaç, kuş, nefes, ses, iklim, gün ve güneş her şey o ikisini dinliyor ve bir başka şevke geliyordu bu ilham-ı zikrullah ile...

Yedinci Mertebe

Nefs-i Kâmile

-Kemale Ermiş Olan-

"Derken, kullarımızdan bir kul buldular ki, ona katımızdan bir rahmet vermiş, yine ona tarafımızdan ilmi ledünni öğretmiştik."*

Kemale ermiş, kusursuz, tam, arınmış nefis demektir. Bu nefse nefs-i safiye, nefs-i sâlih de denilmiştir. Bu makamda bütün vücut, akıl, ruh, nefis hep nur olur.

Kâmile nefs sahipleri, nefsin basamaklarında en üst noktaya ulaşmışlardır. Kâmile nefis sahipleri, nefislerinin putunu kırarak, kendi varlık kuşkularını terk etmiştir. Cenâb-ı Hakkın ilminden ve kudretinden ihsan etmesi ile gizli sırları öğrenme mutluluğuna erişmişlerdir.

* Kehf sûresi, 18:65.

İstanbul/1612

Mahmud Hüdâyî

Hocamın vasiyeti yerine gelsin diye...

O YIL SULTAN AHMED Ayasofya Camii'nin hemen karşısına kendi ismiyle anılacak bir caminin inşasını başlattı. Orada edilecek ibadetlerle kendi mevkiinin zekâtını vereceğini ve Hüdâyî'nin nasihatini yerine getirteceğini düşünüyordu. Zira bu dünya âleminde inşa edilecek en kıymetli binanın bir cami olacağını vehmediyor, öyle yapmak için bütün ömrünü vermeyi dahi göze alıyordu.

Caminin temeli atılırken Mahmud Hüdâyî'yi de davet ettiler. Gözleri dola dola dualar etti Hüdâyî. Sonra temel atma işini Şeyhülislam Mehmed Efendi, Vezir-i Azam Kuyucu Murad Paşa ve Mahmud Hüdâyî birlikte yaptılar. Ahali dahi bir kalabalık olmuş bu mübarek mabedin inşasına şahitlik ettiler.

Gerçi kimileri Ayasofya gibi bir koca caminin hemen yakınında yapılacak bir başka caminin lüzumsuz olduğunu söylediler Sultana. Lakin Sultanın maksadı başka, derdi başka, gayesi bambaşka idi. Ayasofya her ne kadar camiye tahvil edilmiş olsa da bir başka dinin mabedi olarak yapılmıştı. Oysa şimdi temelinden başlayıp Allah'ın adı ile ta kubbesine kadar yapılacak bir yerdi burası. Ferşinden arşına değin Allah adı söylenerek yapılacaktı.

Sultan Ahmed şükrediyordu böyle bir ibadethaneyi yapma niyetinin gerçek olmasına ve Allah'ın bunu nasip etmesine. Atlas kaftanında taşlar taşıdı, elinde kazma bir işçi gibi çalıştı saatlerce. Gözlerinde yaş vardı. Zira Allah rızası içindi tüm yaptıkları. Allah ondan razı olsundu ona yeterdi bu. Öyle inanıyordu. Öyle olması için dualar ediyordu.

Birkaç zaman sonra camiin inşası biraz görünür hâle gelince Kahire'de metfun Memluk Sultanı Kayıtbay'ın türbesindeki Peygamber Efendimiz aleyhissalâtu vesselamın bir taş üzerindeki ayak izini yani ki kadem-i şerifini oradan aldırıp da İstanbul'a getirtti Sultan Ahmed. İnşaat tamamlanana kadar Eyüp Sultan Camii'nde muhafaza ettirdi. Sonra kendi yaptırdığı camiye naklettirdi mübarek ayak izini.

Hüdâyî bütün bu olanları biliyordu. Lakin hiç ses etmiyor, bir şey demiyor, karışmıyordu hiç. Hatta gelip de ona sual edenler oluyordu bu hâlden. Kadem-i şerifin alınıp da getirilmesinden memnun olmayanlar da vardı memnun olanlar kadar. Her biri gelip de Hüdâyî'ye dert yanıyor ondan Sultana nasihatte bulunmasını istiyorlar zira Sultanın onun nasihatine uyacağını söylüyorlardı. Lakin Hüdâyî her geleni gönderiyor, bir şey demiyor, cevap vermiyor, sükût ediyordu.

Kadem-i şerifin Sultan Ahmed'in yaptırdığı camiye taşındığı günün gecesinde hiç uyumadı Hüdâyî. İçinde bir sıkıntı vardı. Biliyordum... Ben nefsiydim onun, o acı çektikçe ben de çekiyordum. Sabaha kadar kıvrandı durdu sanki. İçinde amansız bir acı vardı. Uyku girmiyordu gözlerine, rahat vermiyordu içindeki dert. Namaz kılıyor, dua ediyor, zikir yapıyor ama geçmiyordu. Ağlamaklıydı ama ağlamıyordu. Bir şeyler biliyordu belli ki. Biliyordu ama söylemiyordu.

O gece gözlerine uykunun damlası değmeyen tek kişi Hüdâyî değildi. Genç Sultan; Sultan Ahmed ilkin sevincinden uyumamış, Peygamber Efendimizin ayak izinin İstanbul'da olması, buraya getirtmiş olması onu öyle mesrur etmişti ki duramıyordu yerinde. Uyuyamıyordu sarayda. Ardı ardına şükür secdeleri ediyor, gözleri yaşlı hâlde Allah'a hamd ediyordu. Neden sonra gecenin bir vakit bir ağırlık çökmüştü Sultanın üzerine de secdede bir uykuya dalıvermişti. Dehşetli bir rüya yapışmıştı gözbebeklerine. Rüyasında kendini bir mahkemede görüyordu. Bir divan kurulmuştu ki gözler böylesini göremezdi. Bütün İslam devletlerinin gelmiş ve göçmüş bütün padişahları orada hazır bulunuyordu ve tam orta yerde yüksekçe bir peykenin üzerinde nurlarla bezenmiş yüzü ile Peygamber Efendimiz aleyhissalâtu vesselamın oturuyordu. Hemen yan tarafında da Memluk Hükümdarı Kayıtbay duruyordu. Orta yerde de Sultan Ahmed.

Memluk Hükümdarı Kayıtbay, Sultan Ahmed'in gözlerine ateş salar gibi bakarak;

"Ben" diyordu Peygamber Efendimize "Ben Sultan Ahmed'den davacıyım. Türbemdeki emanetinizi benden alıp da götürdü. İnsanlar sizin emanetiniz hürmetine gelip de beni ziyaret ediyor, dualar gönderiyorlardı. Lakin bu, Ahmed, aldı da götürdü onu..."

Sultan Ahmed tir tir titriyordu orta yerde. Ne diyeceğini bilemiyor ve buz gibi terliyordu. Hiç konuşamadı, bir şey söylemedi, sadece sapsarı bir yüzle ve kan çanağı bir gözle baktı ve durdu.

Ve hükmünü verdi Peygamber Efendimiz (a.s.m.):

"Emanetim yerine iade edilmelidir."

Ve birden söndü bütün aydınlıklar, ışıklar karanlık oldu. Ve ağlayarak uyandı uykusundan Sultan Ahmed. Aklını yitirmiş gibiydi, ne edeceğini bilmez hâldeydi. Bildiği, tanıdığı kim varsa sarayda ulema sınıfından hepsini toplattı yanına. Ve yaşlı gözlerle rüyasını anlattı. Hepsi hayret etmiş olsa da bir tabir getirdiler bu rüyaya. Aralarından biri;

"Sultanım" dedi "Bu bir ikazdır. Zira Peygamber Efendimizin hadisi vardır ki ben kimin rüyasına girersem o hakikat ki benimdir. Zira şeytan bir tek benim suretime bürünemez. O vakit Peygamber Efendimiz sizi ikaz etmiştir. Lazım olan ise kadem-i şerifin alındığı yere Kayıtbay Türbesi'ne iadesidir."

Birkaç kez yutkundu genç padişah. Konuşmaya çalıştı ama konuşamadı. Terliyordu ve hâlâ gördüğü rüyanın etkisindeydi ve gözlerinden istemese de yaşlar akıyordu. Ağzını açıyor, konuşacak oluyor ama yapamıyordu. İçi acıyordu. Hem böyle bir ikaza muhatap olduğundan hem de kadem-i şerifi geri gönderecek olduğundan acı çekiyordu.

Kekeler gibi, titrek bir sesle;

"O vakit" dedi durdu. Konuşamadı. Zorladı kendini. "O vakit gereğini yapın ve yerine iade edin emaneti" dedi ve sustu.

Sonra çıkardı herkesi dışarı. Onlar çıkar çıkmaz gözlerinden akan yaşlar üzerindeki kaftanı ıslatana kadar ağladı. Cihan padişahıydı, her şeyi vardı lakin yapayalnızdı. İçindeki sızıyı anlayacak kimsesi yoktu. Canı acıyor, ciğeri yanıyor, dili tutuluyor ve ağlıyordu sadece. İçindeki acı dilinden döküldü ve bir şiirdir ilham edildi ona. Şöyle dedi;

N'ola tâcım gibi başımda götürsem dâim
Kadem-i resmini ol Hazret-i Şâh-ı rusülün
Gül-i gülzâr-ı nibüvvet o kadem sahibidir
Ahmedâ durma yüzün sür kademine o gülün

Ve daha sonra bu şiirini bir kâğıda yazıp kavuğunun içinde sakladı ölene kadar.

***

O gün bütün bunlar olurken Hüdâyî dergâhının çilehanesinde iki büklüm olmuş hâlde acı ile kıvranıyordu. Bir hâller oluyordu ona. Benimle savaşmıyordu. Benimle cengi bitmişti belli ki kendiyle idi şimdi savaşı. Kendine karşıydı, içindeki her ne ise onu söndürmeye çalışıyordu. Kendinden geçiyordu bir anlık sanki ölüyor da diriliyor gibi oluyordu. Bir başka hâlden bir başka hâle geçiyordu. Dili tutuluyor ama yine de hiç durmadan Allah'ı zikrediyordu. Kapkaranlık o hücrede bir aydınlık vardı ve o aydınlık Hüdâyî'nin sinesinden çıkıyordu sanki. Kendinden geçtiği anlarda yüzü parlıyor, bir başka nur ile aydınlanıyordu ama o yine de tövbe ediyor ve ağlıyordu.

Ne için tövbe ediyordu bilmiyordum. Ben nefsiydim onun lakin ben görmemiştim bir günah işlediğini. Ben ne kadar günaha çağırdıysam onu o beni o kadar hakikate çağırmıştı. Peki, ya bu denli gözyaşı ile neye tövbe ediyordu o?

O karanlık hücrede gözünde yaş tükenene kadar ağlıyor ve; "Tövbe ettiğime de tövbe Allah'ım" diyordu titreyerek. Anlayamıyordum. İnsan tövbesine tövbe eder miydi? Neler oluyordu ona böyle? Ağlamaktan konuşamıyordu. "Tövbe ettiğime de tövbe Allah'ım. Zira tövbelerim dahi tövbeye muhtaç" diyordu.

Nasıldı? Neler diyordu? Neler oluyordu? Bilemiyordum ben. Ona olanları düşünüyordum, bütün olanları, her şeyi düşünüyordum. O bu dünyayı istememişti zaten ve istemiyordu lakin derdi ahiret de değildi, öyle gibiydi. Çözemiyordum, bilemiyordum, anlamıyordum.

"Nefsim" dedi birden. Bana söylüyordu, benimle konuşuyordu, sanki bedenim vardı da beni görüyordu. Şaştım, kaldım. İrkildim ve o benimle konuştu.

"Ey nefsim. Ben dünyayı istemem. Sen de bilirsin. Benim içimdeki dünya sen idin seni terk eyledim. Senden tamamen vazgeçtim ben. Lakin ahiret için de istemem gayrı bir şeyi ben. Ettiğim ibadet, taat, zikir ahiret için, cennet için değildir benim Allah'a yalvarışım. Ben O'nu isterim yalnızca, ne cehennemden korktuğumdan ne de cennetle avunduğumdan. Yalnızca O'ndan, sadece O'ndan...

Âlim idim evvelden, O'nu bilmek istedim arif olmak istedim. Lakin şimdi tek derdim ki âşık olmak... Âlim başka, arif başka, âşık bambaşka ey nefsim... Ben aşkı isterim. Ve korkarım Allah'tan. Bana acı verecek diye değil, cehennem için değil; seven sevdiğinden uzak kalmaktan korkar ya ben öyle korkarım işte. Ve cenneti beklerim. Mükâfatım cennettir diye değil. Orada seven sevdiğine kavuşacak diye, O'nu bir kez olsa da göreceğim diye.

Ey nefsim! Anladım ki dünya sevgisi ile Allah sevgisi bir gönülde bulunmaz. Zira iki sevgili bir kalpte var olmaz. Sevilene bir olmak yakışır. Tek olmak yakışır. Sen bendeki dünya sevgisisin ve sen ölmeden aşk bana sokulmaz. Öleceksin ki ben asıl sevdiğime ulaşayım.

Ben artık bir başkaca hâl isterim. Şimdiye değin hâlim güneşin sıcağından bir ağacın gölgesine kaçan insan gibiydi. Gölgeye şükrediyordum. Lakin şimdi anladım ki bu güzellik gölgenin kendinden değildir de ağacın himmetindendir ve ben gölgeye değil ağaca şükrederim. Ona varmak isterim ama sen varken bu bende olacak şey değildir.

Sen ilkin bana açık açık saldırdın da kolaydı sana galip gelmek lakin şimdi daha sinsi saldırıyorsun, gizli saldırıyorsun. "Sen oldun" diyorsun bana "Bu kadar kendini yormana, bu denli nafile ibadete, bu denli zikre ne gerek var?" diyorsun. Ama sen de biliyorsun. Sen de biliyorsun ki ben O'nu istediğim için, O'na layık olmak için yaparım. Beni sevsin isterim. Zira "Kulum Bana en çok farz kıldığım şeyleri yapmakla yaklaşır. Nafile ibadetlerle de Bana yaklaşmaya devam eder. Nihayet o kadar yaklaşır ki Ben onu severim, Ben onu sevince de onun işiten kulağı, gören gözü, turtan eli, yürüyen ayağı olurum"* diyor Allah. Beni sevsin isterim. Sadece bunun için ederim her şeyi.

Bunları duymak istemiyordum. Söylemesindi bunları, hiç söylemesindi. Benimle konuşmasın, bunları bana anlatmasın, beni öldürmeye çalışmasındı. Ama yapıyordu...

"Hiç mi sevmezsin dünyalık bir şeyi? Sen de insansın" dedim hiddetle. Uzun zamandır ilk kez bu kadar canımı yakıyordu.

"İnsanım" dedi "İnsanım, dünyalık şeyleri istemesem de severim. Lakin Allah'ı daha çok severim ben."

Canımdan vuruyordu beni. Öldürüyordu, kıvrandırıyordu.

"Hem artık her neyi seversem seveyim Allah için severim ben" dedi benim sinemi delerek.

Son bir nefesim varsa onu da ciğerimde bırakıyor benim canıma kastediyordu. Ve anlıyordum ki çoktan kaybetmiştim onu. Daha da bir şey söyleyemedim. Anladım ki o bambaşkaydı. Ne edersem edeyim olmayacaktı. Ve ben onun içinde bir zindandaydım. Kaçmak istiyordum ondan, kurtulmak istiyordum ama yapamıyordum bunu.

Birkaç zaman daha o hâlde öylece ağlayarak ve devamlı Allah adını anar hâlde bekledi. Gözünden yaş hiç eksilmedi.

Neden sonra sanki birden bir şeyler olmuş gibi, bir haber duymuş gibi kalktı yerinden. Çilehanenin kapısından çıkıverdi. Cübbesini geçirdi üzerine, başına sarığını taktı ve çıktı dergâhtan dışarı. Koşar gibi, hızlı hızlı yürüyerek çarşıya doğru gidiyordu. Nedendi bu hâli? Az evvelki hâlinden neler olmuştu da böyle dönmüş ve çekip gidiyordu? Hem nereyeydi bu gidişi?

Çarşıya gelmişti şimdi. Sanki bir şeyler arıyor ya da birini bekliyor gibi durdu bir vakit. Neden sonra sahile doğru yürü-

* Hadis-i Kutsi.

dü. Gözleri açık mıydı kapalı mı belli değildi. Az sonra durdu olduğu yerde. Başını biraz yerden kaldırdı. Karşıdan gelene baktı. Demek ki onu bekliyor, onu gözlüyor ve belki de onu karşılamak için burada eğleşiyordu. Zira gelen Sultan Ahmed idi.

Sultan hem gördüğü rüyanın tesiri hem de kadem-i şerifi iade etmiş olmanın hüznüyle derdine derman olur diye sarayından çıkmış da hocası bildiği Hüdâyî'yi ziyarete gelmişti. İşte tam da burada karşı gelmişlerdi birbirlerine.

Sultan atının üzerinde gelirken Hüdâyî'nin ötede durup da ona baktığını görünce hemen indi atından aşağıya. Edeple Hüdâyî'ye doğru yürüdü. Biri diğerine bu âlemin sultanıdır diye hürmet ediyor, ellerini önünde bağlıyordu; diğeri gönül sultanıdır diye berikine hürmet ediyor başını öne eğiyordu. Ne güzel hâldi bu ve beni bile mesrur ediyordu.

Sultan iyice yaklaştı ve selam verdi Hüdâyî'ye. Sonra;

"Efendim" dedi "Gönlüm daraldı, içim sıkıldı da size geliyordum derman bulurum diye."

Sultan Ahmed bilmiyordu Hüdâyî'nin de ciğerinin yandığını. İkisinin yangını da birbirine benziyordu ama aynı değildi yangınları. Beriki sönsün istiyor öteki yansın istiyordu.

Hiç cevap vermedi Hüdâyî. Cevap vermek mi istemiyordu, vermemesi mi gerekiyordu yoksa verecek gücü mü yoktu?

"Efendim" dedi tekrar Sultan Ahmed "Bir şey oldu. Öyle bir şey oldu ki beni yaktı ateşi..."

"Bilirim Sultanım" dedi Hüdâyî. Nasıl bilebilirdi. Ama biliyordu. "Bilirim... Siz doğru olanı yaptınız. Lakin yakmayın ciğerinizi. Değil mi Peygamber Efendimiz aleyhissalâtu vesselamın teşrif etmiştir rüyanızı. Sevinin."

Cevap veremedi Sultan Ahmed. Nereden bildiğini bile sual etmedi. Ama anladı Hüdâyî'nin makamını. Yanında onun sultanlığı bir hiçti ve onun makamının yanında kendi makamını küçücük hissetti.

"Haydi, Sultanım" dedi Hüdâyî "Binin atınıza da dergâha gidelim" dedi.

"Olur" dedi Sultan Ahmed ve atına doğru birkaç adım atmıştı ki çakılmış gibi durdu yerinde. Tekrar döndü Hüdâyî'ye. "Efendim" dedi "Siz yaya giderken ben nasıl ata bineyim? Siz buyurun binin ata da ben önünüzde yaya yürüyeyim."

Olur demesini ne çok isterdim Hüdâyî'nin lakin biliyordum ki olmaz diyecekti. Böyle bir şeyi kabul etmezdi o. Tevazu denen gömleğini giydiği günden beri bir kez olsun çıkarmamıştı boynundan. Ve tam "Hayır" diyecekti ki sustu birden. Aklına hocası Üftâde geliverdi. Son anında bir dua etmişti ona. Hatırına düşüverdi o dua "Evladım" demişti Üftâde "Ben senden razıyım. Sultanlar atının önünde yürüsün."

Hiçbir şey demeden ata doğru yürüdü Hüdâyî. Binecek miydi gerçekten? Binecekti. Gitti ve bindi atın üzerine. Sultan Ahmed atın önü sıra yürüyor ve Hüdâyî atın üstünde gidiyordu. Allah kendine köle olanı sultanlara sultan ediyordu ve Sultan Ahmed kibir perdesini yırtmış tevazu denen sırrı öğreniyordu.

Birkaç on adım gittikten sonra attan geri indi Hüdâyî. Gören herkes onun böyle atın üzerinde gittiğine ve Sultanın onun atını çektiğine şaşmıştı. Lakin iniyordu şimdi attan. Sultan Ahmed ne denli ısrar ettiyse de dinlemedi; indi. Bir kez daha söyledi Sultan;

"Efendim" dedi "İnmeyin."

"Sultanım" dedi Hüdâyî "Ben bu ata binmezdim de sırf hocam Üftâde'nin duası yerine gelmiş olsun diye bindim" dedi ve yürüdü...

İstanbul'da herhangi bir yer/Bugün

Sen

Bu ses hep içimde miydi?

ANLAYAMIYORUM. GERÇEKTEN anlayamıyorum. Bu okuduklarım evet bir roman olarak güzeldi de bu anlatılanlar nasıl şeylerdi böyle? İnsan anlamakta bu kadar zorlanırken Aziz Mahmud Hüdâyî bunları yaşamakta kim bilir ne kadar zorlanmıştır? Gerçek mi acaba? Olabilir mi yani? Mümkün mü? Değilse bile öyle inanmak istiyorum ve inanıyorum da.

Bu okuduklarım beni değişik bir hâle sokuyor farkındayım. Misal ki o rüyalar; Sultan Ahmed'in gördüğü rüyalar... Böyle rüya gören insanlar var mı hâlâ acaba? Bu rüyaları yorumlayabilen insanlar var mı? Bu rüyalara inanabilenler var mı? Böyle bir rüya görmeyi çok isterdim mesela. Kendi rüyalarımı düşünüyorum. Anlamsız, sathi ve sadece rüya olan rüyalarımı... Neden benim rüyalarım böyle değil? Bilmiyorum...

Sonra Aziz Mahmud Hüdâyî'nin şiirleri. Allah'ım ne kadar

güzeller. Ne kadar gerçek ve ne kadar sade ve ne kadar hakikatler. İnsan dünyayı böyle nasıl anlatır? Şiir yazabilenlere hep imrenmişimdir zaten hep hayret etmişimdir ama bu şiirden fazlası. Kitabın dediği gibi ilham eden nefsin işi mi bu? Yani bir yerden sonra nefsi mi insana köle oluyor, nefsi mi onun istediklerini yapıyor?

Bir de Aziz Mahmud Hüdâyî'nin hocasına, Üftâde'ye olan muhabbeti... Seneler geçiyor, ömrü geçiyor ama nasıl seviyor böyle? Nasıl ki onun sözü yerine gelsin diye istemese de yapıyor bunları.

Hayret ediyorum, şaşırıyorum. Ama bir şey var ki bu kitap günahlarımı getiriyor aklıma, günahlarım, yaptıklarım, kimse bilmez sandıklarım hepsi bir bir hatırımda şimdi. Hepsini nefsim yaptırmış olamaz bana. O belki ilk sözü söylüyor ama ben yapıyorum. Değil mi ki onu engelleyebiliyorsam istediklerini de yapmayabilirim. O vakit ben sorumluyum ettiklerimden. Benim suçum ve benim günahım...

Tövbe etmek geliyor aklıma. Utanıyorum. Tövbelerimden bile utanıyorum. Bir anlık olsun anlayabiliyorum sanki kitapta ***"Tövbelerime tövbe ediyorum"*** *diye neden dendiğini.*

Birden aklıma geliyor kitabı okumaya başlamadan önce namaz kılacaktım. O yaşlı adam namaza gidince öyle demiştim kendi kendime. Neredeyse vakit geçecek. Nefs işte bu demek ki beni engelledi, durdurdu, unutturdu.

Hemen kalkıyorum oturduğum yerden. Abdest almak için gidiyorum. İçimden gelen bir ses var ve "Zaten geçmiş artık vakit, yetişemezsin ki" diyor. İnanmıyorum şimdi ona. Durmuyorum. Gidip abdest alıyorum. Ve içimden geçen hiçbir sesi dinlemeden ve düşünmeden ve tereddüt etmeden namaza duruyorum.

***

Hiç susmuyor içimdeki bu ses. Şimdiye kadar da böyle miydi?

Hep konuşuyor muydu? Ben duymuyor muydum onu? Ya da fark edemiyor muydum? Nasıl olurdu böyle? Ya da yoksa kitapta okudum diye böyle mi olduğunu sanıyorum? İçimde bir ses var diye ben mi evham yapıyorum? Namaz kılarken bile beni yalnız bırakmıyor. Aklıma neler geldi böyle! Neleri düşündüm de durdum bir namaz sırasında! Normalde otursam aklıma gelemeyecek şeylerin her biri peş peşe saldırdı sanki zihnime ve bir an olsun kesilmedi. Çok tuhaf, gerçekten çok tuhaf...

Kalkıyorum namaz kılmak için oturduğum yerden. Aklımda bütün her şey... Pencerenin kenarına geçip de sokağa bakıyorum. Şehir karanlık, insanlar evlerinde... Yağmur olsa bir de ne güzel olurdu diyorum. Bir vakit pencereden anlamsızca seyrediyorum etrafı. Neye baktığımı, neden baktığım bile bilmiyorum. Sadece bakıyorum ama görmüyorum bir şey.

Sonra bir şeyler atıştırmak için mutfağa doğru giderken sehpanın üzerinde ufak defteri görüyorum. Kapıma gelen yaşlı adamın verdiği ufak defter... Burada unutmuş. Üzülüyorum birden. Hem de merak ediyorum acaba gelmiş midir oğlu diye. Aklımda yaşlı adamla ilgili tuhaf düşünceler var aslında ama inanmıyorum düşündüklerime. Götürüp şimdi vermek istiyorum unuttuğu defteri. Sonra saatin geç olduğunu fark edip vazgeçiyorum. Hem kitabı da okumak istemişti ve az kaldı kitabın da bitmesine. Kitabı da bu akşam bitirip ikisini de yarın beraber veririm diye düşünüyorum.

Gidip mutfaktan atıştıracak bir şeyler alıyorum kendime. Sonra odaya tekrar gelip oturuyorum. Bir zaman bekliyorum. İçimdeki ses hâlâ konuşuyor mu diye dinliyorum. Konuşuyor ve susmuyor. Binbir türlü şey istiyor benden. Ama ben kitabı bitirmek istiyorum.

Ve son kez elime alıyorum kitabı...

İstanbul/1617

Mahmud Hüdâyî

Onu almak için eğilmek gerekir.

VAKİT ÇOK ÇABUK DÖKÜYORDU avucundaki kumları, sırtındaki yükleri çok hızlı indiriyordu. Zaman denen tılsım insanları başkalaştırıyor, değiştiriyor, yaşlandırıyordu. İnsan yaşlanıyordu da ben hep genç kalıyordum. Aynı hırs, aynı arzu ve aynı iştahla saldırıyordum her şeye. İnsanlar nefsin yani benim gençlerde olduğumu sanıyordu oysa herkesteydim ben ve herkesleydim. Kaç yaşında olursa olsun, kim olursa olsun, nerede olursa olsun ben vardım insanın içinde. Hastalanmazdım, yaşlanmazdım, takatsiz kalmazdım. En azından zaman denen sır bana dokunmazdı. Ben hep gençtim, hep diriydim, hep isterdim. Beni yalnızca insan dilerse kendisi takatten düşürür, o beni yenmek isterse arzum kırılırdı. Yoksa herkesin başındaydım ben herkesin yanı başındaydım.

Mahmud Hüdâyî yetmişli yaşlarına gelmişti. Benim elimden çok acılar çekmişti. Lakin ben daha çok acılar çekmiştim onun elinden. Artık benim dahi içimde bir kötülük kalmamıştı. Biliyordum ki o bir adım benden yana atsa ardından onca insan benim peşime takılacaktı. Lakin asla yapmazdı bunu. Ve ben artık yaptıramazdım.

Dünyalığıyla elde ettiği şöhretini terk etmişti de Allah (c.c.) ona bir başka şöhret vermişti. Her yerde ismi anılıyordu, herkes onu tanıyordu, ismini işitenler uzak diyarlardan dahi ona dualar ediyordu. Dua denen şey bir zincir gibiydi insanı Rabbine bağlıyordu sahi. Lakin bir insan bir diğerine dua ettiği vakit o zincir benim de ellerime, kollarıma vuruluyordu. Mesafe tanımayan bir sırdı dua. İnsanlar Hüdâyî'ye dua ettikçe ben daha güçsüz kalıyordum. Onların duaları beni hâlsiz düşürüyor, edilen dualar benim canına dokunuyordu. Dememi o ki bir kişi diğerine dua ettiğinde dua edileni benden koruyordu Allah. Lakin insanlar bunu bilmiyordu. Bilselerdi şayet bir an olsun birbirlerine dua etmekten vazgeçmezlerdi. Hüdâyî biliyordu bu sırrı ve her anını tüm Müslümanlara dua ederek geçiriyordu.

Bir akşam vaktiydi. Hanesinde oturmuş yine dilinde dualarla Rabbine yakarıyordu Hüdâyî. Akşam ezanı okunacak ve senelerdir aksatmadığı orucunu açacaktı. Oruç bir derya gibi kuşatırdı insanı ama boğmazdı. Nasıl ki deryada olan balıklara ateş ilişemezse oruç da benden öyle korurdu insanı. Allah oruçlu olanı severdi. Oysa ben oruç tutandan kaçardım her vakit. Zira faydası yoktu oruçlu bir insana yaklaşmamın.

Ezan vaktini beklerken kapısı tıklatıldı hanenin. Kapıda iki tokmak vardı biri ince ses çıkarır, diğeri tok bir ses çıkarırdı. Manası vardı bunların. Bir hatun kişi gelmişse şayet ince tokmağı vurur, bir er kişi gelmişse tok sesli tokmağı vururdu ve hanedekiler bilirdi gelenin kim olduğunu ona göre açarlardı hanenin kapısını.

Şimdi gelen ses tok bir sesti ve belli ki gelen bir erkekti.

Kalktı oturduğu yerden Hüdâyî. Hanenin kapısını araladı. Gelen talebelerinin en gençlerindendi; İsmail'di. Hüdâyî birkaç zamandır yaşlandığından her akşam bir talebesi hanesine gelirdi de akşam namazı için dergâha gideceğinde onunla beraber giderdi. Meğerki bugün de sıra genç talebe İsmail'de idi ve ilk kez geliyordu bu vazifeyi yerine getirmek için.

Genç talebesini haneye aldı Hüdâyî. Yalnız bir mumun yandığı, bir rahle ve sedirden gayrı başkaca bir şey olmayan odaya geçti ikisi de. Geçip sedire oturdu Hüdâyî. İsmail ise ne edeceğini bilmez hâlde kapının hemen yanın başını hiç yerden kaldırmadan öylece bekliyordu. Hem heyecanlı hem de şaşkındı. Orada beklemeli miydi? Hocasının yanına gitmeli miydi? Bilemiyordu da duruyordu öylece...

Şaşkınlığını Hüdâyî'nin tok sesi böldü İsmail'in;

"Evladım İsmail, gel şöyle" dedi Hüdâyî.

Ayakları yerden kesildi sanki İsmail'in. Zira hocası ismini söylemişti. Bilmez zannediyordu, bilinmez zannediyordu. Onca talebe arasında kendi fark edilmez diye vehmediyordu. Lakin biliyordu Hüdâyî ve İsmail biliniyordu. Nasıl sevindi İsmail, nasıl! Bu denli saf bir sevinç, ne tuhaf beni dahi heyecanlandırmıştı.

Ayakları yere değmez hâlde yürüdü İsmail. Nereye oturacağını bilmedi. Bir oraya bakındı bir buraya. Zira oturacak başka yer yoktu hocasının oturduğu sedirden gayri.

"Gel evladım" dedi Hüdâyî. "Gel, şuracığa otur."

İsmail'in gözleri ışıl ışıldı. Sanki daha bir aydınlamıştı oda. Gözlerinde kandiller yanıyordu sanki. Oturdu hocasının yanına. Titriyordu.

"Kaç yaşındaydın evladım sen?" diye sual etti Hüdâyî.

Konuşmaya utanıyordu İsmail. Dili tutulmuştu sanki, dudakları kurumuştu.

"On beş" diyebildi birbirine değen dişlerini durdurarak.

"Sana bir nasihat vereyim ister misin evladım?" dedi Hüdâyî İsmail'in kandil gibi parlayan gözlerine bakarak.

"Olur" der gibi başını salladı İsmail. Zira cevap veremiyordu heyecandan.

"Bu dünyada" dedi Hüdâyî "İşittiğin ve gördüğün her şeye hemen inanma. Zira işittiğinin ardında bir başka ses, gördüğün ardında bir başka hâl vardır. 'İnsana her işittiğine hemen inanması ve onu söylemesi günah olarak yeter' der Peygamber Efendimiz."

İsmail hiçbir şey demedi. Esasında tam da anlamadı ne demek istediğini Hüdâyî'nin. Ve devam etti Hüdâyî;

"Evladım" dedi "Bir gün ben bu dünya âleminin yükünden kurtulup da öte âleme göçtüğüm vakit sen eğer yanımda olursan dilimden değil lakin elimden sana söyleyeceğim bir nasihatim daha vardır."

İsmail'in gözlerine hüzün düştü birden, kandiller söndü sanki gözbebeklerinde. Zira hocası 'ölüm' diyordu. Bu söylenenleri şimdilik anlayamıyordu İsmail ben de anlayamıyordum. Ne demek istiyordu bilmiyordum. Boş söz değildi söylediği elbet, belki de zamanı vardı. İsmail bu sözden bir şey anlamasa da hiçbir vakit unutmayacaktı.

Hüdâyî'nin sözü bitmişti ki ezan sesi işitildi. Ayağa kalktı hemen Hüdâyî, kıbleye doğru çevirdi yönünü. Ezan bitene kadar öylece bekledi.

Neden sonra ezan bitince yerine otururken hemen oturduğu sedirin yanında bir bez parçasını aldı yanına. Dizlerinin üzerinde açtı o bezi. İçinden bir parça kuru ekmek çıkardı. İftarını edecekti ve iftarlığı bu kadarcıktı.

İsmail şaştı bu hâle. Hocasının iftar edeceği bir kuru ekmek miydi? Gönlüne hüzün çöktü, ağlamaklı oldu. Ne diyeceğini bilmedi. Bu nasıl olurdu? Koskoca Mahmud Hüdâyî bir kuru ekmeğe muhtaç mıydı? Gidip bir şeyler getirmek düştü gönlüne. Diline de düşecekti gönlündeki. Tam söyleyecekti ki Hüdâyî daha söylemeden durdurdu onu.

"Sakın evladım" dedi "Sakın söyleme aklından geçeni. Zira o ses nefsinin sesidir. Ben bir kuru ekmekle doymayı öğrenmek için kırk sene çile çektim. Kırk senede bir adım olsa da yaklaştım Rabbime. Şimdi bir lokma için o adımımı geri çekecek değilim."

İsmail hayrete düştü. Gencecik gönlü dayanamıyordu hocasının bu kuru ekmekle iftar etmesine. Dilini tutamadı, gözündeki yaşı tutamadığı gibi.

"Efendim" dedi "Sultanlar kapınızda eğleşirler, sizi kendilerine şeyh bilirler. Dileseniz önünüze altınlar, gümüşler dökerler. Ayaklarınızın altına hazineler sererler. Lakin neden almazsınız da bunca eza cefaya bir kuru ekmekle iftar etmeye dahi katlanırsınız?"

"Ey evlat" dedi Hüdâyî "Ben de bilirim dediklerini. Lakin o ayaklarımın altındaki hazineleri almak için eğilmek gerekir. Ben bir dünyalık için eğmem başımı, Allah'tan gayrı kimsenin önünde eğilmez bu baş.

***

Ertesi gün saraydan bir haberci geldi Hüdâyî'nin hanesine. Sultan Ahmed akşam vakti saraya davet ediyordu onu. Kabul etmezdi Hüdâyî böyle davetleri. Lakin her ne olmuşsa o gün kabul etmişti.

Akşama değin dergâhının işleriyle ilgilendi. Vaaz etti, zikir çekti, sohbet etti, ders verdi. Akşam vakti gelince çıktı hanesinden. Üsküdar sahiline indi ağır adımlarla. İstanbul bir rüzgâra kapılmış, gönlünü bir fırtınaya teslim etmişti. Esen rüzgâr ne bulsa önüne katıp götürüyor, gözden feri, alından teri söküyordu sanki. Kara bulutlar kaplamıştı İstanbul'un göğünü, saçları rüzgârla darmadağın olmuştu güzel şehrin. Kimsecikler çıkmıyordu hanesinden dışarı. Zira akıl kârı değildi bu havada dışarı çıkmak. Ama Hüdâyî bir kez söz vermişti ya gidecekti.

Sakalları rüzgârda savrula savrula geldi sahile. Etrafına bakındı. Bu havada hiçbir kayıkçı yola çıkmazdı. Deryada kürek sallamak bu havada imkânsızdı. Genç bir kayıkçının yanına yaklaştı Hüdâyî.

"Evladım" dedi "Karşı kıyıya geçeceğim. Müsait misin?"

Başını kaldırıp bu havada bu tuhaf suali sorana baktı genç kayıkçı ve tanıdı Hüdâyî'yi. Edeple toparlandı ilkin sonra;

"Efendim" dedi "Bu havada, bu fırtınada deniz bir yırtıcı gibidir, boğar. Geçilmez ki karşıya."

"Rabbim dilerse geçeriz evlat" dedi Hüdâyî ve bindi kayığa.

Genç kayıkçı şaşkındı. Ne diyeceğini bilemedi. Hüdâyî'yi indirse olmazdı, küreklere asılsa olmaz. Ne yapacağını bilemedi. Lakin Hüdâyî ısrarlıydı.

"Gel evlat" dedi "Asıl küreklere."

Kayıkçı mecbur bindi ve çekmeye başladı kürekleri. O kürek çekiyor Hüdâyî ise hiç ara vermeden dualar ediyordu. Bir lahza şöyle dedi içinden;

Allahümme yâ Hâdî
Âsân eyle yolumuz
Sehhil 'ubure'l-vâdi
Tiz geçir tut elimiz

Dua ede ede karşı kıyıya kadar geldiler. Onca dalganın, öyle hırçın fırtınanın içinde kayık bir kez bile sallanmamıştı. Kayıkçı şaşkındı. Hayretinden konuşamadı bile.

Kıyıya yanaştırdı kayığını ve Hüdâyî indi kayıktan. O an birden aklı başına geldi kayıkçının.

"Efendim" dedi "Sizin duanızla geldik buraya kadar. Lakin ben şimdi yalnız başıma bu fırtınada nasıl geri döneceğim?"

"Evlat" dedi Hüdâyî "Yol çoktur. Geldiğin yoldan geri dön. Ne vakit bir fırtına olsa bu yoldan gelenlere musibet gelmez inşaallah" dedi ve yürüdü saraya doğru.

Hüdâyî'nin ardından hayretlerle baktı kayıkçı. Sonra onun

dediği gibi yaptı, geldiği yoldan gerisin geri döndü. Dilinde dualar vardı bu kez genç kayıkçının. Aynen geldiği an gibiydi. Sanki denizin üzerine bir ipek şal serilmişti de kayar gibi gidiyordu kayık.

Üsküdar sahiline geri geldiği vakit diğer bütün kayıkçılara anlattı bunu. İnanmadılar. Ama sonraları ne vakit bir fırtına çıksa o yolu kullandılar da bir musibet ilişmedi onlara. Kayıkçılar da bu olaydan sonra "Hüdâyî yolu" diyeceklerdi denizin üzerindeki bu yola.

Hüdâyî bir çeyrek saat sonra saraya varmıştı. Sultanla gönüllerini eğleyip, hak sohbeti söylediler. Sultan Ahmed sual etti, Hüdâyî nasihat etti. Sultanlık kimdeydi belli değildi. Bir evlat ile baba gibi, bir talebe ile hoca gibi söyleştiler ve söyleştiler saatlerce. Bir aralık Sultan Ahmed;

"Efendim" dedi "Muhabbet bahçesi, aşk bağı varsa eğer siz o bağın bülbülü olmalısınız. Zira gönlüm sözlerinizle aşka geliyor."

"Yok Sultanım" dedi Hüdâyî "Ben yalnızca işittiğimi söylerim. Aşk bağının bülbülü hocam Üftâde idi."

Hâlâ gözlerinde bir özlem vardı Hüdâyî'nin. Üftâde'nin adını her söylediğinde bunca sene sonra bile ciğerine bir sızı çöküyordu. Üftâde'yi özlüyordu.

Bağ-ı aşkın andelibi, hazret-i Üftâde'dir
Dertli âşıklar tabibi, hazret-i Üftâde'dir

Vâsıl-ı kâmil odur, tevhid-i Zâta şüphesiz
Gösteren râh-ı Hüdâyı hazret-i Üftâde'dir

Eyleyen ruhundan istimdâd erişir matlûba
Halleden her müşkilâtı, hazret-i Üftâde'dir

Sıdk ile ol Hüdâyî eşiğinde daima
Bil hakikat kutb-ül-aktâb hazret-i Üftâde'dir

Gönlü bulutlanmış, içi dalgalanmıştı. Hocası aklına geldiği

vakit hep böyle oluyordu. İçindeki hasret ateşini söndürecek bir şeyler aradı birden. Sonra Sultan Ahmed'e dönüp

"Sultanım" dedi "Abdest alsak..."

Hemen hizmetkârlardan bir abdest ibriği ve bir havlu getirmelerini istedi Sultan. Hüdâyî'nin içindeki ateşi abdest söndürürdü, bilirdim.

Az sonra elinde ibrik ve havlu ile Valide Sultan girdi içeri. Hizmetkârlar getirecekken ellerinden almış ve Hüdâyî gibi bir gönül sultanına hizmet etmeyi kendine bir lütuf bilmişti. Hem biraz da merak etmişti herkesin hürmetle andığı, cihan sultanı oğlunun hocam dediği Hüdâyî'yi. Yüzü yaşmaklı hâlde girdi içeri. Sultan Ahmed ibriği aldı validesinin elinden ve abdest için bekleyen Hüdâyî'nin ellerine dökmeye başladı. Hüdâyî aşk ile abdest alıyor. Tenine değdikçe sanki su yanıyordu.

Abdesti bitmişti ve Valide Sultan ardında durduğu Hüdâyî'ye uzattı havluyu. Lakin içinde bir merak vardı ve kendi kendine; "Şeyh hazretleri bir keramet gösterse de görsem" diye geçiriyordu içinden.

Başını ardını hiç çevirmeden konuşmaya başladı Hüdâyî. Biraz kendine gelmiş, abdest ile ferahlamıştı;

"Ne tuhaf Sultanım" dedi Sultan Ahmed'in yüzüne bakarak "Ne tuhaf! Bazıları bizden keramet beklerler de gördüklerini fark etmezler. Zira cihanın sultanı abdest suyumuzu döküyor, validesi havlu tutuyor bize."

İstanbul/1621

Mahmud Hüdâyî

Fitne bir ateştir ki herkesi yakar...

"EVLATLARIM" DEDİ HÜDÂYÎ "Fitne bir ateştir ki hem o ateşi salanı yakar hem de ateşinde değdiğini. İnsan Allah'a imanım var diye kendine bir an bile olsa güvenmesin. Zira içinde imanı vardır sahi lakin nefsi de vardır. Kendine, kendi nefsine güvenmek Müslümanlık alameti değildir. Müslüman olan kişi kendine değil de Allah'a güvenir. Fitne denen ateş imanı olandan da gelir ve imanı olana da gelir. Bulaştığı vakit bir illet gibi sarar insanı. O vakit ondan uzak olmak gerekir.

Biz ahir zamanda doğmuşuz, ahir zamanın evlatlarıyız. Fitne vaktidir bizim vaktimiz. Her yanımız ateşlerle çevrilidir. Ne yana dokunsak yanarız, bir tek Allah'tır ki ateşimizi O (c.c.) söndürür. Bizim tek sığınağımız da dayanağımız da, korunağımız da O'dur. Bu dahi imtihanımızdır bizim. Gözlerimizden yaşların eksik kalmaması bu yüzdendir.

Evlatlarım! Bilin ki hiçbir musibet sebepsiz değildir. Başımıza gelen her ne ise suçunu kendimizde aramak icap eder. Yoksa Allah kuluna zulmetmeyi sevmez ki, insan zulmü kendi eliyle kendine eder. İşte şimdiki hâlimiz de budur. Bir yandan fitne, vesvese ile bu cihan devletinin, Müslüman milletinin gönlüne musibet bulaşıp durur. Bir yandan da veba denen illet bedenlerimize kasteder de biz sebebini başka yerlerden bilir, çaresini başka yerlerde ararız. Her ne olur olsun, her ne gelirse gelsin başımıza, derdimiz, sıkıntımız, acımız hiçbiri sebepsiz değildir. Lakin sebebi her ne olursa çaresi yalnızca Allah'tır" dedi etrafında birikmiş talebelerine.

Vakit zor vakitti. Sultan Ahmed genç yaşında dünyayı bırakıp da göçmüştü. Yirmili yaşlarında bir civan idi de Allah'a teslim etmişti emanetini. Hüdâyî ilkin çok üzülmüştü sultanın vefat haberini alınca. Ama sonra daha fazla üzüldü Sevgili'ye kendinden evvel kavuştu diye. Zira Sultan gönlünü Hakka vermiş hakiki bir kul olmaya gayret etmiş, sultanlığını kulluğuna terk etmiş bir genç âdemdi.

Sultan da olsa göçüp gitmişti her gelenin bir vakit eğleştiği bu handan. Lakin o herkesten daha az kalmıştı, çabuk çıkıp gitmişti bu kapıdan. Ahali ardından çok dualar gönderdi. Kendi elleriyle taşlarını taşıdığı, kazma vurduğu ve çalıştığı camide günlerce dualar edildi arkasından... Kur'ân-ı Kerim okundu sürekli... Halk ona hürmeten bu camiye Sultan Ahmed Camii dedi ve öyle anıldı adı. Caminin hemen yanına kendi inşa ettirdiği türbeye defnettiler Sultan'ı.

Sultan Ahmed'in vefatından sonra yerine kardeşi Mustafa geçse de üç ay kadar kalabilmişti tahtta. Daha sonra da onun yerine Sultan Ahmed'in büyük oğlu Osman sultanlık makamına çıkmıştı. O da babası gibi genç yaşında cihan padişahlığının yükünü almıştı omuzlarına ve aynı babası gibi Hüdâyî'ye çok hürmet ediyor, onun söylediklerini kendine nasihat biliyordu. Lakin gençti ve tecrübesizdi.

İşte şimdi Sultan İkinci Osman'ın, halkın deyişiyle Genç Osman'ın vakt-i saltanatıydı ve bir fitne ateşi kavuruyordu Devlet-i Âl-i Osman'ı.

Genç padişah bir yenilik istiyordu. Askerlerin hâlinden memnun değildi ve bundan haberdar olan Yeniçeriler de Sultan'a diş biliyorlardı. Bir fırsatını bulsalar hemen atılacaklar ve dilediklerini yapacaklardı.

Bu fırsatın ellerine geçmesi için de çok beklemelerine lüzum kalmadı. Sultan hacca gitmeye niyetlendi bir vakit. Ne ettiler ne dedilerse de dinletemediler. Hatta Hüdâyî dahi vazgeçsin diye nasihatlerde bulundu. Evvelce vazgeçer gibi olduysa da sonra bu düşünceden döndü. Zira Yeniçeriler, Sultan'ın hacca gitme bahanesiyle diğer devletlerden asker toplayıp kendilerine karşı bir kuvvet oluşturacağını düşünüyorlardı. Tam bir kargaşa hâli vardı bu koca cihan devletinde. Kimin kime dediği doğru, kimin kime dediği yanlış, hiç belli değildi. Ve fitne çıkarmak isteyenler için tam fırsatıydı.

İşte bunun için bütün bunları söylüyordu Hüdâyî talebelerine. Zira onların maksadı fitneyi söndürmek olmalıydı.

Bütün bunların yanınca bir de veba illeti düşmüştü ahalinin arasına. Gün geçmiyordu ki onlarca insan vebaya yakalanıp ölmesin... Kimse ne edeceğini bilemiyor yalnızca dua ipine sarılıyorlardı.

Hüdâyî diyeceklerini bitirmiş, kelamını tüketmişti. Ve inmişti kürsüden aşağı. Talebeleri birer ikişer dağılıyorlardı ki biri yanına geldi Hüdâyî'nin.

"Efendim" dedi "Söylediğiniz gibi hiçbir şey sebepsiz değil, evet. Ve çare Allah'tır. İnsanlar fitne illetinden ölmüyorlar lakin her gün bu vebadan ölüp gidiyorlar. Bir dua buyursanız da Allah bu veba denen dertten kurtarsa bizi."

Derin bir nefes çekti Hüdâyî. Artık beli bükülmüş, gençliği teninden dökülmüştü. Ne çok insan ve ne çok ölüm görmüştü.

"Evladım" dedi "Fitne öldürmez dersin. Lakin fitne de öldürür, gönüllere kasteder o, muhabbete, uhuvvete, samimiyete kasteder. Bedenin ölümü gönlün ölümünün yanında bir anlık baygınlık gibidir. Benden fitne derdi için dua isteseydin günlerce, gecelerce susmadan ve durmadan hiç durmaksızın ağlaya inleye dua ederdim. Mademki sen veba illetinin defi için dua istersin o vakit yanına birkaç talebe daha al Karaca Ahmed Kabristanı'na git. Orada bir servi ağacının altına bir hasır sermiş de duran bir âdem göreceksin. Hasir-pûş Dede derler ismine. O ki görünürde garip, kimsesiz, serkeştir. Lakin görünen ile olan başka şeydir. Derdine dermanı da o bilir. Şayet bir kabul etmezse eğer bu dilediğini benden selam söyle ona" dedi talebesine ve yürüdü gitti.

Talebesi yanına birkaç kişiyi daha alıp gitti söylenen yere. Gerçekten de gittiklerinde kabristanda, bir servi ağacının altında, kuru bir hasır üzerinde yatan saçı sakalı birbirine karışmış bir adam gördüler. Biraz korktular lakin sonra dertlerini anlattılar.

"Hasir-pûş Dede sen misin?" dedi içlerinden biri.

"Sen kimsin?" diye cevap verdi yaşlı adam.

"Senden dua istemeye gelen biriyim."

"Neyin duası?" diye cevap verdi.

"Veba her gün onca insanın canını alıyor. Ne ilaçlar, ne tiryaklar çare olmuyor bu derde. Duan çare olur belki..."

"Ben kimim ki duam çare olacak?"

"Kabul olurmuş senin duan, öyle dediler."

Başını kaldırdı yaşlı adam. Gözlerine baktı genç talebenin. Hiddet vardı gözbebeklerinde. Sanki gözlerinde bir ateş yanıyor ve yakıyordu. Öfkeyle cevap verdi;

"Bak a cahil" dedi "Ben bir tek duam kabul olsun diye bütün ömrümü geçirdim. Tek duam Allah'a kavuşmaktı o dahi gün gelecek de gerçek olacak diye neredeyse bir asırdır bekledim. Sen şimdi benden dua istersin öyle mi?"

Cevap veremedi Hüdâyî'nin genç talebesi. Korkmuştu sanki. Sadece ve sessizce;

"Efendim Hüdâyî selam söylediydi, dua eder dediydi" diyebildi.

Adam Hüdâyî ismini işitir işitmez kalktı ayağa. Gözlerindeki hiddet kaybolmuştu. Ayakta beklerken sağ elini sol göğsünün üzerine bastırarak;

"Ve aleykümselam ey Aziz Mahmud Hüdâyî" deyiverdi. Ve iki elini göğe doğru açtı sonra. Ağlamaya başladı, durmuyor ve susmuyordu.

"Ey Rabbim" dedi "Ey Allah'ım, ey Sevdiğim! Ben duamdan vazgeçtim. Meğerki nefsim için ederdim ben o duayı. Şimdi sana benim için değil, kendim için değil, nefsim için değil, kardeşlerim için dua ederim. Bu veba illetini al başlarından ki onlar ömür denen zilleti nimet sanıyorlar. Ben günahkârın dilinden dökülen bu duayı kabul ettiysen dahi o bana yeter. Zira beni dinliyorsun demektir" dedi ve hiç durmadan ve susmadan ağladı, ağladı...

Bütün bunlar olurken Hüdâyî hanesinde tek başına oturmuş da tefekkür ediyordu. Tam bu duayı ettiğinde Hasir-pûş Dede, Hüdâyî'nin kapalı gözleri açıldı birden. İçine bir titreme düştü. Sanki işitiyordu söylenenleri, sanki gözleri bir başka diyara bakıyor, kulakları bir başka hâli dinliyordu. Duyamazdı sanıyordum ama duyuyordu.

"Ey garip Mahmud" dedi kendi kendine "Sen ki bir gün olsun böyle dua edemedin. Zira kabristanları mekân edinmiş bu kardeşinin duası melekleri dahi ağlattı" dedi ve sustu bir vakit. Nasıl oluyordu da haber alıyordu, nasıl işitiyor, nasıl duyuyordu? Ve bir cümle daha düştü dilinden;

"Ey yalın ayaklı Hasir-pûş Dede! Sen ne güzel 'Sevdiğim' dedin Rabbe öyle!"

~

İstanbul/1628

Mahmud Hüdâyî

Haktan geldim yine Hakka giderim.

İNSANLAR ÖMÜR DENEN ŞEYİ ne de uzun sanıyorlar. Hiç bitmeyecekmiş gibi yaşıyorlar, hiç ölmeyeceklermiş gibi dolaşıyorlar. Oysa etraflarında o kadar ölüm var ki! O kadar çok ölen var ki etraflarında. Yine de ibret almıyorlar. Ölüm denen mecburiyetin bir gün onlara da geleceğini hiç getirmiyorlar akıllarına. Sanki ölenler hep diğerleri olacakmış zannediyorlar. İnsan ne kadar nisyana meyilli, unutmaya ne kadar da alışık!

Başkalarının hayatının nihayete erişi bir anlık da olsa ölümü düşündürüyor onlara lakin sonra hiç olmamış gibi yaşıyorlar. Hiç kimse ölmemiş gibi, hemen yanı başlarında onca mezarlık yokmuş gibi davranıyorlar. Görüyorlar ama görmezden geliyorlar, her gün ölüyorlar ama ölümü bilmezden geliyorlar. Şayet ölenler en yakınları, en sevdikleri, en vazgeçemedikleri bile olsa yine de birkaç zaman kalıyor ölümün zihinlerindeki yeri. Sonra yine gâfil, yine meçhul, yine kayıp...

Dünya insana ölümü de unutturuyor. İnsan dünyayı ne kadar çok sever diye sual edilse bana tereddüt etmeden söylerim; insan dünyayı ölümü unutacak kadar çok seviyor. Oysa insanlar her gün ölüyor, her gün, her an ölüyor da ölümü görmüyor diriler. Sanki gözleri kapalı bakıyorlar ölümün olduğu tarafa...

Ölüm dünyadaki en gerçek şey. Yalan dünyada tek gerçek ölüm. Onun için ki benimle mücadeleye tutuşanlar, evvel ölümü hiç çıkarmıyorlar akıllarından. Dünyayı unuttukları kadar ölümü hatırlıyorlar ve onun için dünyalık ne varsa vazgeçiyorlar. Dünyada kıymeti olanı onun için terk ediyorlar. Kıymetsizi herkes terk eder. Taşı, toprağı terk eden değil, altını, zümrüdü terk eden beni mağlup ediyor.

İşte Hüdâyî de böyle yaptı hep. Dünyanın kıymetlisini terk etti alemlerin Kıymetlisi için. Ölümü hiç çıkarmadı aklından. Az olsa da benim yoluma gelecek gibi dursa hemen ölümü andı durdu lakin şimdiler hiç hatırından silmez oldu ölümü.

Günün bazı vakitlerinde mezarlıklarda gezer oldu. Sanki dirilerden çok ölüler ile beraber olmayı istiyor gibi yaşıyordu. Zira uzun sürmüştü onun dünya sürgünü. Seksenli yaşlarının sonuna gelmişti. Çok ölüm görmüştü ve çok ölü... Kendi evlatlarının bile çoğu henüz o hayattayken ölmüştü. Bunca ölümün ardından, belki de evlat acısından şiirler dökülmüştü dilinden:

Alan Sen'sin veren Sen'sin, kılan Sen
Ne verdinse odur dahi nemiz var
Hakikat üzre anlayıp bilen Sen
Ne verdinse odur dahi nemiz var

Tutan el ü ayak senden gelipdir
Gören göz ve kulak senden gelipdir
Efendi dil dudak senden gelipdir
Ne verdinse odur dahi nemiz var

Hüdâyâ biz bu zâtı kande bulduk
Yâ ef'âl ü sıfatı kande bulduk
Fenâyı yâ sebâtı kande bulduk
Ne verdinse odur dahi nemiz var

Bizim ahvâlimiz ey Hayy u Kayyûm
Cenâb-ı pâkine hep cümle ma'lûm
Buyurdun oldu illa kaldı ma'dûm
Ne verdinse odur dahi nemiz var

Hüdâyî'yi sen eriştir murâda
Senindir çünkü hükm arz ü semâda
Efendi gayrın yok dahli arada
Ne verdinse odur dahi nemiz var

Diye şiirler söylemiş. Sonra bunu söylediği için bile kınamıştı kendini. Zira insan bu dünyada malı ve evlatlarıyla sınanırdı. Öyleydi, öyle olmalıydı. Ölüm insana hüzünden ziyade nasihat vermeliydi.

Gözünden yaş eksik olmuyordu son zamanlarda. Devamlı ağlıyor, dualarını dahi gözyaşıyla yıkıyordu. Zira devran dönmüş, ışıklar zulûmat ile sönmüştü.

Sultan Osman'da bu âlemden bir vehametle göçmüştü. Öldürülmüştü kendi emrindekilerin elinden. Dünya denen yer bu zulümhane gibi geliyordu ona. Şahı geda öldürüyor, ateşi mum söndürüyordu. Ben yalnızca Hüdâyî'nin içinde değildim ki! Yalnız ona fısıldamıyordum ki istediklerimi. Bütün insanların içinde vardım ben. O beni dinlemiyordu belki, ona söz geçiremiyordum lakin diğer insanlar benim elimdeydi, onları dileğim yere götürüyor, dilediğimi yaptırıyordum onlara.

Şimdi devir Sultan Murad'ın devriydi. O ki ismi Murad olan dördüncü padişahıydı cihan devletinin. Lakin cihan devletinin temeli sarsılıyor, elleri bağlanıyor, gözlerine miller çekiliyor, dudaklarında sözler tükeniyordu. Sultan Murad'ın saltanat kılıcını Eyüp Camii'nde Hüdâyî kuşatmıştı lakin bundan başka çok görünmemişti insanlar arasında. Artık sarayla da ilişiğini olabildiğince aza indirmiş, yalnızca kendini vaaz ü nasihate vermişti. Günleri de geceleri de bu yolda geçiyordu yalnızca. Başkaca hiçbir şey yapmıyor, yapmak istemiyor sadece Allah yolunda yürüyordu. Onu bir an olsun bundan alı koyacak her ne varsa terk etmişti artık. Talebelerini de kendi gibi yetiştirmişti. Kendi yerine geçecek insanlar vardı. Onları dört bir yana salıyor, zor zamanlarda insanlara elini uzatıyordu böylece.

Lakin artık yaşlıydı, yetmiyordu gücü ve hastaydı. Son anına kadar Allah yolunda bir şeyler söylemekten vazgeçmedi. Hiç vazgeçmedi. Nasıl oluyordu bu bilmiyorum lakin rahmet ile zahmet arasında bir nokta farkı vardı ve o biliyordu ki zahmeti çekene rahmet edilir. Onun için bu yaşında bütün zahmetleri ve bütün dertleri kendi boynuna almayı diliyordu.

Çok dayanamadı bu hâle. Bir gün hasta düştü. Birkaç gün hanesinden çıkamadı dışarı. Yattığı sedirinden kalkamadı. Ama yine de yılmadı. Mademki kendi kalkamıyordu, gidemiyordu dergâhına talebelerini yanına çağırttı. O hâlde anlattı onlara gönlünden geçenleri;

"Evlatlarım" dedi "Her geliş bir gidiş içindir. Her doğum bir ölüm için. Benim bu dünyadan alacağım kalmadı, Allah biliyor ya bana hiç sevimli değildir bu dünya. Allah adını söylemeyen, onun için kelam etmeyen bir dil ne işe yarar? O maksatla yürünmeyen yol bataklığa çıkar ve o gaye ile geçmeyen ömür bu dünyada beyhudedir. Böyle olan yalnızca bir bedeni sırtında sürümüştür de gitmiştir sadece.

Bilin ki ben bir âlim olarak anılmak istemem, bir kadı olarak anılmak istemem, bir sultan olarak anılmak istemem, bir kul olarak, yalnızca bir kul olarak anılmak isterim.

İşitin ki nefsine uyan helak olur. Zira nefs üç köşeli dikendir, ne türlü koysanız batar, can yakar. Dilediğiniz bu kıymetsiz dünya ise bilin ki nefsiniz size hepsini verir. Lakin dilediğiniz öte âlemse, asıl âlemse o vakit nefsinizle giremezsiniz o diyara. Nefs bir eşkıyadır ki O'na giden bütün yolları keser. Yalnızca nefsini yenen bütün âlemi yener."

Sonra hiç kalkmadı yerinden, kalkamadı. Bütün talebelerinin gözü yaşlıydı onu dinlerken. Zira Hüdâyî veda eder gibi konuşuyordu ve hâlinden biliyordu talebeleri gelecek olanın yaklaştığını. İstemeyerek de olsa gidince talebeleri haneden dilinden dualar döküldü ve gözünden yaşlar;

"Allah'ım" dedi "Bana bunca ömür verdin. Bilmem ki senin yolunda yürüdüm mü ben? Bakma gözümden akan yaşa, bakma zira ben bilirim ki gözyaşı şikâyet makamındadır. Ben bu dünyada sahip olamadıklarım için hüznümden ağlamam, bu dünyada sahip olduklarım için ağlarım. Gaflete düştüğüm, nefsimle günahı bölüştüğüm anlar için ağlarım.

Ben özledim Allah'ım. Ben Seni çok özledim. Sana gelenleri gördükçe imrendim onlara. Ölenleri gördükçe imrendim. Mezarlıklarda onların ölümlerini değil düğünlerini seyre çıktım. Her biri koşa koşa Sana gelirken, ben Senin yanına hangi yüzle geleceğimden korktum. Korkumdan ağladım. Sana layık bir kul olamamaktan korktum hep. Şimdi bilirim ki ömür yeleği tamam sıyrılmaktadır boynumdan da ölüm gömleğini giymeyi beklemekteyim. Ya ben Sana hangi yüzle geleyim?

Senden geldim bu âleme, izin ver, affet de yine Sana geleyim" dedi ve başındaki ince takkesinin içinden bir kâğıt çıkardı sonra. Ne vakit oraya koymuştu, içine neler yazmıştı, neden yazmıştı. Bilmiyordum... Uzun vakittir benden bile gizli hâlleri vardı zaten. İnsan kendi nefsinden nasıl saklanırdı? Lakin o yapıyordu zira beni kendine sırdaş diye kabul etmiyordu.

Çıkardığı kâğıdı okudu bir aralık. Dilinde dua gibi döndü durdu sözleri. Sonra avucunun içinde tuttu o kâğıdı, sıkıca sardı ince ve tellenmiş parmakları. Ezberinden âyetler okudu. Hatırından bütün günlerini geçirdi. Gözleri daldı, kaldı öylece. Dili hiç durmadı ama.

Az sonra talebelerinden birkaçı girdi içeri. Dayanamamışlardı. Duramamışlardı da gerisin geri gelmişlerdi. Geldiklerinde Hüdâyî'nin yüzü sapsarı olmuş sanki yüzüne ışık vurmuştu. İstemese de yüzüne konan bir tebessüm vardı. İnsan bu hâlde neden böyle mütebessim bakardı? Bilemediler.

Hocalarının bu hâlini görünce ne edeceklerini kestiremediler ilkin. Neden sonra gelip de hemen başucuna diz çöktüler? En yakınına İsmail oturdu. Hocası hâlâ dua ediyordu ve o da Kur'ân-ı Kerim'den âyetler okudu. Gözlerinden yaş dökülüyordu her birinin. Başlarını eğdikleri yerden kaldıramıyorlardı.

Bütün bedeni titriyordu İsmail'in, gözünden akan yaşlar yanaklarını yakıyordu sanki. Hocasının yüzüne bakıyor, ağlamamak için kendini tutuyor ama yapamıyordu. Bir aralık göz göze geldiler ikisi. Gözlerini kaçırmaya çalıştı İsmail, yapamadı. Hüdâyî titreyen bir sesle konuştu;

"Ağlamayın" dedi "Biz daha bu âleme geldiği gün, doğduğu gün ölenlerdeniz."

Sonra bir şehadet kelimesi döküldü dilinden ve kapandı gözleri. Gülüyordu.

Talebeleri ağlayan gözlerini silmeye çalıştılar. Gelmesi beklenen, gelmesi gereken ve elbet gelecek olan gelmişti, Sevdiği'ne gitmişti Hüdâyî. Her biri dualar okudular hocalarına. Ellerinde başka bir şey yoktu ki!

İsmail, okuduğu âyetler bitene kadar durmadı. Okudu ve okudu. Gözlerinden akan yaşları durdurmak için gayret etse de yapamadı. Neden sonra hocasının ince, beyaz parmakları arasında duran bir kâğıt ilişti gözlerine. Hemen hatırına düştü hocasının evvelce ona söyledikleri. "Bu alemden göçtüğüm vakit yanımda olursan sana elimden de bir nasihat vereceğim" demişti de sözü hakikat oluyordu şimdi.

Titreyen parmaklarını hocasının ellerine doğru götürdü. Birden hocasının eline değince eli, irkildi, titredi. Gözündeki yaş kana döndü sanki. Ama aldı kâğıdı eline. Nohutî kâğıdı açtı katlandığı yerlerden. Diğer talebelerin başları hâlâ kalkmamıştı yerden. Kaldıramamışlardı...

İsmail titreye titreye açtı kâğıdı. Hocasının nasihati hakikat oluyordu ve İsmail okudu bölük bölük sesiyle kâğıtta yazanı:

Âşıklar, sâdıklar işitmiş olun
Hakktan geldim yine Hakka giderim
Mevlâsından gayrı kimi var kulun
Hakktan geldim yine Hakka giderim

Tâvûs-ı kuds idim uçtum yuvadan
Yâd ol bir iki gün âşinâdan
Âhir yine geçip cümle sivâdan
Hakktan geldim yine Hakka giderim

Bir özge âlemden geldim cihâna
Delil olmak için sırr-ı nihâna
Ol dosta giderim gitmem yabana
Hakktan geldim yine Hakka giderim

Biz'isteyen kişi Hakk ile olsun
Rûz-ı ezel ahdin ri'âyet kılsın
Kulun efendisi yanında bulsun
Hakktan geldim yine Hakka giderim

Hüdâyî suretâ bir kabza hâkem
Lîk ma'na yüzünde dürr-i pâkem
Soyundum mâsivâdan sîne-çâkem
Hakktan geldim yine Hakka giderim

Ve sustu bütün talebeler ve ben de sustum...
Ve Hüdâyî de...

Her zaman

Nefs

Mecbursun...

İŞTE BÖYLE EY İNSAN! İşte tam da böyle, işte... Sen yaşamak için gelmedin bu dünyaya. Aslında doğduğun gün öldün sen ve öldüğün gün doğacaksın. Ama bilmiyorsun... Çünkü ben bilmeni istemiyorum. Unutturuyorum sana. Unuttukların benim unutturduklarımdır. Benim yolumda gidersen ve dinlersen beni dünya senin olur, beni terk edersen ve işitmezsen beni dünya kıymetsiz kalır gözünde. Ama ben sana dünyalık olanı sevimli gösteririm.

Şimdi düşün kendi kendine dünyayı ne kadar çok seviyorsun değil mi? Ne kadar çok sevdiriyorum dünyayı sana? Misal ki ne kadar para kazanacağını, yarın neler alacağını neler satacağını getiriyorum Allah huzurunda dururken dahi. Sen namaz kılarken bile dünyalık hesapları düşürüyorum hatırına. Sonra insanlar ne diyecekler, ayıplayacaklar mı diye düşündürüyorum seni de Allah (c.c.) ne diyecek, utanacak mıyım karşısında diye düşünmüyorsun hiç. Nasıl öleceğini değil de nasıl yaşayacağını hesap ederek geçirtiyorum ömrünü. Seni yeniyorum, dilediğim ne varsa yaptırıyorum sana.

Oysa düşünmüyorsun bu âlemden bir gün gideceğini. Sonu yok sanıyorsun, bitmeyecek gibi yaşıyorsun. Biliyorsun dünyadan yalın hâlde göçüp gideceğini, biliyorsun değil mi? Ama anlamı yok, bilmiyor gibi yaşıyorsun. İşte ben, ben yaptırıyorum bunları. Ve hatta bunu da biliyorsun ama engelleyemiyorsun beni...

Tanıyorsun beni ve hatta her vakit beraberiz. Seninle nefes alabildiğin her an tekellüm ediyor, konuşuyorum seninle. Sen dahi benimle konuşuyorsun. Ve artık tanıyorsun beni. Beni kendinden ayıramazsın, ey insan, ben olmazsam sen de olmazsın. Lakin her vakit mücadele hâlindeyiz seninle biz. Ya ben galibim ya da sen. Ben senim ey insan, ben senim, nefsinim ben.

İbret aldın sanıyorsun değil mi şimdi sana anlattıklarımdan? İçinden geçen sesleri düşünüyorsun değil mi? "Hangi ses nefsimin, hangisi vicdanımın?" diye sualler ediyorsun. Hüdâyî'yi düşünüyorsun, Üftâde'yi, bu satırları yazan kâtibi belki de ama en çok beni düşünüyorsun şimdi. İçinden geçirdiklerimi, sana söylediklerimi, hata ettirdiklerimi, günaha götürdüklerimi düşünüyorsun. Pişman olup da ettiğin tövbeler geliyor aklına. Sonradan döndüğün tövbeler. Hepsini biliyorum. Biliyorum ve bildiğim için, seni senden iyi bildiğim için mağlup ediyorum seni.

Sana bu anlattıklarım her ne kadar benim hikâyemse de o kadar senin hikâyen... Sana Mahmud Hüdâyî ile olan cengimizi anlattım. O yendi beni, beni kendine köle etti. Ben ki nefsim, her insan ileyim, her insanın içindeyim. Lakin Hüdâyî benimleyken bensiz kalmayı başardı. O göçtü, gitti ama ben şimdi seninleyim.

Duyuyorsun şimdi beni değil mi? Söylediklerimi duyuyorsun, seninle konuşuyorum. Bu kitabı kapatsan da, yok etsen de, unutsan da ve hatta hiç görmemiş olsan da seninle konuşuyor olacağım. İçinden, çok derinlerden sesimi duyuracağım sana. Ben olduğumu bile bilmeyeceksin, benim söylediğimi fark etmeyeceksin, Hüdâyî mağlup etti beni ama sen edemeyeceksin. Bir sır gibi içinde olacağım. Geceleri dualar ederken sen, diline dolanacağım. Gönlün hayra meylederken seni şer yoluna salacağım, iyiye her niyet ettiğinde önünde duracağım.

Ey insan! Ben her ölenle ölürüm ama her doğanla yeniden doğarım ben. Herkesin içinde varım. Şimdi "İnanma bunlara" diye sesler duyuyorsun içinden değil mi? İşte o benim. O ses benim sesim...

Benden kurtulamazsın ey insan! Kurtulmak istesen de bırakmam seni. Bir tek öldüğün gün çekerim ellerimi yakandan. Ölüm bizi birbirimizden ayıran tek hâl...

Şimdi belki de bir gece vakti son cümlelerini okuyacaksın bu kitabın ve beni tanıdığını sanacaksın. Birkaç dakika ve belki birkaç saat beni, hilelerimi, sana ettirdiklerimi düşüneceksin. Pişman olacaksın yaptıklarından, sana yaptırdıklarım için tövbe edeceksin. Sonra sabah olacak, gün doğacak, unutacaksın hepsini, hiç olmamış gibi yapacaksın, beni de unutacaksın, tövbeni de. Ben unutturacağım sana. En güçlü olduğunu sandığın anlarda saldıracağım, benden kurtulduğunu sandığın zamanlarda durduracağım seni.

Sen öleceksin, benim sana ettirdiklerimden sorguya çekileceksin. Pişman olacaksın, bana galiz laflar edeceksin ama yine de öleceksin. Lakin ben ölmeyeceğim. Dünyada son insan öldüğü güne kadar var olacağım ben.

Ben nefsim ey insan! Ben senim. Hiç susmadan ve durmadan ve bıkmadan seninle konuşuyorum.

Duyuyor musun beni?

Duyuyorsun...

Çünkü mecbursun...

İstanbul'da herhangi bir yer/Bugün

Sen

Bazıları görür ama bilemez...

SUSUYORUM, KONUŞAMIYORUM. Öylece hareketsiz kalıyorum. Sanki zihnimden vurulmuş gibi, yığılmış gibi sanki. Bu anlatılanlara inanamıyorum. Nefsin dilinden bunların söylenebilmesi beni hayrete düşürüyor. Kendimi bir rüyada zannediyorum. Bütün olanları, bütün hissettiklerimi bana söylüyor nefsin dilinden. ***"Şimdi belki de bir gece vakti son cümlelerini okuyacaksın bu kitabın ve beni tanıdığını sanacaksın"*** *diyor ben de tam öyle sanıyorum. Ve bir akşam vakti son cümlelerini okuyorum bu kitabın. Korkuyorum. Hani olur ya yalnız başına otururken biri var sanırsın yanında... Odada biri varmış gibi gelir. Tam öyle hissediyorum ve ansızın ardıma dönüp de bakıyorum korkuyla.*

Hayret ediyorum hem de çok fazla. Kitabın başından beri okuduklarım beni şaşırtmıştı. Ama bu son kısımda yazanlar sanki beni anlatıyor gibi geliyor bana. Ve gerçekten böyle hissediyorum. Ne kadar gerçek ve ne kadar hayret verici... Korkuyorum gerçekten zihnimde türlü türlü sorular. Birkaç sayfa öncesini açıyorum ve tekrar bakıyorum okuduğum son sayfalara...

***"İbret aldın sanıyorsun değil mi şimdi sana anlattıklarımdan? İçinden geçen sesleri düşünüyorsun değil mi? "Hangi ses nefsimin, hangisi vicdanımın?" diye sualler ediyorsun. Hüdâyî'yi düşünüyorsun, Üftâde'yi, bu satırları yazan kâtibi belki de. Ama en çok beni düşünüyorsun şimdi. İçinden geçirdiklerimi, sana söylediklerimi, hata ettirdiklerimi, günaha götürdüklerimi düşünüyorsun. Pişman olup da ettiğin tövbeler geliyor aklına. Sonradan döndüğün tövbeler. Hepsini biliyorum"** diye yazan kısmı okuyorum. İşte tam da böyle hissediyorum. İbret aldım sanıyorum, içimden gelen sesleri düşünüp duruyorum. Korkuyorum... Sanki çıldırıyorum.*

*Bunları biliyordum belki önceden de az çok. Ama nasıl unuttum bilemiyorum. "Ben unuttururum" diyor kitapta nefs. Öyle mi, bilemiyorum. Bir kitabın beni bu kadar etkilediğine hayret ediyorum. Gördüğüm hâlde göremediklerimi, duyduğum hâlde işitemediklerimi, bildiğim hâlde akıl edemediklerimi düşünüyorum. **"Bu dünyada işittiğin ve gördüğün her şeye hemen inanma. Zira işittiğinin ardında bir başka ses, gördüğünün ardında bir başka hâl vardır"** diyor kitapta Hüdâyî'nin ağzından. İnanıyorum.*

*Kitapta yazanların bu kadar gerçek olması ürpertiyor beni. Ellerimin titrediğini hissediyorum sanki. Ne yapacağımı bilemiyorum. Kitabı elimden bırakıyorum. Kalkıp bir bardak su alıyorum mutfaktan. Zihnimden geçenleri silemiyorum. İçimdeki sesleri tekrar duymaya çalışıyorum. "Bir kitap işte, hikâye... İnanma bunlara" diye sesler geliyor içimden. Aklıma okuduğum yerlerde yazanlar geliyor. **"Şimdi 'İnanma bunlara' diye sesler duyuyorsun içinden değil mi? İşte o benim. O ses benim sesim"** diyordu. Bu kadarı gerçek olamaz diye düşünüyorum. El-*

lerim iyiden iyiye titriyor. İçimdeki sesi susturamıyorum.

Korkuyorum. Hem de çok korkuyorum. Kitabı bıraktığım odaya dönmüyorum geri. Yatak odama gidiyorum ve kendimi sanki atıyorum yatağımın üzerine. Yorganı başıma kadar çekiyorum. Düşünmek istemiyorum. Uyumak istiyorum. Bunu da nefsim mi istiyor diye düşünüyorum. Ama düşünmek istemiyorum işte bunları. Gözlerimi sıkıca kapatıyorum. Başka şeyler düşünmeye çalışıyorum. Ama yapamıyorum. Aklımda Hüdâyî, aklımda nefs ve aklımda kitap... Duymamaya gayret ediyorum içimdeki sesleri. Kulaklarımı tıkıyorum gayriihtiyari. Ama olmuyor. Sesi kulaklarımla işitmiyorum ki. "Sus ey nefs" diyorum kendi kendime. Ve sonra böyle dediğim için korkuyorum.

Bir saat kadar bu hâlde uzanıyorum. Sonra yavaş yavaş bir ağırlık çöküyor üzerime. Gözlerime hayaller iniyor. Dalıyorum ama silemiyorum o sesi. İstemesem de dilimde kitaptan cümleler var ve tekrar ediyorum;

"Duyuyor musun beni?
Duyuyorsun...
Çünkü mecbursun..."

* * *

Başımda bir ağrıyla uyanıyorum. Saat on ikiyi geçmiş. Bu kadar uyuyabildiğime hayret ediyorum. Gece pek çok rüya gördüm biliyorum ama zihnimde parça parça izler, hatırlayamıyorum. Hâlen dahi nefs ile ilgili şeyler geliyor zihnime ama gecedeki kadar düşünmediğimi fark ediyorum. Şaşırıyorum unutabildiğime. Kitapta "Ben unuttururum sana" diyordu nefs. O mu unutturdu bana diye düşünüyorum. Aslında hiç düşünmek istemiyorum.

Sersem bir hâlde kalkıyorum yataktan. Gidip elimi yüzümü yıkıyorum. Kendime gelir gibi oluyorum biraz. Bir çay koyuyorum sonra ocağa... Oturma odasına geçip de pencereleri açıyo-

rum. Temiz hava iyi gelir diye düşünüyorum. Koltuğun üzerine bıraktığım kitabı görüyorum sonra. Alıyorum elime. Götürüp kitaplığıma koyacakken sehpanın üzerinde duran küçük not defteri çarpıyor gözüme. Dün o yaşlı adamın burada unuttuğu defter... Yaşlı adam kitabı da okumak istemişti. Nedense götürüp vermek istiyorum ona. Bir başkası da okuyunca acaba benim kadar etkilenecek mi merak ediyorum galiba.

Not defterini ve kitabı yanıma alıp çıkıyorum evden. Oğlunun bir üst katta oturduğunu söylemişti adam. Ben de bir üst kata çıkıyorum. Kapının önüne gelince biraz tereddüt eder gibi oluyorum. İçimden bir ses geri dönmemi istiyor ama dönmüyorum. Basıyorum zile ve bekliyorum. Açan olmuyor kapıyı. Sonra bir kez daha çalıyorum. Yine sessizlik. Tam yeniden zile basacakken merdivenlerden inen birinin ayak seslerini duyuyorum. En üst katta oturan biri... Daha evvel birkaç kez merhabalaşmıştık. Oradan hatırlıyorum.

"Merhaba" diyor beni görünce.

"Merhaba" diyorum.

"Hayırdır" der gibi merakla başını sallayıp bana bakıyor. Bir şeyler söylemek zorunda hissediyorum kendimi.

"Zile basıyorum ama kimse açmıyor. Evde yoklar sanırım" diyorum.

"Açmamaları normal" diyor gülerek.

Anlamıyorum ne demek istediğini.

"Nasıl yani?" diyorum gözlerimi kısıp.

"Normal. Çünkü kimse oturmuyor ki burada. Yani boş bu ev" diyor.

Şaşırıyorum. Ne diyeceğimi bilemiyorum. Anlamsız birkaç kekelemeden sonra;

"Nasıl yani? Ne zamandan beri boş?" diye soruyorum.

"Hep boştu" diyor "Kimse oturmadı ki burada. Hem siz neden çalıyordunuz zili?"

Olduğum yerde mıhlanmış gibi kalıyorum. Bir şey söyleye-

miyorum. Cevap veremiyorum ki! Nasıl kimse oturmuyor burada? Ya o dün gelen adam? Kandırdı mı beni? Kimdi peki o?

"Yok, yok bir şey" deyip aceleyle iniyorum merdivenden. Titreyen ellerimle kapıyı açıp giriyorum içeri ve kilitliyorum kapıyı. İlk aklıma gelen adamın hırsız olup olamayacağı. Bütün evi geziyorum hemen, eksik bir şeyler var mı diye bakıyorum ama yok, gözüme çarpan bir eksiklik yok.

Oturmuyorum da yığılıyorum sanki koltuğa. Neler oluyor böyle? Kimse oturmuyorsa eğer üst katta bu gelen adam kimdi? Neden geldi? Nefesim kesilecek gibi oluyor. Polisi aramayı düşünüyorum bir ara. Sonra elimde tuttuğum deftere bakıyorum. Aklıma geliyor; "Oğlum" demişti "Telefon numarası vardı" demişti. Defteri açıp bakıyorum. Evet, bir telefon numarası var. Hemen çeviriyorum numarayı ve bekliyorum. Ama karşıdan gelen ses böyle bir numaranın kullanılmadığını söylüyor. Tekrar arıyorum ve tekrar... Ama her defasında aynı ses... Delirdiğimi düşünüyorum.

Belki başka bir şeyler de yazıyordur diye karıştırıyorum o küçük not defterini. Ellerim titriyor ve başka hiçbir şey yazılı değil defterde. Bulamıyorum. Bütün sayfaları çeviriyorum, her yere bakıyorum ama bir şey bulamıyorum. Neden sonra en son sayfanın en alt kısmında bir cümle yazdığını görüyorum.

"Bazıları görür ama bilemez ve bazıları bilir ama göremez."

Anlayamıyorum... Terlemeye başlıyorum. Ağlayacağım neredeyse. Dudaklarım titriyor. O yaşlı adamla ilgili bir şeyler hatırlamaya çalışıyorum. Yüzü geliyor gözümün önüne ama çok sevimli... Hakkında kötü bir şey düşünemiyorum. Söylediklerini hatırlamaya çalışıyorum. Hiçbir şey yok. Zorluyorum kendimi. Neden sonra tek bir cümle geliyor hatırıma o yaşlı adamın söylediği;

"Her geleni Hızır bilmek gerekir."

Donup kalıyorum...

* * *

Tam bir hafta geçti bütün bu anlattıklarım olduğundan beri. Kendimi deli gibi hissettiğim çok oldu. Ve ben bir haftadır sadece geceleri o da uyumak için evime geldim. Her yerde, olabilecek her yerde, bulabilecek her yerde o yaşlı adamı aradım da durdum. Aklımda o sokağın başından dönerken son kez dönüp de gözlerimin içine, ta içine bakışı ve sağ elini göğe kaldırışı... Bulamadım... Ama bulmak için arayacağım ve nefsimin sesini susturacağım.

Kim olduğunu bilmiyorum bu kitabın yazarının... İsminin Fatih olduğunu hatırlıyorum sadece. Daha fazlasını öğrenmek ve bilmek de istemiyorum belki de. Hem o benim bu kitabı okurken neler hissettiğimden ve bütün bu olanlardan haberdar olmayacak zaten.

"Belki de olmalı" diye geçiriyorum içimden bir gece vakti o yaşlı adamı arayıp da bulamadan eve geldiğimde "Belki de bütün bunlardan haberi olmalı."

Bilgisayarı açıp internette ismini aratıyorum yazarın. Bir internet sitesi çıkıyor karşıma ve e-mail adresini buluyorum. Gerçekten ulaşacak mı bilmiyorum ama ulaşsa da ulaşmasa da kitabı ilk gördüğüm andan şimdiye kadar her ne olmuşsa hepsini yazıyorum:

"Allah'ım ne uzun geliyor bana bu yol. Kaç saat oldu ki yollardayım bilemiyorum. Yol... Hiç bitmeyecek gibi ve sanki ayaklarım daha fazla gidemeyecek gibi.

İstanbul'u seviyorum, evet. Ama bir sevmek için bu denli meşakkate katlanılır mı bilmiyorum. Her güzel böyle çile mi çektirir insana? Bir şehri seviyorsun diye illa o şehirde mi yaşamalısın hem? Uzaktan seviyor olmak da yetmez mi bazen? Bu stres, telaş, hengâme beni de sıkıyor ama mecburiyetlerim var. Burada olmalıyım. Burada kalmalıyım. Yoksa belki de bir an olsun durmam, hemen çekip giderim buralardan ıssız, tenha, belki hiç kimsenin olmadığı bir dağın başında ahşap bir eve, belki küçücük bir kasabada bir eski pansiyon odası-

na, belki bütün bunlardan uzakta sakin ve sessiz bir eski köy evine. Bilmiyorum... Ama İstanbul ihtimal ki her sevgili gibi bazı vakitler boğuyor insanı. Ondan kaçmak istiyorum bazen ama yapamıyorum. Çünkü istemek başka istediğini yapabilmek bambaşka...

..."